AF362796

Hermann Löns

Der zweckmäßige Meyer & Frau Döllmer
(Humoristische Plaudereien des großen Heidedichters)

e-artnow 2018

Novalis
Gesammelte Werke: Aphorismen + Die Lehrlinge zu Sais + Fabeln + Gedichte + Geistliche Lieder + Giasar und Azora + Heinrich von Ofterdingen + Hymnen an die Nacht + Fragmente + Neue Fragmente

Clemens Brentano
Gesammelte Werke: Die schönsten Gedichte + Italienische Märchen + Gockel, Hinkel und Gackeleia + Geschichte vom braven Kasperl und dem schönen Annerl und mehr

Conrad Ferdinand Meyer
Gesammelte Werke: Historische Romane + Gedichte + Novellen (323 Titel in einem Buch): Das Amulett + Der Schuß von der Kanzel + ... + Gustav Adolfs Page und viel mehr...

Leopold Schefer
Gesammelte Werke: Romane + Novellen + Gedichte + Biografien (Über 1300 Titel in einem Buch): Der Waldbrand, Die Osternacht, Der ... Homer's Apotheose, Der Kuss des Engels...

Franz Werfel
Werfels schönste Gedichte (Über 200 Titel in einem Buch)

Hermann Löns

Der zweckmäßige Meyer & Frau Döllmer (Humoristische Plaudereien des großen Heidedichters)

e-artnow, 2018
Kontakt: info@e-artnow.org
ISBN 978-80-268-8668-6

Inhaltsverzeichnis

Der zweckmäßige Meyer

Der zweckmäßige Meyer

Meyer schwärmt sehr für die Natur, oder vielmehr, wie er sagt, für Natur, und zwar aus verschiedenen Gründen. Einmal, weil dieser Sport billig ist, denn Meyer ist für das Billige; zweitens, weil er bekömmlich ist, denn Meyer ist für das Bekömmliche; drittens, weil Meyer eine bedeutende naturwissenschaftliche Bildung hat, denn er hat Primareife, ein Vergrößerungsglas, einem ziemlich richtig gehenden Laubfrosch und ist Mitglied des Kosmos.

Infolgedessen ist für Meyer die Natur eine leicht erklärbare Sache. Über die Tierseele hat ihn Doktor Zell, über die Entstehung der Welt der Urania- Meyer, über die Entwicklung des Menschen Friedrich Wilhelm Bölsche vollkommen genügend unterrichtet; den Rest denkt er sich selbst zusammen.

Meyer und ich gehen oft aus; Meyer redet, und ich höre zu; Meyer erklärt, und ich versuche zu folgen; Meyer lehrt, und ich stelle schüchterne Fragen; wenn er sie nicht beantworten kann, erklärt er sie für zu leicht, als daß er darauf eingehen könnte.

Auch gestern nachmittag drei Uhr hatten wir uns zu einem Spaziergang nach auswärts verabredet, weil dort, sagte Meyer, die Natur noch natürlicher sei als bei der Stadt, wo die Kultur schon so tief hineinschneide, daß man derselben nicht mehr bequem erkennen könnte.

Da das Wetter schön und warm war, hatte ich meinen dünnsten Anzug, den leichtesten Wanderstab und einen Strohhut gewählt. Meyer als Mann der Wissenschaft hatte seinen Laubfrosch befragt, und da dieser ihm zart andeutete, daß das Wetter sich ändern könne, erschien er in Lodenhut, Havelock und Regenschirm.

So hatte er an alle Möglichkeiten gedacht, nur nicht an die Zigarren, und war infolgedessen auf meine angewiesen, ein Vorgang, der mich stets in eine gereizte Stimmung versetzt.

Auf der ersten Haltestelle stiegen wir aus und wanderten in jenem gemessenen Gange, der den besonnenen Naturbetrachter in der unwissenschaftlichen Menge sofort kenntlich macht, unseres Weges.

»Wie zweckmäßig diese Blume, Hieracium, Habichtskraut heißt sie, eingerichtet ist,« sprach Meyer und zeigte auf einen Blume, die im grünen Grase stand und ob dieser unerwarteten Ansprache fast vom Stengel fiel; »ihre leuchtende Farbe zieht die Insekten an. Wäre sie zum Beispiel rot, so würde sie nicht bemerkt werden.«

In diesem Augenblick kam ein Hummel an, die irgend etwas in den Bart brummte, das wie Kartoffelkopp klang, übersah vollständig das schreiend gelbe Plakat des Habichtskrautes und ließ sich an einer roten Taubnessel nieder. Meyer wandte sich entrüstet ab.

»Es ist merkwürdig,« sprach Meyer, indem er sich mit einem rotbaumwollenen Taschentuch, auf dem die Schlacht bei Königgrätz abgebildet war, die Stirn abwischte, »welchen erhebenden Einfluß die Sonne auf alle Geschöpfe ausübt. Ein Zug von Frohsinn, Liebenswürdigkeit, Freude und Harmlosigkeit geht durch alle Wesen.«»Platz da, zum Donnerwetter,« brüllte eine rauhe Stimme, und in eine Staubwolke gehüllt und klingelnd, als risse er an der Nachtglocke einer Hebamme, sauste ein Radfahrer zwischen uns durch, es Meyer überlassend, bezüglich der Radfahrer eine einschränkende Fußnote zu seiner Theorie von der Wirkung der Sonnenstrahlen zu machen.

Dann zeigte mir Meyer ein Pflanze, die er Wasserhahnenfuß, Batrachium, nannte. »Sehen Sie,« sagte er, »würde dieser Graben fließen, so würde diese Pflanze lauter untergetauchte, aber keine schwimmenden Blätter haben. Da das Wasser aber steht, so bringt sie es zu letzteren. Das ist das Gesetzt der Anpassung, das Darwin entdeckt hat.«

»Stimmt,« sagte ich; »es ist dasselbe, als wenn man einen Anarchisten aus den bewegten Wellen des Proletariats in die ruhigen Verhältnisse des Kapitalismus bringt; schon nach fünf Bierminuten wird er konservative Blätter treiben.«

»Da ist Unsinn,« sprach Meyer, »geben sie mir lieber eine Zigarre.« Ich gab sie ihm, und er fuhr fort: »Bemerken Sie jenen blanken Käfer?« Ich bemerkte ihn. »Derselbe ist im Besitz von vier Augen. Mit den oberen sieht er über dem Wasser, mit den unteren unter demselben her, um sowohl die Beute zu erspähen, die auf, als auch die, die unter dem Wasser schwimmt. Zu dem Behufe sind die oberen Augen anders konstruiert als die unteren.«

»Das ist mächtig praktisch,« erwiderte ich; »aber was macht er, wenn er einmal auf dem Rücken schwimmt und mit Wasseraugen in die Luft und mit den Luftaugen in das Wasser guckt?«

Meyer überging diesen triftigen Einwand und fuhr fort: »Diese kleinen Käfer, die hier überall fliegen, sind Aphodien, Mistkäferchen. Die Natur hat sie dazu bestimmt, alle exkrementalen Stoffe fortzuräumen. Mit unglaublicher Sicherheit wissen sie jeden Mist aufzufinden und fliegen auf ihn zu.«

»Pfui, Spinne,« sprach er dann und spie eins dieser witzigen Insekten, das ihm in den stets offenen Mund geflogen war, in die Landschaft, und fuhr darauf fort: »Bemerken Sie diese Lerche da?« Ich bemerkte sie. »Dieselbe hat einen anderen Gesang als die Bachstelze, die überhaupt keinen hat, und diese einen anderen als der Hänfling; das ist deswegen so, damit die Arten sich zusammenfinden, sonst würde es ein heilloses Durcheinander geben.«

Entrüstet runzelte er die Stirne, denn besagte Lerche sang eben genau wie ein Hänfling, lockte dann wie eine Bachstelze, schlug darauf wie eine Wachtel, pfiff alsdann wie ein Star und schwirrte zuletzt wie ein Grünfink. »Was sagen Sie dazu?« fragte ich Meyern. Er schwieg verletzt.

Als sich aber im weiteren Verfolg unserer Wanderung eine Haubenlerche auf einem Stück Ödland niederließ, erhellten sich seine finsteren Züge: »Bemerken Sie den Vogel?« fragte er. Ich bemerkte ihn. »Er ist genau so grau gefärbt wie der Erdboden und dadurch vor den Nachstellungen seitens der Raubvögel völlig geschützt.«

Ein Sperbermännchen, das hinter einer krüppeligen Föhre hervorkam, war gegenteiliger Ansicht und bewies sie dadurch, daß es mit der Lerche in den Klauen abging und Meyer mit seiner Theorie aussitzen ließ. Ich grinste in mich hinein und gab Meyer die dritte Zigarre.

Als wir den Wald betraten, wies Meyer mir überzeugend nach, daß die Koniferen, also Nadelhölzer, aus Gründen der Zweckmäßigkeit Sommer und Winter die Nadeln behielten, was die Laubhölzer nicht könnten, einmal, weil sie keine Nadeln hätten, und dann überhaupt und so. Ich fragte ihn darauf, ob die Natur dazu da sei, um von dem Menschen erklärt zu werden, was er als selbstverständlich bezeichnete, und dann fragte ich ihn, warum die drei Lärchen auf der Lichtung, die doch auch Koniferen wären, ihre Nadeln abwürfen, worauf Meyer zu etwas anderem überging.

»Sehen Sie,« sagte er, indem er sich Nacken, Hals und Backen kratzte, »die Mücken, die sind so lästig, und es könnte scheinen, als sei hierin die Natur nicht zweckmäßig. Aber bedenken Sie, wovon sollten sie Vögel leben, wenn die Mücken nicht wären? Und stechen tun nur die Weibchen, die Männchen nicht, weil sie keine Eier zu legen brauchen, und so zeigt sich wieder die absolute Zweckmäßigkeit der Natur.«

»Die Hühner legen auch Eier,« wandte ich schüchtern ein, »sie stechen aber nicht; wie erklären Sie das?« Er verzichtete darauf und lenkte meine Aufmerksamkeit auf einige kleine Trichter in dem grauen Bleisande: »Darin sitzt die Larve des Ameisenlöwen. Sie baut sich diesen Trichter und frißt die Ameisen, die da hineinfallen. Das ist doch wieder überaus zweckmäßig.«

Da ich mit Erbitterung bemerkte, daß seine Zigarre sich wieder ihrem kurzen Ende zuneigte, stimmte ich nicht ohne weiteres bei, sondern meinte: »Es wäre doch viel einfacher, wenn die Larve es so machte, wie Mohammed es tat, als der Berg es nicht tun wollte. Ich fände das zweckmäßiger und einfacher.«

Meyer antwortete nicht, sondern fuhr mit der Hand durch die Atmosphäre und zeigte mir auf ihrer Innenfläche ein schwarzes Ding, das dünn und lang war und alle Augenblicke in die Höhe schnellte und ebenso oft wieder auf Meyers Handfläche zurückfiel. »Ein Schnellkäfer ist es, ein Elater. Die Natur hat ihm die Gabe verliehen, sich emporzuschnellen, damit er dadurch seinen Feinden, die dieser Vorgang verblüfft, entgehen kann,« belehrte er mich, und dann warf er den Käfer auf den Weg. Dort hopfte das Insekt so lange herum, bis eine Kohlmeise darauf aufmerksam wurde, es ergriff und verzehrte, was Meyer als mit seinen Ausführungen wenig übereinstimmend mißbilligte.

Eine Eidechse, die über den Weg lief, brachte ihn aber wieder auf frohe Gedanken. Er griff zu, erwischte sie beim Schwänze, dieser brach ab, und das um die Hälfte verkürzte Reptil verschwand in den Bickbeerbüschen, während das Schwänzchen in Meyers Hand zurückblieb und sich so aufgeregt benahm, als habe es eine dringende Verabredung mit seiner besseren Hälfte.

Meyer schleuderte strahlenden Auges das Schwänzchen beiseite und sprach: »Wäre ich ein Raubvogel und hätte der Schwanz der Eidechse nicht die Einrichtung, abzufallen, wenn sie fest daran faßt, so wäre die Eidechse um ihr Leben gekommen. So aber ist sie gerettet; der Schwanz wächst nach, wenn er auch nie die ursprüngliche Länge erreicht. Ungemein zweckmäßig, nicht wahr?«

Ich konnte dem nicht beistimmen, zumal er mich um eine neue Zigarre ersuchte, weil die zweckmäßigen Mücken so lästig wären, sondern ich meinte: »Wenn sie überhaupt keinen Schwanz hätte, stände sie sich noch besser.« Da Meyer gerade noch meine, jetzt seine Zigarre ansteckte, hatte er keine Zeit, zu antworten, und da wir mittlerweile aus der gedankenbelebenden Kühle des Waldes in das freie Feld und in die Sonne kamen und Meyers Havelock und Lodenhut sich als eine von der Natur unzweckmäßig eingerichtete Körperbedeckung erwiesen hatte, so schwieg er, bis er im Dorfe zwei Butterbrote mit Harzkäse und zwei Weißen binnen hatte, worauf er wieder zu seiner Zweckmäßigkeitstheorie zurückkam, nachdem er mir meine letzte Zigarre, seine fünfte, abgenommen hatte.

»Bemerken Sie, lieber Freund, dort oben in dem Baum die Mistel, den Schmarotzerstrauch?« Ich bemerkte sie. »Dieselbe hat weiße Beeren, deren Kerne ein klebriger Schleim umhüllt. Die Misteldrossel frißt nun die Beeren, verdaut aber nur das Fleisch, nicht den Kern mit der klebriger Masse. Mit ihren Exkrementen fällt nun die Beere auf den Ast und keimt dort. Finden Sie nicht, wie höchst zweckmäßig das ist?«

Da ich keine Zigarre mehr besaß, war ich in oppositioneller Stimmung: »Ich finde das durchaus nicht,« Sagte ich; »die Misteldrossel ist in meinen Augen ein Rindvieh. Denn warum frißt sie erstens die Beeren, aus deren Schleim man Vogelleim kocht, und wenn schon, warum setzt sie die Kerne nicht auf der Erde ab, wo sie nicht blühen, wachsen und gedeihen können, sondern mit Gewalt auf Bäumen, wodurch sie dem Strauch Gelegenheit gibt, zu keimen, so daß der Mensch wieder Vogelleim kochen kann, womit er die Drossel fängt?«

In diesem Augenblick huschte eine Waldmaus bei uns her und überhob Meyer der Antwort. »Haben Sie die Maus bemerkt?« Ich hatte es. »Wie unzweckmäßig erscheint auf den ersten Augenblick der lange Schwanz. Aber schneiden Sie ihn ab, und die Maus ist nicht mehr imstande, so geschickt zu laufen, weil sie sich nicht mehr im Besitze des für die Entwicklung einer größeren Schnelligkeit nötigen Gleichgewichtes befindet. Ist das nicht überaus zweckmäßig?«

Ich wollte zwar einwenden, daß ich es durchaus nicht zweckmäßig hielte, einer Maus den Schwanz abzuschneiden, um dessen Zweckmäßigkeit zu beweisen, aber Meyer bemerkte gerade, daß es sieben sei, und um acht müßte er zu Hause sein. Er verschob daher weitere Erörterungen auf das nächste Mal. Ich freue mich schon darauf.

Ein Liebeslied

Vor meinen Fenster sitzt ein Spatz und sagt in einem Ende: »Schilp, schilp, schilp, schilp.« Zweimal habe ich ihn schon fortgejagt, denn das ewige Geschilpe und Geschelpe störte mich; aber er kommt immer wieder und sagt das einzige Lied, das er auswendig kann, auf.

Gestern war er auch schon da und vorgestern desgleichen, und morgen wird er ebenfalls da sein und übermorgen erst recht, und er wird da sitzen und schilpen den einen wie den anderen Tag, bis er seinen Zweck erreicht hat und eine Spatzenfrau sein eigen nennt.

Denn darauf läuft die ganze Geschichte hinaus. Mit Speck fängt man Mäuse und mit Schilp und Schelp Spatzenfrauen. Man sollte es nicht glauben, aber es ist so. Diesen beiden langweiligen und keineswegs stimmungsvollen Tönen kann auf die Dauer kein Spatzenweibchen widerstehen.

Ich weiß nicht, ob ein Buch über das Liebeslied gibt; aber ich weiß, wenn es geschrieben wird, so muß es mit Schilp und Schelp beginnen, will es Anspruch auf Gründlichkeit machen. Wenn es mit dem Gesang der Nachtigall anfängt, so beweist der Verfasser, daß er keine Ahnung von dem Wesen des Liebesliedes hat, daß er von persönlichen Empfindungen und nicht von allgemeinen Gesichtspunkten ausgeht.

Denn der Begriff des Liebeslied hat mit Schönheit, Kunst und Ästhetik nicht das mindeste zu tun. Sänge mein Fensterspatz wie eine Nachtigall, eine Lerche oder eine Märzdrossel, wetten, daß er eine vollkommene Pleite erleben würde? Daß er bei keiner Spatzenjungfer auch nur für fünf Pfennige Eindruck schinden würde? Daß er sich vielmehr im höchsten Maße lächerlich, wenn nicht sogar in weiteren Kreisen unbeliebt machen würde? Vielleicht für übergeschnappt erklärt und weggebissen, oder gar wegen unspatzigen Auftretens vom Leben und Tode gebracht würde? Dasselbe würde natürlich eintreten, gäben Nachtigall, Rotkehlchen und Märzdrossel ihren Gefühlen auf spatzenhafte Weise Ausdruck. Wenn der betreffende Nachtigall-, Rotkehlchen- und Märzdrosselhahn auch sonst nach jeder Hinsicht ein Prachtexemplar seiner Art wäre, sein Lebelang bliebe er Junggeselle. Horch, was ist denn das da draußen? »Pink, ping, pink, ping, pink, ping« geht es. Das ist die Kohlmeise. Dieweil die Sonne so schön scheint, kommt sie jetzt schon auf Frühlingsgedanken und verabsäumt es nicht, ihnen auf ihre Art lauten Ausdruck zu geben. Und was fällt der Krähe denn da auf dem Dachfirste ein? Die stellt sich gerade so an, als ob sie etwas sehr Unbekömmliches gegessen hätte und ihr infolgedessen zum Sterben übel geworden wäre. Der Zweck dieser seltsamen Übung ist nun etwa nicht eine Regelung der Verdauungsverhältnisse, sondern ihr liegt die Absicht zugrunde, dadurch zu näherer Verbindung mit einer gleichgestimmten, aber weiblichen Seele derselben Art zu gelangen, ein Bestreben, das, wie ich bemerkte, des Erfolges nicht entbehren wird, denn auf dem anderen Ende des Daches läßt sich soeben eine zweite Krähe nieder, die mit viel Gefühl und Verständnis die schnurrige und nach menschlichen Begriffen keineswegs wohllautende Huldigung entgegenzunehmen geruht.

Wie die Sonne doch schon heizt! Ich muß wahrhaftig das Fenster öffnen. Sieh da, sieh da! Da ist ja auch schon ein Starmatz! Stellt der sich aber blödsinnig an! Plustert die Kehle auf, klappt mit den Flügeln und gibt Töne von sich, die einem durch Mark und Bein gehen, und die, horcht man genauer darauf, im Grunde wenig angenehm klingen und bald an das Quietschen einer schlecht geschmierten Schiebkarre, bald an das Knarren einer verrosteten Wetterfahne erinnern, ihren Zweck aber vollkommen erfüllen, denn auf dem Nistekasten sitzt die Starin und tut furchtbar geschmeichelt. Sie tut aber nicht bloß so, sie ist es auch, denn Schiebkarre hin, Wetterfahne her, gerade die Töne, die ihr blitzblanker Anbeter von sich gibt, sind die einzigen, bei der es ihr warm unter dem Brustlatz wird. Heute nacht, als ich gerade so im mittelsten und besten Schlafe war, träumte ich, ich hätte mich im indischen Dschungel verlaufen, die Nacht brach herein, und ich kletterte auf einen hohen Baum und lauschte zitternd und zagend und zähneklappernd dem Quarren der Panther und dem Gekreische der Pfauen. Da mir die Lage, in der ich mich befand, zu ungemütlich war, beschloß ich aufzuwachen, was mir auch nach einigen Bemühungen gelang, aber das Quarren und Kreischen hörte darum doch nicht auf, im

Gegenteil, es nahm an Umfang und Stärke zu. Die Veranstaltung ging von zwei Katern aus, die eine Katze, die in dem alten Birnenbaume saß, wie ich bei dem hellen Mondlichte feststellen konnte, auf diese Weise zu verstehen gaben, wie reizendschön sie sie fänden. Als das Doppelständchen sich gerade auf dem Höhepunkt befand, wurde im Nachbarhause ein Fenster geöffnet und eine Kanne Wasser auf die verliebten Katzentiere entleert, worauf der Lärm aufhörte, um im nächsten Garten sofort wieder zu beginnen. Da ich nicht sofort das abgerissene Ende meines Schlummers wiederfinden konnte, dachte ich über das Liebeslied eines vor einigen Hunderten Jahren aus diesem Leben geschiedenen Arabers nach, der bei der Aufzählung der Reize seiner Angebeteten besonders erwähnt, daß ihr Gang dem eines Dromedars ähnele, daß ihre Augen an die einer Eselin erinnern, wie köstlich die Schweißtropfen auf ihrem Halse wirkten, sowie daß der Knoblauchduft ihres Atems alle Düfte der Blumen übertreffe, und ich dachte mir, was wohl ein junges Mädchen unserer Art sagen würde, fange man sie auf diese Weise an. Aber als fachlich und allgemein denkender Mensch fragte ich mich auch, was die betreffende Arabermaid wohl für runde Augen gemacht haben würde, stülpte einer von den Dichtern unserer Tage einem gehäuften Verskorb mit schöngebundenen Gefühlen vor ihr aus, und ich konnte mich der Annahme nicht verschließen, daß der Erfolg mindestens recht mäßig ausgefallen würde.

Es gibt ein uraltes Sprichwort, so da lautet: »Jedes Tierchen hat sein Pläsierchen.« Wie wahr ist es! Und wie wenig denkt der Mensch daran, führt er seine Gedanken in der Natur spazieren. Weil er den Gesang der Nachtigall schön findet, so erklärt er ihn schön, ohne aber den Beweis dafür zu erbringen, daß er nun auch wirklich schön ist. Und warum hält er ihn für schön, obwohl die Nachtigall glucksende, schnarrende und quiekende Töne neben ihrem Geflöte von sich gibt und fortwährend große Pausen macht? Nur weil sie gewisse Flötentöne hervorbringt, die denen, die der Mensch selber pfeifen kann, ähneln. Und da Amsel und Märzdrossel in ähnlicher Weise pfeifen, so steht es für ihn fest, daß diese Vögel Singvögel sind. Heult aber der Waldkauz noch so zärtlich, röchelt die Schleiereule noch so süß, brüllt die Dommel noch so ergreifend, so bedeckt sich der Mensch mit einer Gänsehaut und erklärt diese Laute für ungebildet, störend und unziemlich, und nur deshalb, weil er eine zu unbiegsame Stimme hat, um sie nachahmen zu können. Aber sich hinzusetzen, nachzudenken und zu dem Ergebnisse zu kommen, daß Waldkauz, Schleiereule und Dommel sich nicht nur in ihren, sondern auch in weiteren Kreisen unsterblich lächerlich machen würden, gäben sie ihrer Liebessehnsucht nach Art der Nachtigallen, Amseln und Märzdrosseln Ausdruck, das fällt ihm in seiner Eingebildetheit nicht ein.

Es ist ein wahrer Segen, daß der Weltenschöpfer die Beschaffung von Tieren nicht in die Hand des Menschen gelegt hat, denn es wäre ein schöner Blödsinn dabei herausgekommen, weil der Mensch dann lauter Vögel erfunden hätte, die so pfeifen, wie ihm selber der Schnabel gewachsen ist, und das wäre nicht zum Aushalten, sonder zum Auswachsen gewesen. Glauben Sie, daß er auf den Gedanken gekommen wäre, dem Specht das Trommeln beizubringen? Ich nicht! Wahrscheinlich hätte er ihn gezwungen, wie ein Schusterjunge oder ein Scherenschleifer zu flöten, und nun denken Sie sich bloß einmal einen flötenden Specht! Ebensogut können Sie sich ein nach Veilchen duftendes Automobil oder einen Vanilleeis essenden Eskimo einbilden. Oder stellen Sie sich bitte einmal vor, wie es sich machen würde, schlüge der Storch wie eine Nachtigall oder zwitscherte die Gans wie ein Stieglitz! Und denken Sie sich, wie langweilig und stumpfsinnig die Natur wäre, wären alle Vogellieder nach den Gesetzen des Kontrapunktes komponiert und jeder Piepmatz, vom Adler bis zum Zaunkönig, würde richtige Melodien verzapfen oder womöglich moderne Programmusik, bei der man sich etwas Bestimmtes denken kann, wenn man will, oder muß, wenn man nicht will! Zum Verrücktwerden wäre das.

Im zoologischen Garten zu Hannover ist ein australischer Flötenvogel, der pfeift von früh bis spät das Lied: »Lott ist tot.« Sein früherer Wärter hat es ihm beigebracht, und der Mann war sehr stolz darauf. Aber nach einem Vierteljahre hatte er genug davon. Wo er ging und stand, hörte er nichts und weiter nichts als: »Lott ist tot, Lott ist tot, Jule liegt im Sterben; das ist gut, das ist gut, gibt es was zu erben.« Alles, was er tat, ob er die Vögel fütterte oder sich selber, ob er sich die Nase oder die Fensterscheiben putzte, bewerkstelligte er nach dem Takte von »Lott ist tot«, sogar einen Lottisttotgang hatte er sich angewöhnt. Schließlich hielt er es nicht mehr aus und ließ sich zu den Löwen versetzen, um einmal etwas anderes zu hören. Aber es kam ihm so vor, als ob auch die Löwen »Lott ist tot« brüllten, und so blieb ihm, um nicht irrsinnig zu werden, nichts übrig, als seine Stelle aufgeben und Straßenbahnführer zu werden. Aber wenn er klingelt, hört man noch ganz deutlich das »Lott ist tot« heraus.

So und nicht anders würde es uns auch gegangen sein, hätten wir darüber zu befinden gehabt, wie jeder Vogel singen soll; wir wären alle miteinander mit erblicher Verrücktheit belastet und hätten wahrscheinlich sämtliche Vögel mit Feuer und Schwert vertilgt. Und deshalb will es mir so scheinen, als ob die Vogelschutzvereine nicht ganz auf dem richtigen Wege sind, denn die teilen die Vögel in zwei Gruppen ein, in Singvögel und in solche, die nicht singen, und die einen fördern sie nach der Schwierigkeit, wogegen sie sich um die anderen entweder gar nicht kümmern oder die, die sich ab und zu einmal einen Singvogel zu Gemüte führen, auf die schwarze Liste setzen und mit Mord und Totschlag bedrohen.

Daß aber ein jeder Vogel singt, und daß jeder nicht so singen kann, wie es von den Vogelschutzvereinen als vorschriftsmäßig und angemessen erachtet wird, daran wird nicht gedacht, und wenn ein Häher einmal einen jungen Spatzen oder eine Elster eine junge Lerche mit nach Hause nimmt, dann ist das Geschrei sehr groß, obwohl es mehr Spatzen als nötig gibt und die Lerche der allerhäufigste Vogel ist. Und dabei weiß der Häher, zwickt ihn die Liebe, ganz allerliebst zu singen, und die Elster, befindet sie sich in demselben Zustande, drückt sich so aus, daß die Elsterin das für die Höhe aller Liebeslyrik erachtet, und ich muß sagen, das verliebte Geplauder des Hähers und das noch verliebtere Geplapper der Elster höre ich lieber als das ewige und ewige Geflöte der Amsel und das unaufhörliche Gepfeife des Stares, zweier Vögel, die von den Vogelschutzvereinen im Großbetrieb gezüchtet werden, so daß jetzt auf jedem Baum mindestens eine Amsel und auf jeden Dach wenigstens drei Starmätze sitzen, was mir schon lange nicht mehr paßt, denn ich schätze die Abwechslung und mag nicht immerzu und überall Amselgeflöte und Starengepfeife anhören, denn das kann ich schon mehr als auswendig und bin dessen überdrüssig.

So überdrüssig, daß es für mich eine Erholung ist, höre ich die Katzen quarren und die Eulen heulen, und während mich die Liebeslieder von Star und Amsel kalt bis an den Kragen lassen, wird mir das Herz dicker, höre ich im Teiche die Frösche prahlen oder im Moore die Nachtschwalbe schnarren. Und wenn die Bekassine ihre Schwanzfeder als Kastagnetten benutzt, um ihrem Weibchen ihre Gefühle darzulegen, wenn der Birkhahn zischt wie ein Luftreifen, der sich einen Hufnagel eingetreten hat, um die Birkhenne seiner Verehrung zu versichern, wenn der Ringeltäuber zu diesem Behufe sich auf die Bauchrednerei verlegt und der Specht zu demselben Endzwecke wie ein Hosenmatz darauf losschlägt, dem der Weihnachtsmann soeben die erste Trommel gebracht hat, und der Bussard wie eine junge Katze schreit und der Storch wie eine Kaffeemühle rattert, oder der Rohrspatz den Strolch nachäfft und der Schwirrl der Heuschrecke, dann stelle ich mich nicht hin und sage: »Gut!« oder »Befriedigend!« oder »Ausreichend!« oder »Ungenügend!«, denn ich bin nicht im Vogelschutzverein und darum nicht auf eine bestimmte Art von Vogelmusik geeicht, sondern ich freue mich, daß jedes Tierchen seine eigene Art hat, sich lyrisch auszudrücken.

Deshalb will ich den Spatzen vor meinem Fenster nicht fortjagen, sondern ihm eine Handvoll Hanfkörner hinstreuen.

Der Spatz ist keine Nachtigall, aber Schilpschelp ist ein Liebeslied.

Frühlingsprobe

Ein Silberglöckchen klingt durch den Wald. Die Kohlmeiße läutet es. Sie sitzt auf dem Buchenzweig, in den Krallen eine dicke fette Spinne, und singt: »Spinn dicke, spinn dicke; de düre Tid is vorbei!«

Die Frau, die den Berg herunterkommt, denkt an ihre Mädchenzeit, »Spinn lütting, spinn lütting!« so hatten die Mädchen das Lied der Meise im Winter ausgelegt, und sie zogen den Faden dünn und fein vom Wocken.

Aber wenn die Schnee wegging und die Meise fröhlicher im Apfelbaum sang, dann ließen die Mädchen den Flachs dicker durch die Finger laufen, denn draußen sang der bunte Vogel: »Spinn dicke, spinn dicke!«

»Hähähä.« Die Meise lacht heiser, denn sie hat gehört, was die Frau ihrem kleinen Mädchen erzählte. »Hähähä.« Sie hat sich nie darum gekümmert, ob die Mädchen fein oder grob spannen, sie hat nur eine Bemerkung über die Beschaffenheit der Spinnen gemacht, die sie fing. Und weil sie heute eine dicke fing, darum klingt ihr Lied wie ein Silberglöckchen so lustig.

Der Haselbusch hat es gehört, und seine gelben Troddeln läuten im Takte mit. Ganz leise läuten sie; ein Mensch kann es nicht hören. Aber die kleinen pummelingen Haselweibchen hören es; schnell putzen sie sich mit drei rubinroten Federchen, die so zart und so dünn wie ein Seidenfaden sind.

Die Meise fliegt weiter und läutet ihr Glöckchen vom Dache der Gastwirtschaft. Dreimal ruft sie: »Titüdel, titüdel, titüdel!« Da klappt der Hahn im Hof mit den Flügeln, reißt den Hals auf und kräht, kräht ganz anders als sonst, mit weniger Stolz und mehr Gefühl in der Stimme.

Auch die Spatzen, die bis dahin ewig und immer dasselbe zweistimmige Lied geschilpt hatten, kommen bei dem Geläute des Glöckchen außer Rand und Band. Ein ganzer Haufen der grauen Kerle schnurrt lärmend unter das Fenster der Veranda; sechs Herren sind es und eine Madam. Die dreht sich fortwährend um ihre Perpendikulärachse, und die Herren Männer hopsen wie verdreht um sie herum, machen ein furchtbares Getöse und plustern plötzlich wieder fort, um auf dem Rasen weiterzutanzen.

Sogar die melancholische Haubenlerche, die den ganzen Winter bis zur Langweiligkeit wimmerte; »I wie mich friert!« versteigt sich zu einer kühnen Tat. Sie schwingt sich auf den Kehrichthaufen am Wege und zwitschert von diesem erhabenen Standpunkt ein zwar sehr dünnes, aber wegen seiner Unaufdringlichkeit immerhin ganz leidliches Liedchen. Das weckt bei der Amsel, die eben noch im faulen Laub einen Regenwurm mit sanfter Überredung aus seinem Loche hervorholte, gelben Neid und schwarze Eifersucht. »Igittigittigitt!« ruft sie der Haubenlerche zu, und fängt nun selbst an. »Tü!« Pause. »Rü!« Pause, »Lü!« Pause. Und dann eine Zehnminutenpause. Und dann wieder: »Tü!« Pause. »Rü!« Pause. »Lü!« Pause. Und endlich: »Türü!« Aber weiter geht es noch nicht, und erst, nachdem sie lange nachdenklich gegen den Himmel geguckt hat, wobei sie ganz begossen den Schwanz hängen läßt, wippt sie mit ihm, zum Zeichen, daß sie sich auf die vergessene Melodie wieder besonnen hat, und bringt es mit viel Ach und Weh endlich zu einem nur eine halbe Minute beanspruchenden »Tü-rü-lü!« und leistet sich darauf hochbefriedigt einen zweiten Regenwurm.

Kaum hat sie ihren Sitz im Faulbaumbusch verlassen, da treibt das Volk unter ihr Unfug. Quiekend jagen sich da zwei fuchsige Waldmäuse mit äußerst langen Schwänzen. Jetzt sitzen sie sich gegenüber und gucken sich mit ihren großen schönen schwarzen Augen lustig an. Dann macht der Mäuserich einen Hops, und die Mäuseline witscht nach der Seite, und mit Gequieke und Gekicher geht es dahin, daß ein Zaunkönig ganz erschrocken von seiner wissenschaftlichen Untersuchung einer ihm unbekannt vorkommenden Mücke aufschreckt, auf einem Buchenstrumpf hüpft und von da herunter mit schnarrendem Gardeton seiner inneren Entrüstung lauten Ausdruck verleiht.

Eigentlich hatte er vor, von drei bis vier Uhr zu singen; aber da die anderen alle singen, verzichtet er zugunsten seiner Gegner nach dem Motto: »Wenn alles singt, mag Karl allein nicht singen.« So ist er immer, und darum hat er wenig Verkehr, denn kein Vogel mag mit einem anderen umgehen, der im Winter, wenn alle die Schwänze hängen lassen, den seinigen so hoch trägt, als wäre er mit Bartwische gesalbt, und der, wenn die anderen vor Hunger kaum »Piep« sagen mögen, so fidel singt, als äße er jeden Tag dreimal warm.

Da ist die Fledermaus, die eigentlich gar kein richtiger Vogel ist, viel taktvoller; sie paßt sich der allgemeinen Sitte trotz ihres Mangels an Federn an und sagt keinen Ton. Vom November an hat sie unter den Dachsparren gehangen mit dem Kopfe nach unten. Auf einmal wacht sie auf, krabbelt, soweit es ihr ihre eingeschlafenen Fußflügel oder Flügelfüße erlauben, bis an die Dachlucke, läßt sich herausplumpsen und taumelt in einer so seltsamen Weise im Garten herum, daß die Spatzen, diese Klatschschnäbel, behaupten, sie hätte in unmäßiger Weise dem Genuß geistiger Getränke gehuldigt. Und dabei hat sie nur von dem langen Hängen mit dem Kopfe nach dem Erdinnern Blutandrang zum Gehirn bekommen.

Es ist aber auch möglich, daß sie taumelig fliegt, weil sie etwas schwach auf den Flügeln ist, denn seit Anfang Herbst hat sie keine warme Mücke mehr im Leibe gehabt und ist sehr von Kräften gekommen. Mißmutig zwitschernd zickzackt sie im Garten herum, so daß ein junges Mädchen schon ein Attentat auf ihr reizend hellblond gefärbtes Wuschelhaar vermutet und quietschend in das Haus flüchtet. Die arme Speckmaus aber erwischt schließlich noch eine Motte, die langsam und plump durch den Garten flatterte. Aber da sie sich als besonnenes Wesen sagt: »Eine Motte macht noch keinen Frühling!«, es ihr auch noch zu hell ist, so schlüpft sie wieder in die Luke, hängt sich kopfüber an den Dachsparren, wickelt sich die Flügel um den Leib und träumt von besseren Zeiten, in denen das Ungeziefer billiger ist.

Mit ähnlichen Hoffungsträumen tröstet sich auch die Wasserspitzmaus, die da am Graben herumhuscht, über die magere Zeit hinweg. Sie schnüffelt hier, sie schnüffelt da, und quietscht ärgerlich dabei, denn ihr hin- und herzuckendes Rüsselchen trifft nichts als mulmiges Holz und modriges Laub. Kurz entschlossen stürzt sie sich in eine Pfütze, so daß ein Buchfink, der da eben ein Bad genommen hatte, ängstlich lockend auffliegt, denn er glaubt, sie habe im Hungerwahnsinn Selbstmord verübt. Er macht aber große Augen, wie er sieht, daß sie ganz vergnügt unter Wasser herumläuft, wobei sie wie ein Stück Quecksilber aussieht. Dann taucht sie wieder auf und verschwindet in einem Moosloch.

Der Buchfink aber lockt. Er ist Strohwitwer; seine Frau kann das Klima hier nicht vertragen, sagt sie, und reist darum jeden Herbst nach Italien und Ägypten. Anfangs paßte ihm das gar nicht, und er machte ihr in jedem April schreckliche Eifersuchtsszenen, weil er annahm, daß sie sich da unten im Süden von irgendeinem leichtsinnigen jungen Hahn mehr den Hof machen ließ, als sich das für eine verheiratete Frau schickt. Schließlich aber gewöhnte er sich daran, wenn er auch jeden Herbst über die teure Reise knurrt. Aber in innerster Seele beneidet er den Goldammerhahn, dessen Frau nie verreist, und den Ringeltäuber, dessen Gattin auch hier blieb, als ihr Mann ihr erklärte, die Reise sei ihm zu weit, obgleich es ihr nicht gleichgültig ist, von den Turteltauben sich vorprahlen zu lassen, wie schön es in Ägypten gewesen sei, und sich teilnehmend fragen zu lasse, ob die Kinder dieses Jahr so viel gekostet hätten, daß es zur Mittelmeerfahrt nicht mehr langte.

Wieder bimmelt die Kohlmeise ihr Glöckchen. Ein dicker Kauz, der eng an der Stamm einer Tanne gedrückt dasitzt und über den auffallenden Mangel an Mäusen in diesen Jahre nachdenkt, der mit seinen Erhebungen über den Reichtum an Nüssen in keinen Zusammenhang zu bringen ist, wackelt mit dem Kopfe unwillig hin und her, denn er weiß, entdeckt ihn der bunte Vogel, dann hat er eine Stunde lang die Gesellschaft am Halse und muß sich die gemeinsten Redensarten gefallen lassen.

Aber es wird ihm sehr schwer, still zu sitzen, und sobald es dämmert und die Menschen das Waldwirtshaus verlassen, da drängt es ihn, dumpf aufzuheulen und gellend loszulachen, daß den paar Mäusen, die der Winter am Leben gelassen hat, die kalte Angst über das Fell läuft.

Und als der Dickkopf zum dritten Male gerufen hat, da kommt lautlos ein zweiter Schatten näher, die Käuzin. Und nun jagen sich die beiden im dunklen Walde, knappen mit den Schnäbeln, kreischen und schreien, als zöge man ihnen jede Feder einzeln aus. »Huh, wie schauerlich!«

ruft ein Mädchen, das am Arme ihres Auserkorenen nach Hause geht; dann lacht sie laut auf über einen Witz ihres Begleiters, und darauf singen beide ein Frühlingslied.

Die Kauzin aber fragt zu den Kauz: »Nein, was diese Menschen doch für häßliche Stimmen haben! Das soll nun ein Frühlingslied sein! Dummes Volk!«

Und der Kauz fühlte sich geschmeichelt und singt dem kommenden Vorfrühling ein Lied nach Eulenart.

Billiger Sonntag

»Nun, wie befinden sie sich, Verehrtester?« fragte der alte Marabu seinen Nachbarn, den Jabiru. Der Marabu hatte sich schon eine ganze Weile die warme Morgensonne auf die ehrwürdige Senatorenglatze scheinen lassen und wieder, wie jeden Morgen, darüber nachgedacht, auf welche Weise er wohl am besten die frechen Spatzen bei seinem Freßnapf erwischen könnte, selbstverständlich ohne daß er sich dabei seiner Würde begäbe. Als der lange afrikanische Storch aus seinem Käfig humpelte, machte er ihm eine tiefe Verbeugung und richtete teilnahmsvoll und höflich die übliche Frage an ihn.

Der Jaribu lächelte süßsauer und humpelte näher: »Morgen, mein Lieber. Mir geht es nicht gerade erstklassig. Das verdammte Podagra!« Und damit hob er den geschwollenen rechten Fuß hoch und zeigte ihn dem Marabu. »Ja ja,« lächelte der, »so was kommt von so was! Fortgesetzter Lebenswandel, mein Bester! Die noblen Passiönchen, hehehe! Das rächt sich später. Bohnenabkochung soll dafür sehr gut sein; von Vietsbohnen, wissen Sie«

Der Jaribu rümpfte den Schnabel und schüttelte sich: »Nee, was fehlt, das sind Schlammbäder, lieber Senator. Acht Tage lang im warmen Salzschlamm langsam Spazierengehen, das hilft. Aber heiß muß er sein, wie da unten in Afrika. Will sehen, ob ich dieses Jahr nicht hinkomme. Etwas hilft die Sonne hier ja auch, aber es ist nicht das Richtige. Und gestern, bei dem billigen Sonntag, da zog ich es doch vor, in der Ecke zu bleiben, anstatt den ganzen Tag die unfeinen Bemerkungen von Hinz und Kunz anzuhören.«

»Ja, es ist unglaublich,« pflichtete der Senator bei. »Einer meinte sogar, Sie wären ein Strauß.«

»Lächerhaft, horribel, lächerhaft,« meinte der Jaribu und humpelte dahin, wo die Sonne hinschien.

Am Ententeich unterhalten sich die Papageien: »Prrraaachtvolles Wetterrr heute morrgen, gerradezu grooosßarrrtig!« schnarrte der blaue Ara. »Wunderrbaaar!« antwortet ihm der rote Ara: »Gut bekommen?« fragt er dann. »Danke, mäßig,« antwortet der Rote. »Etwas dumm im Kopfe noch. So schlimm wie vorrr acht Tagen warrr es nicht. Aberrr doch genug, daß man etwas nerrrvös wirrrd:«»Nerrrvös?« kreischt ein gelbhäutiger Kakadu. »Nerrrvös? Weiß nicht, was Nerrrven sind. Finde das famos, so viel Leute.«

»Danke!« schnarrt der Rote und lächelt den Blauen an. »Die Geschmäderrr sind eben verrrschieden. In acht Tagen zwei billige Sonntage, das ist mirrr etwas rrreichlich. Wenn das so weiterrr geht, dann kann ich von mirrr nurrr sagen…«

»Lott ist tot!« pfeift der Flötenvogel gegenüber in dem Vogelhaus.

Der Ära schüttelt sich vor Lachen: »Hahaha, famoserr Witz.«

»Hohohoho?« fällt die Rotgans mit tiefem Baß ein, und vom Lachmöwenpark schallt es: »Hihihihi?« Der Flötenvogel ist ganz stolz über seinen gelungenen Witz.

Im Bärenhaus sitzt der Malaya an der Mauer, streichelt sich den Bauch und stöhnt: »O weeeh, o weeeh!« »Na, wieder verfressen?« fragt der Eisbär.

»Ach,« stöhnt der Kleine, »mir geht es immer so nach dem Billigen. Alles durcheinander und in einem fort, das soll man aushallen.«

»Ja, warum frißt du so viel?« fragt der Polarbär.

Der Malayenbär weiß darauf nichts zu sagen.

Im Raubvogelhaus spreizen die Adler und Geier die Flügel und lassen sich die Sonne auf den Rücken scheinen.

»Gut, daß der Trödel vorbei ist,« meint der Kondor. »Ich wollte, es wäre Herbst, und die Geschichte mit den billigen Sonntagen hörte auf. Ich kann die faden Bemerkungen nicht vertragen.«

»Ja,« ergänzt der Mönchsgeier, »keinen Dunst von Zoologie haben die meisten. Dick und groß stehen die Namen angeschrieben, aber was man alles zu hören bekommt, es ist gräßlich. Ich sollte ja wohl der Uhu sein!«

»Und mir,« kreischte der Seeadler vor Freude auf, »und mir haben sie, denkt euch, ein Brötchen zum Fressen vorgeworfen. Ein Brötchen, mir! Hahaha!« Er lacht gellend auf. »Es ist zu dumm! Einen Hasen oder eine Ente bringt natürlich nie einer mit!«

»Alles das ginge noch,« unkt die Uraleule, »aber diese gräßliche Zudringlichkeit! Die ist unerträglich. Wildfremde Leute tun so, als wäre man mit ihnen in einem Nest groß geworden.«

»Jawohl, das ist das Dümmste!« stöhnte die Schleiereule. »Nicht fünf Minuten kann man ruhig in seiner Ecke sitzen. Ich bin furchtbar müde. Habe den ganzen Tag nicht ein Auge zugemacht.«

»Puh!« stöhnte vom Strauspark der Emu, »das hätten wir mal wieder überstanden. Noch einen Billigen, und ich muß ins Bad!«

»Ja,« knurrt der Kasuar, »so wunderbare Sonne gestern, und nicht einen Augenblick konnte man es sich bequem machen. Fortwährend wurde man angeödet.«

»Na,« lachte der Strauß, »dem einem hab' ich's besorgt. Der war mir denn doch zu plump vertraulich. Mit dem Stock wollte er mich kitzeln. Ich hab ihm aber einen über die Pote gewischt, da hat er noch lange was von.«

»Aau, aau,« wimmert der Pfau, »und mir hat so'n Junge meine schönste Feder ausgerissen. Der Wärter hat ihn zwar erwischt und gehörig verwackelt, aber was hab' ich davon?« Die Höckergans lacht im Halse; sie kann den Pfau nicht leiden. Aber das ist nur Neid, weil sie nicht so bunt ist. Und das Guanaco macht sein hochmütigstes Gesicht und grient, daß man seine langen gelben Stoßzähne sieht. Es mag den Pfau auch nicht leiden.

Im Schmuckvogelhaus spricht auch alles vom billigen Sonntag. Der lachende Hans will sich vor Lachen ausschütten über die dummen Redensarten, die der Pfefferfresser wegen seines großen Schnabels hat anhören müssen. »Ja,« erzählte der, »eine Dame meinte, ob er mir nicht zu schwer sei, und ob das nicht eine Mißbildung sei. Unglaublich!«

»Quatsch!« meint der Nachtreiher, »Quatsch!«

»Zu verrückt, zu verrückt!« ruft der Wachtelhahn. »Übrigens soll ja nächstens wieder Billiger sein, hab' ich gehört.«

»Igittigittigitt,« schreit die Schwarzdrossel auf, »igittigittigitt, das fehlt gerade noch!«

»Uijeh, uijeh, das haben wir ja auch nötig,« klagt der Kiebitz, und die Lachtaube kichert und meint, dann müsse sie Brom nehmen oder Baldrian.

»Ich habe die Nase auch voll,« brummt der Elefant. »Dieses ewige Geuze ist auf die Dauer langweilig. Ich möchte bloß ein einziges Mal dazwischen können; das würde ein schönes Gequietsche geben. Tun würde ich keinen was, bloß einen auf meinen Rücken setzen.«

Auf einmal lacht er. Er hat das Shettlandpony gesehen. Er nickt ihm zu. »Das haben Sie famos gemacht gestern. Wie der freche Bengel in den Sand schoß. Ja, was braucht er Ihnen auch immer die Hacken zu geben? Sie trabten doch schnell genug, Na, der kommt so bald nicht wieder!«

Das Pony wiehert vergnügt und beschnüffelt die Stelle, wo der Junge hinflog. Das Zebra aber grinst verächtlich, Auf ihm sollte einmal einer reiten! Der könnte seine Knochen im Taschentuch nach Hause bringen.

Die Leopardenmama im Raubtierhaus ist sehr besorgt um ihre Kleinen. »Ganz fimmelig haben sie mir die Kinder gemacht,« ruft sie der Löwin zu. »Kinder müssen Ruhe haben. Und dieses alberne Insgesichtloben taugt auch nichts. Fortwährend ging es: »Gott, wie niedlich! Och, wie reuzend!, Gräßlich«

Am verdrießlichsten aber ist der Mungo. Der hat zum dreihundertsten Male die Geschichte anhören müssen von dem Mann auf dem Bahnhof, der in einem Kasten ein Tier hat, das er mit Sardellenbrötchen füttert. Ein Sachse fragt ihn: »Sie, heer'n Se, was is das fier'n Dierche?«

»'n Mungo!« antwortet der Besitzer.

»Ach herrcheses nee, was Sie sagen. Also 'n Munko? Was frißt denn der eichentlich?«

»Schlangen!« Anwortet der Besitzer.

»Herrjemmersch nee, also Schlangen, Aber das sind ja Sardellenbreetchen, womit Se ihn fittern, das sind ja gar keene richtigen Schlangen nich?«

»Es ist ja auch kein richtiger Mungo,« antwortet der Besitzer.

Kein Wunder, daß der Mungo über diese dumme Geschichte wütend ist. Aber nach dem billigen Sonntag sind alle Tieren im Zoologischen wütend, oder nervös, oder magenleidend. Und von Rechts wegen müßte am anderen Tage der Garten geschlossen sein. Damit sie sich erholen können.

Ein Naturfreund

Die Sonne schien mir so lange auf den Schreibtisch, bis ich einsah, daß ich etwas Vernünftigeres tun könne, als zu Hause zu sitzen. So machte ich denn, daß ich in den Wald kam, um mir von Amsel, Drossel, Fink und Star etwas vorsingen zu lassen.

Als ich dort ankam, wo die Teiche liegen, folgte ich meiner alten Angewohnheit und sah in das Wasser, auf dem die Taumelkäfer sehr gewandt und die langbeinigen Wasserwanzen recht steifbeinig Schlittschuh liefen, während in dem vertrockneten Schilfe die Grasfrösche sich dem Fortpflanzungsgeschäfte hingaben und dabei derartig murrten, als sei ihnen diese Tätigkeit auf das äußerste zuwider, was nachweislich nicht der Fall ist.

Als ich noch ein Jüngling mit lockigem Haar war und dem Wahne huldigte, daß man auf dem Wege der exakten Forschung hinter die Küchengeheimnisse von Frau Natur kommen könne, hatte ich mich auch mit Malakozoologie beschäftigt, das heißt, Schnecken und Muscheln gesammelt, und als ich nun im seichten Wasser eine Posthornschnecke umherkriechen sah, bückte ich mich aus Gewohnheit, fischte das Tier mit der Hand heraus, besah es, stellte fest, daß nichts Besonders daran festzustellen sei, und entließ es in Gnaden.

Nach einer Weile blitzte es rot im Wasser, etwas Langes, Dünnes zappelte bis zur Oberfläche, schnappte dort eine winzige Menge atmosphärische Luft, fiel wie überanstrengt wieder hinab und schwänzelte dann dahin, wo ich stand. Ich bückte mich abermals, griff schnell zu und erwischte ein bildschönes Männchen des Kammolches, das etwas unwirsch knurrte und, als ich es daraufhin noch nicht freigab, entrüstet mit dem in allen Spektralfarben schimmernden Schwanze zappelte, so das ich nicht umhin konnte, ihm seinen Willen zu tun, worauf er erst, verdutzt durch das sonderbare Abenteuer, einige Augenblicke alle vier Beine von sich streckte und über den Fall nachdachte, bis ihm einfiel, daß es das auch dort tun könne, wo das Wasser tiefer wäre, und mit affenartiger Plötzlichkeit verschwand.

Nach einiger Zeit kam ein Frosch angeschwommen, und zwar, wie ich ihm sofort an der Nase ansah, ein Moorfrosch. Die Liebe hatte ihm nicht nur die Hauptstruktur verändert, so daß er so blau aussah wie Steinöl, das in der Sonne steht, sondern ihm auch den Verstand getrübt, und so merkte er erst, als ich ihn zwischen den Fingern hielt, daß er einen dummen Streich begangen hatte. Nachdem er anfangs durch ein wildes Hampeln und Strampeln Einspruch gegen die ihn angetane Freiheitsberaubung erhoben hatte, ergab er sich mit Würde in das Unvermeidliche, und als ich ihm mit Daumen und Zeigefinger um die Taille faßte, schienen süße Erinnerungen in seinem Gehirn Form anzunehmen, den er erhub ein zärtliches Schnurren. Das rührte mich derartig, daß ich ihn wieder in den Teich setzte.

Nicht weit von mir stand ein Mann, der mich in verstohlener Weise beobachtet hatte. Neben sich hatte er zwei großmächtige Fischkannen stehen, und in der Hand hielt er ein Fangnetz mit zusammenschiebbarem Stocke. Da ich mich dorthin schleichen wollte, wo die Gras- und Moorfrösche zusammen mit den Erdkröten eine Gesangswettbewerb veranstalteten, mußte ich an dem Manne vorbei, und als ich bei ihm angelangt war, legte er einen ziemlich dreckigen Zeigefinger an den Rand seines noch dreckigeren Hutes und fragte mit jenem Untertone von Wohlwollen in seinem etwas mager geratenen Organe, dessen der Mann von Fach sich im Verkehr mit einem Laien zu bedienen pflegt: »Sie sind ooch wohl 'n jroßa Natuafreind?« Dabei nötigte er ein Lächeln in sein abgetragenes Gesicht, das den Eindruck erweckte, als habe er es vorher erst auf Eis gelegt.

Ich kann nun Leute, die mit zwei Fischkannen von je fünf Liter Inhalt der Natur auf den Leib rücken, nicht gerade besonders gut leiden, und so sagte ich: »Nee!« Der Mann sah mich erstaunt an und meinte: »Ich dachte, weil daß ich Sie doch was fangen sah.« Ich zuckte die Achseln: »Das ist bloß eine alte Gewohnheit von mir.« Er nickte beistimmend: »So, dann ha'm Se jetzt woll 'n anderes Jeschäft?« Er jagte mit der Zunge seinen Priem in die linke Backentasche, spuckte mit einer geringschätzigen Miene die braune Sauce in das klare Wasser und sagte: »Hia ist ooch nich ville mehr los; frieha was bessa hia. Jetzt muß ma' schon mindenstens for fuffzig Fenje vafah'n, wenn ma' was von die Natua ha'm will. Aba ohne Natua kann 'ch nich leben.

Wenn ick irgend Zeit habe, mach ich raus nach die Natua.« Er besann sich eine Weile, sah mich mit seinen ausgewässerten Augen träumerisch an und fuhr fort: »Ja, die Natua! Da liegt noch wat drin!« Er seufzte schwärmerisch.

Ich gab ihm eine Zigarre, so gerührt war ich. Endlich ein Mensch, eine gleichgestimmte Seele! Ich revozierte und deprezierte in meinem Herzen alles, was ich Übles von ihm gedacht hatte. Dieser einfache Mann hier neben mir mit seinem Rocke, der so aussah, als wäre er vor zehn Jahren alt gekauft, und den Hosen, die nur an den Stellen fleckig aussahen, wo sie noch keine Flecken hatten, und dem Hute, der sicher eine nahrhafte Bouillon abgegeben hätte, kochte man ihn, und dem Hemdkragen, der nicht mit schreiendem Weiß den organischen Zusammenhang von Kopf und Leib unkünstlerisch unterbrach, und diesen Stiefeln, deren Spitzen lebhaft an die Nasenbildung des westafrikanischen Stumpfschnauzenkrokodils erinnerten, dieser Mann, der hier still priemend neben mir stand, der hatte das, was ich bei so manchem Manne mit funkelnagelneuem Rocke, tadellosen Hosen, sauberem Hute und gut sitzenden Schuhen vermißt hatte, ein tiefes Gefühl für die Natur, ein feines Empfinden für den Zauber, der von ihr ausgeht. Den ganzen Tage über, das bewiesen seine schwieligen Finger, arbeitete er um kargen Lohn in der Fabrik, um für sich und seine Lieben den Lebensunterhalt zu verdienen; aber jede freie Stunde benutzte er, um draußen den Fabrikstaub von der nach Schönheit dürstenden Seele zu spülen. Freundlich lächelte ich ihn an, indem ich nach der Stelle wies, wo die Frösche murrten.

»Das ist die einzige Stelle weit und breit, wo es noch Moorfrösche gibt,« äußerte ich. Er sah gleichgültig dorthin und schüttelte den Kopf: »Mit die Fresche hab' ick nich ville im Sinn. Loobfresche, dat lohnt sich woll noch, aber for braune Fresche kriegt'n so gut wie nischt. Die sind bloßig als Futterfresche zu jebrauchen und die fangen sich de Händla lieba selba.« Er sah nach seinen Kannen: »We' 'ma sich uff de Natua vasteht, ka' 'ma schonst allahand heraushol'n; ma' muß sich bloßig uff den Zimt vasteh'n, vasteh'n Se. Jetzt zum Beispiel is mit Posthornschnecken noch wat zu machen, solange dat Wassa kalt is, denn da trau'n sich de Jung's noch nich rin. Jetzt kriegt ma' noch'n Fennig det Stick. Sticke dreihundert bis vierhundert hab' ick heile jefang'n; macht drei bis vier Mark. Dat lohnt sich doch, nicht? Na, und denn so an de dreißig Molche, und wat denn sonst noch is, Gelbränder, Deckelschnecken, Sprockmaden, im janzen hab' 'ck meine finf Mark dabei 'rausjeholt. Und dat allens in anderthalbig Stunden.« Seine Stirn bezog sich und seine Augen blickten düster: »Mit de Mölche widd dat von Ja' zu Ja' fauler! Die Jung's fang'n zu ville. Und denn vakauf'n se se for 'n Ei und Appel. Frieha kriegte ick zehn Fennje for dat Stück; heite muß 'n froh sind, wenn 'n finfe kriegt. Der reene Schkandal!«

Entrüstet spie er seinen Priem in den Teich, biß die Zigarre ab, ließ sich von mir Feuer geben und fuhr fort, indem er spöttisch lachte: »Ick weeß noch feine Stellen. Sonntag will 'ck nach eine hin, wo es Bergmölche jibt. Vorg'tes Jahr um diese Zeit hab' 'ck da in eenen Sonntag zweehundert jefang'n, ungerechnet die Kammölche und die Punktmölche. Wenn 'ck bloßig wißte, wo 't de Fadenmölche jibt; damit is noch'n Jeschäft zu machen. Wissen Se keene?« Ich schüttelte den Kopf und wurde über diese stumme Lüge noch nicht einmal rot, und auch, als der Mann mich fragte, ob ich keine gute Eidechsenstelle wüßte, verneinte ich auf dieselbe Weise. Betrübten Blickes redete er weiter: »Hia jab's frieha massenbach we'che. Ick hab' öfters zwee bis drei Dutz an einen Dage jefang'n. Weiß da Deubel, daß ma' jetzt keene mehr zu sehen kriegt. Ick weeß noch jute Stellen, aba ma' vafährt 'ne heile Mark, will ma' dahin, oda noch mehr. Na, und wo bleibt denn da Vadienst? Mit die Zalamanders ist dat ebenso. Es jibt da noch jenung von, aber dat is alles so weit. Da leg' 'ck ma' lieba uff Schnecken und sowat. Intressanta ist ja dat mit die Eidechsens und die Zalamanders, aba wat koof 'ckma' for dat Interessante? Dat Dämliche is bloßig, dat ma' uff de Schule nich jenug Naturgeschichte lernt. Ick sage Ihnen, wer ordentlich Natuageschichte jelernt hat, der kann es heite zu wat bringen. Kenn'n Se Friedhoffen, den Naturaljenhändler? Dat wa' frieha ooch man n' Tischlergeselle. Na und heite, da hat 'r 'n Haus und 'n feiner Jeschäft drin. Alles bloß aus da Natua 'rausjeholt. Ja, die Natua, da liegt war drin!«

Er zog mit einer kleinen Harke, die er an seinen Netzstock schraubte, eine Unmenge von Wasserpflanzen aus dem Teiche, kniete dabei nieder, suchte das Beste dazwischen heraus, tat es in einem Sack aus wasserdichtem Stoffe und ließ das übrige am Ufer liegen. Wehmütig schüttelte er den Kopf und seufzte, als er die Ausbeute betrachtete: »Mit die Flanzen widd dat ooch immer mieser! Frieha jab dat so scheenes Hornkraut hia, und Froschbiß ooch, und Wassaschlauch. Allens futsch! Aber ick weeß noch jute Stellen. Vor acht Tage hab' 'ck mit meenen Jung's an einem Morjen ieba dausend Stick Winterflanzen von Hornkraut da wejjeholt, allens, prima Ware. Friedhoff wollte jern wissen, woher 'ck dat hatte, aber so dumm ooch jrade! Dat is 'n janz Schlauer. Wat jloob'n Se, jetzt hat a sich selba Teiche jepachtet, und da züchtigt er allens megliche drin, sogar Flanzen! Ja, wenn ma' erst 'n Kapital hat, denn kann ma' mit de Natua schon wat anfang'n. For so'n bißken Wassapest, wie mein Finger lang, nimmt a zehn Fennje! Und von der Zeig hat a 'n janzen Teich voll. Frieha machte ick mit Wassapest 'n janz jutet Jeschäft, weil ick man allein wußte, wo se zu finden wa', aber nu' ist dat damit Essig. Und dat schlimmste ist, Friedhoff hat zu ville Jung's, die ihm allens zuschleppen. Dat mißte vabot'n wer'n, dat de Schuljung's sich mit sowat abgeb'n, wo se doch ooch keene Bredchen meh austrag'n derfen und Kegel ufstell'n. Sojar Jimnasiastens gehen for ihm los, und dat wollen denn feine Jung's sind und schnapp'n andre Leite den Vadienst wej. Und wat kriegen se dafor?! 'n Dreck kriejen se!«

Er starrte mit bösen Augen in das Wasser. »Dat schlimmste ist dat mit die eckszotischen Fische! Seitdem die ussjekommen sind, jenen Stichlinge so jut wie janich mehr. Und ebenso is dat mit die andern; Schlammbeißer sind janz faul, Steinbeißer, dat jeht noch halbwege, bloßig dat Fangen, dat lohnt sich nich. Dat widd nich eha wieda bessa, als bis daß auf die eckszotischen Fische 'n Zoll kommen duht. Uba natierlich, an sowat, da denken die Herren im Reichstag nich! Allens for die reichen Leite, dat is imma so jewesen und so bleibt dat. Jeberhaupt, dat Tierefangen, dat mißte vaboten wer'n, wenigstens das umsonstene.' Da mißte ne Erlaubnißkarte druff gesetz wer'n wie bei de Jäger, die 'ne Mark kostet oder meinswej'n ooch dreie, Denn werd'n die Jung's dat schonst bleiben lass'n. Aba so, wie dat heute is, wo eine jeda so ville fangen, als a lustig is, wo soll das die Natua schließlich hin? Widd ja allens rein ausgereibert. Jederall loofen die Bengels rum und holen wej, wat noch da is, wo schon nischt mehr los ist. Frieha hab' 'ck 'n jutes Jeschäft mit Vogeleia jemacht. Na und heite? Wat die bessa'n Vegel sind, die brieten so weit wej, dat dat vill zu ville Fahrgeld kosten duht. Vor zwanzig Jahre war dat noch anders; da hab' 'ck in einen Friehjahr Wiedehepe ausgenommen, ob Se 's jlooben oder nich. Suchen Sie heite mal, wo 'n Wiedehepfnest stehen duht! Eisvegel, Wirga, damit ist dat jenau so; een Jamma is dat, wie wenig dat davon noch jibt! Und ebenso is dat mit die bessern Flanzen. Vor zehn Jahr'n hab' 'ck an einen Tage 'n janzen Sack voll Orchideens, lauter jute Sachen, holen kennen. Heite? Is nich!«

Er legte seinen dreckigen Zeigefinger an die noch dreckigere Krempe seines noch viel dreckigeren Hutes: »Ick muß nach Hause. V'lleicht uff'n ander Mal. Aba dat sag' 'ck Ihnen: dat muß ändert wer'n! Na, et is 'n Sejen, dat jetzt von oben her in Naturschutz jemacht widd. So jeht dat ooch nicht weita! Meinen Se nich?«

Ich nickte, und zufrieden schob er ab, der Naturfreund; und da ich fand, daß er vollkommen recht hat, so setzte ich mich und schrieb diesen Aufsatz.

Ich hoffe, in seinem Sinne gehandelt zu haben.

Der alte Herr und der junge Mann

Nach dem Kalender dauert die Herrschaft des Winters bis zum einundzwanzigsten März, das bekommt er alle Jahre schwarz auf weiß. In Wirklichkeit liegt die Sache aber anders, denn schon von Ende Februar ab hetzt der Frühling im Lande herum und macht die Leute unzufrieden mit den bestehenden Zuständen.

Das merkt der Winter, wie er, bis an den Hals in seinen dicken, gut spießbürgerlichen dunklen Überzieher geknöpft, auf dem Bürgersteige an der Schattenseite der Straße entlang geht, ruhig und besonnen, wie es seine Art ist.

»Autsch!« sagt er und macht einen mißlungenen Versuch, seine rechte große Zehe nebst darüber befindlicher Schaftstiefelspitze in den Mund zu stecken, denn ein schwefelgelb, blitzblau, donnergrün und feuerrot geringelter Pinndopp, einer der ausgewachsensten Vertreter seiner Art, einer mit einer tüchtigen Eisenpinne, ist gegen des Winters gefühlvolles Krähenauge geflogen.

Wütend sieht der alte Herrn den dickbäckigen Jungen an, der ihm vor die Füße baselt und seinen Pinndopp mit laut klatschenden Peitschenhieben auf den Schwung bringt, ohne sich viel um den stechendkalten Blick des würdigen Mannes zu kümmern.

Auf dem gegenüberliegenden Bürgersteige, der in der vollen Sonne liegt, steht ein hübscher junger Mann, der seine fußfreien Hut, einen Kragen und Rückantwort, einen symbolischen Frühlingsmantel und sezessionistische Hosen trägt. Er lacht lustig über den kleinen Vorfall und ruft, den Hut ziehend, einen lauten Gruß über die Straße.

Der alte Herr grüßt mürrisch wieder, als wollte er sagen: »Wieder einer, der mich anpumpen will!« Aber der junge Mann ist schon bei ihm. »Kennen mich wohl nicht mehr, Verehrtester?« Ist schon ein Jahr her, daß wir uns sahen. Lenz ist mein Name. Schönes Wetter heute, was? Fein, diese Sonne, nicht? Bißchen ins Holz bummeln? Schönchen, komme mit!«

So ziehen denn die beiden los, der alte Herr mit brummigen Gesicht, der andere aufgeräumt und lachend. Jedem Mädchen, das ihnen begegnet, sieht er unter den Hut und macht ihm süße Augen, und jedes Mädchen bekommt einen roten Kopf und denkt an den, an den es am meisten denkt, nur ein bißchen nachdrücklicher als sonst. Auch die Spatzen sieht der hübsche junge Mann an, und die erheben dann sofort ihr Gefieder, fliegen auf die nächste beste Dachrinne und beginnen auf ihre Art die Ankunft besserer Zeiten zu verkünden.

»Weiß der Deubel,« knurrt sein Begleiter durch seinen eisgrauen Bart, »wo die Pinndöppe mit einem Male alle hergekommen sind.« Mit schiefem Blicke sieht er an einem Haufen Jungens und Mädchens vorbei, die alle einen bunten Pinndopp vor sich herjagen. »Eben erst ist mir so ein Ding gegen meine dicke Zehe geflogen. Diesen Unfug müßte die Polizei verbieten.«

»Wo die Pinndöppe hergekommen sind?« antwortet freundlich der junge Herr; »das kann Ihnen niemand besser sagen als meine Kleinwenigkeit. Ich habe gestern einigen Jungens welche geschenkt. Ich ging gerade durch eine enge, muffige Straße und sah die bunten Dinger in einem engen, muffigen Laden. Ich kaufte den ganzen Vorrat und verteilte ihn. Das war um dreiviertel zehn Uhr. Um zwei Uhr nachmittags waren alle Straßen voller Pinndöppe.«

Sie biegen um die Straßenecke und gehen an einer Reihe Gärten entlang. »Singt da wirklich schon eine Amsel oder habe ich Ohrensausen?« fragte der alte Herr. »Dieses nicht, sondern nein,« erhält er zur Antwort; »aber eine Amsel singt da.« Und sich zu der Amsel wendend, pfeift der junge Mann ihr vor, wie die Melodie lautet. Die Amsel hört aufmerksam zu, und als sie wieder anfängt, geht es schon bedeutend glatter.

Der alte Herr verzieht sein faltiges Gesicht, daß es noch weniger lieblich aussieht, und ein paar Schneeglöckchen, die hinter einer dunkelen Buchsbaumeinfassung hervorleuchten, sieht er so tadelnd an, daß sie vor Schreck die Köpfe hängen lassen. Aber als der junge Mann sie ansieht, da werden sie wieder frech, und rechts und links von ihnen kommen immer mehr hervor, und sogar ein gelber Safran rutscht ein Stückchen aus seiner grünen Hülle heraus. Der alte Mann bemerkt das mit Mißfallen.

Aber ganz ärgerlich wird er, wie dicht bei seiner roten Nase ein Spatz vorbeifliegt, der einen ellenlangen Strohhalm im Schnabel hat. »Das ist doch die Höhe!« brummt der ehrenwerte Herr vor sich hin und sieht dem Spatzen nach, der mit seinem Strohhalm unter einer Dachrinne verschwindet. »Hat es das Gesindel eilig!« knurrt er. »Kann das Volk nicht warten, bis es Zeit ist? Aber das legt und brütet darauf los, als ob es schon in der besten Maikäferzeit wäre!«

Herr Lenz lacht: »Nehmen Sie es ihnen nur nicht übel. Junge Leute haben es mit dem Heiraten immer eilig; ältere können sich schon eher beherrschen. Achtung!« Hätte er nicht zugepackt, so wäre es dem Winter eklig gegangen, denn zwei Radfahrer, von denen der eine kurze Hosen, der andere kurze Röcke anhatte, hätten den alten Herrn beinahe übergeradelt, weil sie, anstatt auf der Straße, sich in die Augen sahen.

»Schöne Wirtschaft das,« brummte der Alte und sieht den beiden Leutchen nach, die mit hellem Lachen um die Straßenecke verschwinden. »Gestern sah man nur Geschäftsradler. Heute ist alles voll von dieser Art. Es ist genau so wie mit den Zitronenfaltern und Pinndöppen. Drei Sonnenstrahlen, und sofort wimmelt es davon:«

Im Walde ist es hell und sonnig. »Zu sonnig!« meint Herr Winter und sucht einen schattigen Weg auf. Dem Lenz ist alles gleich; er ist kein Spierverderber. Er läßt den Alten knurren und brummen und sieht fleißig nach rechts und links. Rechts steht ein Haselbusch; seine Kätzchen recken und strecken sich und streuen eine Wolke gelben Staubes auf den Hut des alten Herrn, ohne daß dieser es merkt. Eine dicke Meise mit gelber, schwarz eingefaßter Weste versucht vergeblich, es ihm zu sagen: Heh da, Sie da?" ruft sie. aber er hört es nicht. Nun lacht sie hinter ihm her: »Hähähähä.«

Dann setzt sie sich auf einen Tannenzweig mitten in die Sonne und singt: »Frühling, Frühling, Frühling!« Eine Spechtmeise, die kopfüber an der Buche herunterrutscht, hält damit ein und ruft: »Fein, fein, fein!« Ein Baumläufer, der sich um die Eiche herumschraubt, klappt mit den Flügeln und piept: »De düre Tied is vorbei!« und eine Amsel schreit auf: »Quitt sind wir den Winter, quitt, quitt, quitt, quitt,« und der Dompfaff meint auch: »Quitt, quitt.«

Dem alten Mann wird es warm. Er setzt sich auf eine Bank im Schatten. Sein Begleiter läßt sich neben ihm nieder. Im Bestände vor ihnen raschelt das Laub. Der alte Herr runzelt die Stirn, denn er hat ein sehr feines Moralempfinden. Dem jungen Manne geht es gänzlich ab; darum lächelt er über das, was er sieht, das ist ein Hase und noch einer. Der vordere ist eine Sie und der hintere ist ein Er. Sie sorgt dafür, daß er nicht zu nahe kommt, Seit einer Stunde führt sie ihn an der Nase herum. Wenn er verschnauft, verpustet sie sich auch. Setzt er sich in Trab, so tut sie dasselbe. Hat er es eilig, so sie desgleichen. Läßt er sich Zeit, so sie gleichfalls. Sie verschwinden beide in dem Tannenforste.

Der junge Mann flötet leise durch die Zähne: »Das macht die Li-ie-be ganz allein,« unbekümmert darum, daß der alte Herr den reichlich vorhanden Runzeln auf seiner Stirn einige weitere hinzufügt, die er um noch eine vermehrt, als sich aus dem Grase lautschnurrend ein dicker Mistkäfer erhebt und mit anspruchsvollem Gebrumme den Weg entlang fliegt. Aber als ein grauer Schmetterling mit unsicherem Fluge herangetaumelt kommt und vor der Bank auf dem Boden fällt, da lächelt der Graubart.

Der junge Mann dreht die Spitze seines gut sitzenden braunen Schnürschuhes um einen Zoll nach rechts, bis sie über dem Frostspanner ist, senkt sie und tritt die Motte tot. »Roheit!« brummt der alte Mann. »Ist es,« versetzt der andere; »aber so ist das Leben. Sie werfen mir Schnee in die Blumen, und ich trete Ihr geliebtes Ungeziefer tot. Ihnen gefällt mein Mistkäfer nicht und mir Ihr Winterschmetterling noch weniger. Der eine ist so und der andere so. Dem einen seine Eule ist den anderen seine Nachtigall. Die Geschmäcker sind unterschiedlich. Wer Senf mag, nimmt, wer nicht, der dankt.«

Nach dieser Darlegung seiner Weltanschauung steckt Herr Lenz sich eine leichte Zigarre an, während Herr Winter eine schwere hervorzieht. Auf dem Hornzacken des alten Eichenüberhälters sitzt eine Krähe, die auf der Sonnenseite silberweiß, auf der Schattenseite kohlschwarz aussieht. Sie quieckt, quietscht, schnalzt und schmatzt und ruft dann laut und deutlich: »Jule, Julia, Julchen!« Schon ist die Bewußte da, und es beginnt ein Gehabe und Getue, das den älteren der beiden Herren höchst peinlich berührt. »Vollkommen verrückt!« meint er kopfschüttelnd. Aber dann macht er ganz runde Augen, denn was er da vor sich sieht, das ist noch verrückter als verrückt. Da hopsen, hüpfen, rennen, rutschen, klettern, krabbeln, ein halbes, nein ein ganzes Dutzend rote, braune, graue Dinger um ein Schwarzes; die Ohrzipfel zucken, die Schwanzbüschel wehen. Das faucht, quiekt, schnalzt und kickst in allen Tonarten, raschelt durch das Fallaub, rappelt an der Rinde hoch, saust von Wurzel zu Wurzel, plumpst auf die Erde, irrlichtert goldschimmernd im Kreis, fährt aufeinander los, prallt zurück und verkrümelt sich spurlos, wie es kam.

»Wo alles liebt, kann Eichkater es nicht lassen,« zitiert der jungen Mann frei nach Schiller. Der alte Herr nimmt seinen Wanderstab und haut einem unverschämt grünenden Jelängerje-lieberbusche damit eins über, daß die grünen Blätter in der Nachbarschaft herumfliegen: »Es wird mir zu dumm!« ruft er, »verstehen Sie, zu dumm! Was ist denn das für eine Zucht hier? Hab' ich hier zu reden oder Sie? Ich lasse mir viel gefallen; aber was zu toll ist, das ist zu toll! Nun hat die Geschichte ein Ende!«

Er streckt zwei Finger in den Mund und pfeift. Von weit her kommt der Widerhall des Pfiffes, kommt näher, immer näher. Die Äste der Buchen schlagen aneinander, die Kronen der Kiefern rauschen und sausen, die Sonnenflecke im alten Laube verblassen, lose Blätter rennen ängstlich in ein Versteck. Keine Meise pfeift mehr, der Fink hört auf zu schlagen, die Krähe krächzt rauh und hart.

Der junge Mann macht ein gleichgültiges Gesicht, bläst den Rauch seiner Zigarre vor sich hin und nimmt ein trockenes Grasblatt von seiner Hose. Dann fängt er ganz leise an zu flöten, eine kecke, lustige, sorglose, übermütige Weise. »Alles neu macht der Mai,« pfeift er. Die Zweige der Buchen hören auf zu klappern, die Kronen der Fuhren stellen ihr Brausen ein, auf den Stämmen und im Fallaub tauchen goldene Flecke auf, der Fink schlägt, die Meise pfeift, und von irgendwoher ertönt des Ringeltäubers tiefes Lied.

Klingeln und Lachen kommt näher. Radfahrer flitzen vorbei, immer ein Männlein neben einem Weiblein, trotz der Polizeiverfügung. Um die Wegesecke biegt ein Paar Fußgänger, er so zwanzig, sie so achtzehn Jahre alt. Wie sie die beiden Herren auf der Bank sehen, lassen sie ihre Hände los. Bis dahin hatten sie sie verschränkt. Sie hält den Kopf gesenkt und hat rote Backen. Er hält die Nase hoch und flötet halblaut. Dann sagt er: »Ja, gewiß, Schlittschuhlaufen ist ein Vergnügen, aber es ist auf die Dauer fußkalt.« Sie nickt, als wollte sie sagen: »Ja, und dann die vielen Menschen.« Der alte Herrn sieht empört gegen den Himmel. Auf dem Hornzacken der al-te Eiche sitzt ein Starmatz, hält den Schnabel in die Luft wie ein neugebackener Ersatzleutnant, bläst die Kehle auf wie ein Puthahn, klappt mit den Flügeln wie ein Schneeschipper, pfeift wie eine hysterische Maus, quietscht wie eine gereizte Schiebkarre und jodelt wie ein verstimmter Salontiroler. Dann fliegt er dahin, wo mehrere seinesgleichen sich auf dieselbe Art vergnügen. Sofort nimmt seinen Platz ein die Reichsfarben tragender Specht ein, der in Ermangelung von etwas Besserem den alten Ast als Trommel benutzt, und zwar mit dem Erfolge, daß der alte Mann es für angebracht hält, sich von dannen zu begeben. Der junge Herr folgt ihm.

»Hören Sie?« sagt er und zeigt auf ein zollgroßes braunes Etwas, das auf einer Brombeerranke sitzt und einen Lärm vollführt, der in gar keinem Verhältnis zu seinem Umfange steht, »der Zaunkönig singt auch schon.« Der alte Herr lächelt verächtlich: »Auch schon ist gut. Das ist der einzige Vogel, der vernünftig ist. Der singt das ganze Jahr. Der singt bei zehn Grad unter Null. Der braucht dazu nicht erst für fünfzig Pfennige Sonnenschein und ein paar lumpige Mücken. Und er braucht dazu nicht erst jenes unbestimmte, unklare, nur zu allerhand Dummheiten führende Gefühl um die Leber, das Sie Liebe nennen, das aber im Grunde nichts als Mangel an gesunder Bewegung ist.«

Der junge Mann lächelt, halb bescheiden, halb überlegen, und sieht dem Zaunkönig nach, der mit einem Moosfäserchen im Schnabel nach der Baumwurzel schnurrt, unter der eben die Zaunkönigin, ebenfalls mit einem Moosfäserchen im Schnabel, verschwand. Und dann bleibt er stehen und sieht nach einem Faulbaumbusche, aus dem ein ganz seltsames, dünnes, zärtliches Gepiepse kommt. Da sitzt eine kleine, graue, schwarzmützige Meisenmadam, und rechts und links von ihr sitzt ein ebenso angezogener Mosjöh, und jeder rückt ihr ab und zu näher und piepst ihr die schönsten Schmeicheleien zu, und die Madam dreht sich links und dreht sich rechts und weiß nicht, was sie machen soll. Der da rechts ist so nett, und der da links ist so niedlich, und die Geschichte ist deswegen gar nicht so einfach, und wenn sich die beiden vertragen, nimmt sie sie am liebsten alle zwei beide auf einmal.

Auf einmal haben sich die beiden Herren Männer bei den Kappen und wirbeln erst in der Luft herum und dann in das Laub herab, und die Madam sieht der Angelegenheit aufmerksam zu, und wie der eine ziemlich geschunden von dannen flattert, da findet sie, daß ihre Liebe zu dem anderen doch größer sei, und sie fliegt mit ihm zu dem Nistkasten der an der Birke hängt, und während sie sich die Wohnung ansieht, sitzt er auf dem Dache und erläßt an die nähere und fernere Bekanntschaft eine gereimte Einladung zu Hochzeitsfeier.

Der alte brave Herr schüttelt den Kopf. »Ja, ja, Jugend hat keine Tugend, aber dafür hat das Alter die Moral,« meint der jungen Mann und pfeift leise vor sich hin: »Alle Vögel sind schon da, alle Vögel alle« und sieht nach dem Turmfalkenpärchen, das gellend jauchzend über den Kronen Verloben spielt, nach dem grauen Käfer, der mit keck emporgereckten Fühlern über den Weg schnurrt, nach der blauen Fliege, die auf dem Sonnenfleck an der Buche in breiter Behaglichkeit dasitzt, und wie er die graue Krähe auf der Eiche sieht, da zielt er mit seinem Rohrstock auf sie, und ängstlich quarrend fliegt der Winterrabe fort und sagt es den Genossen an, daß es Zeit sei, an die Fahrt nach Ostland zu denken. Der alte Herr wird immer mißvergnügter. Er raucht vor Wut wie eine Kleinbahnlokomotive und macht ein Gesicht wie eine überjährige Essiggurke. Als aber ohne vorherige Einleitung eine Märzdrossel an zu schlagen fängt und als gar sein Begleiter auf einem schwefelgelben Schmetterling zeigt und ruft: »Mein Extrablatt, sehen Sie!« da sieht er nach der Uhr, behauptet, er habe keinen Augenblick Zeit mehr und macht, daß er zur Haltestelle der Straßenbahn kommt.

Der junge Mann aber blickt ihm lachend nach und ruft: »Na, dann auf Wiedersehen!« Und leise setzt er hinzu: »Das heißt, auf baldiges Nimmerwiedersehen!«

Dann macht er auf dem Absatze kehrt und bummelt vergnügt flötend wieder in das Holz hinein, das ihm jetzt allein gehört.

Der Maikäfer

Jeder Monat hat seine besonderen Erzeugnisse. So auch der Mai. Er hat Maienlüfte, Maitrank, Maiblumen, Mairegen, Maikatzen, Karauschen mit Maibutter, Maifeiern und Maikäfern.

Der Maikäfer gehört nach der Meinung der Gelehrten zu den Insekten; das ist ein Irrtum; er gehört zu den Schuljungens. Niemals sieht man ihn anders als in deren Begleitung.

Der Maikäfer heißt in seiner Jugend Engerling. In diesem Zustande schafft er bedeutenden Nutzen dadurch, daß er von den nützlichen Maulwürfen gefressen wird. Diese Tatsache ist bis heute leider noch nicht genügend gewürdigt worden, vielmehr hat man den Engerling, weil er Getreidewurzeln frißt, bisher immer für schädlich gehalten.

Gäbe es keine Engerlinge, so wäre der Maulwurf lediglich auf Regenwürmern angewiesen. Regenwürmer aber sind sehr nützlich, denn erstens braucht man sie nämlich zum Angeln, und zweitens drainieren und düngen sie den Erdboden in hohem Maße, wie Charles Darwin bewiesen hat. Würde der Maulwurf also weiter nichts als Regenwürmer haben, so würden diese bald ausgerottet sein und können der Landwirtschaft nicht mehr so viel nützen.

In den naturgeschichtlichen Bücher zerfällt der Maikäfer, der dort Melolontha genannt wird, weil das gelehrter klingt, wie manche Fürstengeschlechter in zwei Linien, in M. vulgaris und M. Hippocastani. In der naturwissenschaftlichen Systematik der Schuljungens zerfällt er ebenfalls in zwei Linien, die aber Müller und Schuster genannt werden.

Die Schuster sind oben braun. Sie haben keinen großen Handelswert, denn bei günstiger Konjunktur bekommt man für einen Hosenknopf schon ein Dutzend, während ein Müller, der oben weiß ist, Liebhaberpreise bis zu einem Dutzend erzielt.

Es gibt nicht jedes Jahr viele Maikäfer. Oft gibt es drei Jahre lang keine, im vierten aber so viele, daß der Ausfall der schlechten Jahre reichlich wieder wettgemacht wird. Solche Jahre nennt man Flugjahre, obgleich es eigentlich Flugjahre heißen muß, denn alle Leute, die sich aus Maikäfern nichts machen, führen dann unchristliche Reden, weil die Maikäfer die Bäume kahl fressen.

Das ist ungerecht; auch ein Maikäfer hat Hunger. Und da das Laub im Herbst doch abfällt, so kann man es ihm schon gönnen, zumal er es versteht, die Blätter in allerliebster Art auszuzacken. Jedenfalls ist es besser, der Maikäfer frißt Blätter, als daß er, wie die Mücken, nach unserem Herzblute lechzt.

Die Larve des Maikäfers lebt in der Erde, der Maikäfer selbst dagegen in Zigarrenkästen und Botanisiertrommeln. Er ist sehr intelligent, läßt sich leicht zähmen und zum Ziehen von kleinen, aus Streichholzschachteln gemachten Wagen anrichten. Dagegen ist alle Mühe, ihm das Reden beizubringen, bisher umsonst gewesen.

Der Maikäfer besitzt zwei Augen, die einen eigentümlichen starren Blick haben, und zwei Fühler, die bei den Weibchen klein, bei den Männchen doppelt so groß sind. Wenn der Maikäfermann guter Laune ist, breitet er seine Fühler auseinander, so daß sie wie zwei kleine rotbraune Fächer aussehen.

Wenn der Maikäfer fliegen soll, braucht man ihm nur ein Lied vorzusingen: »Maikäfer, flieg'!« Das hat er so oft gehört, daß es ihm über ist, und er macht dann schnell, daß er fortkommt. Dann pumpt er sich voll Luft, breitet die Flügel aus, erst die oberen, hornigen, dann die unteren, häutigen, und summt ein schönes Lied, dessen Text hier nicht wiedergegeben werden kann, weil die Sprache der Maikäfer erst mangelhaft bekannt ist.

Die lebendigen Maikäfer haben vier bis fünf Beine, während die in Käfersammlungen befindlichen meist keine haben. Hin und wieder findet man dort einem, der eins hat, manche haben sogar zwei, es soll auch welche mit drei gegeben haben, doch ist diese Nachricht nicht genügend verbürgt.

Am Ende des Hinterleibes hat der Maikäfer eine Spitze, die weder zweckmäßig noch hübsch ist. Sie erinnert dadurch an die Kopfbedeckung des erwachsenen Kulturmenschen, den Zylinder, der zwar unzweckmäßig, dafür aber um so häßlicher ist. Alle Versuche, dem Maikäfer zu bewegen, von dieser Mode abzugehen, sind bisher vergeblich gewesen.

Der Maikäfer hat nur ein kurzes Leben. Wenn er sein Ende herannahen fühlt, begibt er sich in die Nähe eines Spatzen und spart so die Kosten der Beerdigung. Die Maikäferfrau legt, wohlgemerkt vorher, Eier in die Erde. Daraus kommen dann die Engerlinge, die drei Jahre gebrauchen, ehe sie sich verpuppen. Zu diesem Zwecke bauen sie in der Erde eine Höhle, ziehen ihr altes Kleid nebst den Beinen aus und werden zu einer Puppe. Aus dieser kriecht im Herbst der Käfer. Das ist die einzige Dummheit, die man diesem besonnenen Tiere bisher hat nachweisen können.

Da es dann bald Winter wird, so muß der Maikäfer seinen Appetit auf frische Blätter noch etwas bezähmen. Kluge Männer, die gern einen Schnaps trinken wollen, graben am ersten Januar den Maikäfer aus, wickeln ihn in ein rotes Baumwollentaschentuch und bringen ihn zu der Zeitung, nachdem sie sich mit zwei einwandsfreien Zeugen umgeben haben, die bereit sind, zu beschwören, daß dieses der erste Maikäfer des laufendes Jahres sei. Sie bekommen dann zwanzig Pfennige, die sie in Kornbranntwein sicher anlegen, und erhöhen also den Konsum zugunsten der Landwirtschaft bedeutend. So fördert auch der Maikäfer in dieser Hinsicht das Nationalwohl.

Über das Seelenleben der Maikäfer ist noch sehr wenig bekannt. Wir wissen nur, daß er zählen kann; wie weit aber, ob bis drei oder noch weiter, das ist noch nicht erforscht.

Und darum hat es, solange diese naheliegende Frage noch nicht völlig gelöst ist, wenig Wert, sich entfernteren zu beschäftigen, wie viele Leute es tun, indem sie das bißchen freie Zeit, das ihnen das Essen, Trinken und Schlafen übrig läßt, damit vergeuden, daß sie über die Unsterblichkeit der Maikäfer nachdenken.

Aquariumsphilosophie

Sind Sie Nervös? Wenn ja, so schaffen Sie sich ein Aquarium an! Mögen Sie nun an fieberhaften Beunruhigungen, hysterischen Umwandlungen, neurasthenischen Anfällen, Gemütsdepressionen und so weiter leiden, schaffen Sie sich ein Aquarium an, Verehrtester; es gibt nichts Besseres für schlechte Nerven.

Sind Ihre Nerven gut? Dann schaffen Sie sich auch ein Aquarium an. Man kann ein totsicherer Schütze, preisgekrönter Athlet, gefeierter Hindernisreiter, weltberühmter Schwimmer, Bergfex von internationalem Ruf, Inhaber des Gordon-Bennett-Preises und so weiter sein, es ist sehr fraglich, ob die Nerven drei Aquarien aushalten; es gibt keine bessere Probe für die Nerven als ein Aquarium.

Lieben Sie leichte Zerstreuung, die den Geist nicht anstrengt? Gut, so kaufen Sie sich ein Aquarium! Es sieht hübsch aus, kostet wenig Arbeit, ist niemals so aufdringlich wie ein Kanarienvogel, kurz, es ist eine nette und angenehme Sache.

Lieben Sie anstrengenden geistigen Sport, tiefe Probleme und dunkle Spekulationen? Schön, so kaufen Sie sich ein Aquarium. Es ist eine Welt für sich, ein Mikrokosmos, rätselhaft und voll von seltsamen Erscheinungen, unberechenbar in seinen Vorgängen, reich an erschütternden Tragödien und grotesken Entsetzlichkeiten, an unerklärlichen Katastrophen und geheimnisvollen Revolutionen, kurz, ein furchtbares und schreckliches Ding.

Sind Sie Melancholiker? Das Aquarium wird Ihnen frohe Stunden bereiten und heitere Tage schaffen, wird Sie das vergessene Lachen wieder lehren. Sind Sie Phlegmatiker? Es wird Ihnen Beine machen, wird Ihre Taillenweite verringern, Ihren trägen Puls beschleunigen.

Es ist ganz gleich, wie groß Ihr Aquarium ist. Die Verwaltung eines Gefäßes von der Größe eines Weißbierglases erfordert genau so viel Sorgfalt, wenn man die Sache nicht kennt, wie ein Becken, in dem Sie ein Sitzbad nehmen können, kennt man sich aber nicht aus, so macht ein Aquarium, das zwölf Eimer Wasser schluckt, nicht mehr Mühe, als eins, das einen halben Liter faßt.

Als Besitzer eines Aquariums brauchen sie kein Theater, keine Romane mehr: es bringt Ihnen Lustspiele und Possen, Schauspiele und Trauerspiele. Das Aquarium lehrt Sie, das Leben verstehen, macht Sie zum Weltweisen, zum Manne des Nil admirari.

Mein Aquarium ist klein, einen Fuß hoch, dreiviertel breit. Seinen Boden bedeckt Kies, darin wächst Wasserpest und Vallisneria, und auf dem Wasser schwimmt ein Teppich von Salvinien.

Es ist unglaublich, wieviel Philosophie diese drei Pflanzen schon in meinen Gehirnzellen zutage gefördert haben.

Sehen Sie sich einmal die Wasserpest an. Ein uninteressantes Kraut, nicht wahr? Es stammt aus Kanada. Ein Sammler brachte es in den Berliner Botanischen Garten. Der war ihm zu eng, und er verließ ihn, eroberte sich die Spree, die Netze, die Warthe, die Oder, die Weichsel, die Weser, den Rhein, die Donau.

Es wuchs, wuchs und wuchs. Verstopfte die Schleusen, hemmte die Schifffahrt. Alle Zeitungen schrieben darüber. Auf einmal ging es zurück, und jetzt ist es ein ganz bescheidenes Wasserpflänzchen geworden, das überall vorkommt, vor dem aber niemand mehr Angst hat, für das kein Mensch Ausnahmegesetze und Sondermaßregeln fordert.

Dann die Vallisneria. Sieht aus wie Gras. Ihre weiblichen Blüten sitzen auf langen, fadendünnen, zusammengerollten Stielen auf dem Grunde des Flusses. Sind sie reif, so rollt sich die Spirale auf. Langt es dann noch nicht, dann wächst der Stiel, bis die Blüte die Oberfläche des Wassers erreicht. Dann hört es auf zu wachsen. Die männliche Blüte sitzt auch an den Wurzeln der Pflanze auf dem Grunde des Wassers, hat aber keinen Stiel.

Wenn nun die weibliche Blüte plötzlich die Tendenz nach oben bekommt, was tut dann die männliche? Bildet an ihrer Basis eine Abschnürungsfurche, reißt sich los und folgt ohne Stiel und Stengel der weiblichen nach, das übrige Wind und Wellen überlassend.

Ist die weibliche Blüte abgeblüht, so zieht sich ihr Stiel erneut spiralig zusammen, bis die Blüte wieder auf dem Grunde des Flusses sitzt. Und da bleibt sie sitzen, bis ihre Früchte reif sind. Deutlicher kann das Himmelstrebende der Liebe nicht symbolisiert sein und deutlicher auch nicht das Niederziehende.

Und nun die Salvinie: zwei, vier oder sechs erbsengroße zarte, grüne, langbehaarte Blättchen, schwach und hinfällig.

Ja, Kuchen! Ein Sturm, der Eichen zersplittert und Tannen umwirft, ist ihr ganz gleichgültig. Packt er sie, duckt er sie, will er sie ertränken, sie gibt nach und sinkt unter. Da sich in ihren Blatthaaren die Luft fängt, so kommt sie gleich darauf wieder ganz munter in die Höhe. Anfangs war mein Aquarium ein Paradies. Damit die Algen die Glaswände nicht bedeckten, hatte ich ein dutzend Blasenschnecken als Fensterreiniger angestellt. Allerlei winzige Krebstiere entwickelten sich aus dem Grundschlamm.

Schließlich wurde es ein bißchen viel, und da ich mich scheute, sie zu töten, machte ich es wie die frommen Italiener der Renaissance, ich stellte Bravis an, grüne und braune Wasserpolypen. Die fingen mit ihren elektrisch geladen Fangarmen die Zyklopse und Daphnien und aßen sie auf. Das bekam ihnen so gut, daß sie Knospen trieben. Diese Knospen schnürten sich ab, machten sich selbständig und räuberten auf eigene Faust. Zuletzt starben die Zwergkrebse aus, da ihre Vermehrung der der Polypen nicht standhielt, und diese ergaben sich nun einem durch die Blutsverwandtschaft doppelt schauerlichen Kannibalismus.

Dann erhielt ich einem Stichling. Den erbitterten die greulichen Zustände derartig, daß er sämtliche Polypen verschlang. Dann belauerte er die Blasenschnecken, riß ihnen die Köpfe ab und verzehrte diese. Das machte die Schnecken so verdutzt, daß sie das Atmen vergaßen und starben.

Dann bekam ich einen Steinbarsch geschenkt. Der war zweimal so lang und sechsmal so dick wie der Stichling. Als er in das Lokal kam, blieb der Stichling in seiner Ecke, ohne den Barsch zu begrüßen. Der Barsch war entrüstet. Er schwamm auf den Stichling zu und fixierte ihn scharf. Der Stichling sah ihn fest, aber ruhig an. Der Barsch machte das Maul halb auf. Der Stichling sah fest, aber ruhig hinein. Der Barsch machte das Maul ganz auf. Der Stichling schwamm interessiert näher. Der Barsch machte einen Stoß, und der Stichling richtete seine Stacheln hoch. Der Barsch verschluckte den Stichling bis auf die Schwanzflosse. Diese wedelte ruhig und besonnen. Der Barsch machte das Maul weit auf, spie den Stichling heraus und verzog sich in die äußerste Ecke, von heftigen Gaumenschmerzen geplagt und mit Achtung erfüllt. Der Stichling aber grinste und klappte seine Stacheln wieder zurück.

Das geschah damals, als Rußland Japan zur Defensivoffensive zwang. Wenn am Biertisch die Männer den kleinen Jap bedauerten und eifrig die Depeschen lasen, dann dachte ich an den Stichling und den Barsch und daran, daß Verschlucken und Verdauen zwei Dinge sind, die nicht immer in einem festen Zusammenhange stehen.

Im Mai leistete sich der Stichling eine rote Weste. Ich dachte: es ist nicht gut, daß der Stichling allein sei, und verschaffte ihm passende Damenbekanntschaft. Sofort fing er an, ein Nest zu bauen, und übernahm alle häuslichen Pflichten. Er hütete die Eier, entfernte faule, ließ das Wasser über ihnen sich bewegen, und als die Jungen erschienen, schützte er sie vor dem anderen Stichlingsherrn, den ich hineintat, und vor der eigenen Mutter, die plötzlich medeaähnliche Gelüste zeigte.

Was also die modernen Frauen verlangen, die Stichlinge haben es längst, die Verteilung der Mutterpflichten auf beide Teile des Ehepaares. Später setzte ich einen Hecht in das Aquarium. Drei Tage später hatten die Stichlinge den Räuber um die Ecke gebracht. Genau so machten sie es mit einem gemütlichen Spiegelkarpfen, einem friedlichen Schlei, einer gutmütigen Karausche und einer harmlosen Ellritze. Einen schuppenlosen Aal und einen nackten Schlammpeitzger ließen sie in Ruhe.

Warum wohl? Diese schleimigen Fische kriechen auf dem Boden herum, sind den Stichlingen nicht standesgemäß. Tritt einen studierten Mann einer seinesgleichen auf die Zeh, dann kracht es; beschimpft ihn ein Prolet, so tut das seiner Ehre nichts.

Ich glaube, unsere Begriffe von Standesehre sind dem Stichlingsstaat entnommen.

Es gibt Soziologen, die da behaupten, der Eigentumsbegriff sei von den Menschen erfunden. Irrtum! Setzen Sie zwei Stichlinge in ein Glas, und fünf Minuten nachher ist der juristische Begriff des Privateigentums praktisch in Erscheinung getreten. Kommt ein dritter hinzu, gibt es erst Beißerei, aber schließlich hat er auch seine Ecke.

Ich hatte einmal acht Stück zusammen. Jeder hatte seine Ecke, die er eifersüchtig hütete. Warum, das ist mir unklar: das Wasser war überall gleich naß und gleich warm, und Futter gab es überall in gleicher Menge; es muß also allein in dem Gefühl des Besitzes etwas Erhebendes liegen. Sonst würden Bauern nicht oft lange Prozesse um einem Zaunpfahl führen.

Auch Standesunterschiede gibt es bei den Fischen, wenigstens bei den Bartwelsen. Ich hatte zwei. Der eine fraß Regenwürmer und wurde immer dicker, der andere fraß keine und blieb so groß, wie er war. Schließlich gab ich den einen fort, da seine Größe einen Hohn auf den Durchmesser des Aquariums bedeutete. Sofort fraß der andere Regenwürmer und nahm zu an Umfang, Weisheit und Verstand. Ich habe nie gemerkt, daß der große den kleinen am Fressen hinderte. Es muß also lediglich Respekt gewesen sein, der den kleinen veranlaßte, dem großen die besten Schüsseln zu lassen. Oder wissen Sie eine bessere Erklärung? Nervosität ist ebenfalls kein spezielles Vorecht des Menschen. Ich habe da einen Steinbeißer, einem richtigen Stumpfbold. Acht Tage liegt er in dem Sande eingebohrt bis auf die Nase. Auf einmal schießt er heraus, fährt hin und her, macht Luftsprünge, wühlt den Schlamm auf, kurz und gut, zeigt alle Anzeichen von schwerer Nervenstörung.

Es tut mir leid, aber was soll ich machen. Beruhigende Medikamente, wie Brom und Baldrian, lehnte er höflich, aber bestimmt ab. Der hypnotischen Behandlung entzieht er sich durch Einbohren in den Sand, und gegen Massage hegt er eine tiefe Abneigung. Auch eine Wasserveränderung half nichts. Ein hoffnungsloser Fall!

Diese wenigen Beispiele werden genügen, zu beweisen, das ein Aquarium sehr viel Lehrreiches bietet und imstande ist, uns die tiefsten Einblicke in Politik, Volkswirtschaft und Seelenleben tun zu lassen.

Wenn ich einen Menschen sehe, der zeigt, daß er von dem Wesen und dem Zusammenhange der Dinge eine bedeutende Ahnung hat, so weiß ich sofort, daß er ein Aquarium hat.

Damit will ich nun nicht sagen, daß ich, weil ich eins habe...

Nein, so unbescheiden bin ich nicht.

Ein Schreckenstag

Freude herrschte in Müllers Hallen, als am Sonntagmorgen die Sonne aus einem beinah mehr als himmelblauen Himmel herabschien. Der Jubel der Kinder war unbeschreiblich. Den letzten Sonntag war der geplante Ausflug verregnet; dieses Mal aber wurde etwas damit. Frau Müller säbelte im Schweiße ihres Angesicht Butterbrote; ein ganzes Fünfgroschenbrot ging dabei darauf. Herr Müller füllte zwei Zigarrentaschen und mehre Feldflaschen, letztere mit starken und schwachen Getränken; die Kinder holten Botanisiertrommeln, Schmetterlingsnetze und allerlei Pillenschachteln herbei, denn sie gedachten seltene Beute zu machen.

Die Familie Müller hat viel Sinn für die Natur, was sie dadurch beweist, daß sie vier ganz große Goldfische in einem ganz kleinen Glase hält, so daß die unglücklichen Tiere sich allmählich alle Schuppen aneinander abgerieben und sich Maulatmung angewöhnt haben; ferner besitzt man einen Kanarienvogel, der zwar nicht singt, aber dafür ab und zu ein taubes Ei zur Welt bringt. Früher hatte man auch weiße Mäuse gezüchtet; aber als die einmal ausbrachen und Zweigniederlassungen in den anderen Stockwerken gründeten, hatte der Hauswirt, ein Mann ohne jedes Verständnis für zoologische Bestrebungen, mit der Kündigung gedroht, falls die weiße Mäusezucht fortgesetzt würde.

So begnügt man sich mit den vier Goldfischen, der kanarischen Legehenne und dem Getier, das man bei Ausflügen erwischte, füttert heute eine junge Singdrossel mit eingewässertem Schwarzbrot ins Jenseits, setzt morgen einen Wasserfrosch in das Goldfischglas und wundert sich Stein und Bein, wenn er am anderen Morgen ertrunken ist, und erfreut sich übermorgen an dem Gezappel einer Eidechse, die Hans in der Schule gegen einen Haufen Briefmarken als junges Nilkrokodil eingetauscht hatte, und war maßlos erschüttert, als sie übermorgen als Wasserleiche auf dem Grunde der Glaskrause lag und trotz aller Wiederbelebungsversuche nicht mehr auferstand.

Trotz aller dieser Mißerfolge blieb man aber unentwegt der zoologischen Liebhaberei treu, und so konnte man es kaum erwarten, daß der Zug hielt, und warf sich sofort an der grünen Busen der Natur. Kaum war man im Walde angelangt, so hielt Vater Müller den Zeigefinger hoch und rief: »Horcht! Die Nachtigall!« Ehrfurchtsvoll sahen alle nach dem Baume, auf dem eine Schwarzdrossel sich mit Singen beschäftigte. Fritz meinte zwar, der Lehrer habe die Meinung geäußert, die Nachtigallen sängen nachts, der Vater aber wußte es besser, und so war diese Amsel eine Nachtigall und blieb es.

»Seht, Kinder,« sprach er dann und zeigte auf einem Baum, »das ist eine Erle.« Es war aber eine Lärche, und deswegen setzte die Mutter, um zu zeigen, daß ihre naturwissenschaftlichen Kenntnisse ebenfalls bedeutend seien, hinzu: »Aber nicht der Vogel, wo so schön singt.« Hans sah sie dumm an und meinte dann: »Denn meinst du wohl 'ne Lerche?«

Sein Erzeuger hüllten sich teils in Schweigen, teils in Schamröte; der Vater steckte sich eine Zigarre an, die Mutter machte einige unwirsche Bemerkungen über die Mücken und trat dann mit viel überflüssigem Kraftaufwand einen prachtvollen Raubkäfer tot, der gerade einer Raupe den Garaus machte. »Denn das sind alles schädliche Tiere,« erklärte sie, als das herrliche Geschöpf unter ihre Sohle zerkrachte.

Ein gellendes Geschrei erweckte ihre Kluckeninstinkte. Sie stürzte dahin, wo Hans und Fritz und Grete und Hete standen und mit starren Augen alle nach demselben Fleck stierten. Da kroch eine lange, schwarze, weißgestreifte, splitterfasernackte Schnecke harmlos über den Weg. Hans hatte gerufen: »O, fein, eine Blindschleiche!« Als er aber danach greifen wollte, rissen ihn Gete und Grete unter gellenden Gezeter zurück und schrien: »Bloß nicht! Es ist eine Kreuzotter, die kann springen und saugt dir das Blut aus, und wo sie sticht, gibt es sieben Löcher. Vier Stacheln hat sie schon heraus!«

Hans behauptete zwar steif und fest, es wäre eine Blindschleiche, es könnte auch eine Ringelnatter sein. Der Vater aber sagte: »Schlange ist Schlange« und führte einen furchtbaren Hieb nach Tiere, traf es aber nicht, sondern nur die Erde, auf der es kroch, so daß es der Mutter gegen den Rock flog, worauf die so schrecklich schrie, als ginge es ihr an das Leben.

Im großen Bogen gingen nun alle sechs um die Schnecke, die sich vor Angst perspektivisch verkürzt hatte, herum, froh, noch einmal mit dem Leben davongekommen zu sein, und da ihnen der Schreck noch sehr in den Gliedern lag, so gingen sie leise und verhielten sich still. So kamen sie an eine Lichtung, auf der ein Rehbock stand, sie einen Augenblick anäugte und dann laut schreckend in der Dichtung verschwand. Mutter Müller wurde erst weiß, dann rot, dann blau und jappte; »Was habe ich mich verschrocken! Kommt der Hirsch auch nicht wieder?« Ihr Ältester meinte zwar: »Das war ein Reh!« aber er wurde ausgelacht: »So? haben Rehe Hörner?« hieß es. »Hörner haben sie bloß, wenn sie groß sind und Hirsche geworden sind, und dann hat er auch gebrüllt, und das tun bloß die Alten. Der Lehrer hat uns das erst gestern, als wir Natur hatten, erzählt.« Man sah sich nun vor, »denn Hirsche sind unter Umständen gefährlich,« meinte der Vater und trug fortan seinen Stock so, wie ein Maissai den Speer. Und das war auch gut, denn als man so dahinschlich, furchtsam nach allen Seiten spähend, quieckte Hete plötzlich schrecklich auf, schlotterte und schnatterte, mit den Zeigefinger auf dem Weg deutend: »Schon wieder 'ne Schlange!« Es war eine Blindschleiche, die sich sonnte. Nun war guter Rat teuer. Rechts und links war dichtes Unterholz, in dem wer weiß welche Ungeheuer wohnten, und zurück wollte man nicht gehen. Da sprang Hans als Ritter Georg vor. Mit einem Schlage seines Stockes zerschmetterte er dem Tiere den Rücken, und er hielt erst ein, bis nur noch Fetzen davon übrig waren. Aber das zuckende Schwänzchen übte noch einem so dämonischen Einfluß auf die Gemüter aus, daß der Vater jedem einen Kognak spendieren mußte, was ihm die Stimmung ersichtlich verdarb.

Kaum war man eine Viertelstunde weitergegangen, so schreckte im Gebüsch wieder ein Reh. Nun schlotterten alle Mitglieder der Familie Müller, und als dazu noch ein Häher in dem Gebüsch über das Gequiecke der Mädchen sich lustig machte und zudem eine prachtvolle, schwarz und gelb gefärbte Hummel um Mama Müllers Blumenhut herumsummte, sträubte sich bei allen das Haar, und jeder versah sich schleunigst mit einer Gänsehaut.

»Nein« seufzte Frau Müller und atmete beschwerlich, »Vater, das sage ich dir aber: keine zehn Pferde kriegen mich wieder in diese lebensgefährliche Gegend!« Vorwurfsvoll sah sie ihren Gatten an. »Hu!« schrie sie dann wieder auf, denn hinten im Walde ließ der Schwarzspecht seine silberne Glocke erklingen und darauf sein klirrendes Gelächter erschallen. »Was ist denn das wieder für ein Ungetüm?« jammerte die gute Frau. »Kinder und Leute, ich will Gott danken, wenn wir hier erst gesund heraus sind! Aber das sage ich euch: einmal und nicht wieder! Ich habe von heute mehr als genug, und es soll mich wundern, wenn es nicht noch schlimmer kommt. Am Ende gibt es hier noch Wölfe!«

Sie erholte sich erst, als sie in der Wirtschaft vier Tassen Kaffe und zwei Meter Butterkuchen vertilgt hatte; die fünfte Tasse wurde ihr etwas vergällt, denn gerade als sie Milch dazu tun wollte, plumpste ein Hirschkäfer hinein. »O Gott, ein Krebs, wie scheußlich!« Schrie sie und sah entrüstet den Wirt an, als der ihr sagte, es sei nur ein Hirschkäfer. »O fein!« rief Hans und packte den Käfer, schrie aber wie besessen auf, schlenkerte den Käfer von sich und steckte den Zeigerfinger in den Mund, denn der Schröter hatte ihn ziemlich derbe gekniffen. Frau Müller bekam Magendrücken vor Schreck. »Wenn das bloß keine Blutvergiftung gibt,« stöhnte sie und warf dem Wirt einen furchtbaren Blick zu, stellte ihre Augen aber sofort wieder auf Todesangst und bleiche Furcht ein, denn der Hirschkäfer erhob seine Schwingen und schnurrte mit Getöse dicht an ihrer Nase vorbei. »Das ist ja schrecklich hier,« meinte sie und saß fortan da, als erwarte sie jeden Augenblick einen Löwen oder eine Riesenschlange.

Allmählich bekam sie aber ihre gute Laune wieder; denn zwei junge Herren, die ihr als heiratsfähig bekannt waren, hatten sich an den Tisch herangeschlängelt und widmeten sich ihr und Töchtern in verheißungsvollster Weise. Auf einmal schrie Hete schrill auf: »Eine Maus, eine Maus!« und sprang mit so hochgerafften Röcken auf die Bank, daß sie beiden Jünglinge ganz verklärte Augen machten, weil Grete, teils der Maus, teils der Heiratskandidaten wegen, auch ein paar tadellose und wohlgefüllte Strümpfe im Augenschein brachte. Aber als die Mutter ihnen nachfolgte, zeigte es sich, daß, wenn zwei oder in diesem Falle drei dasselbe tun, es nicht dasselbe ist, denn die zärtliche Rührung in den Augen der beiden Anbeter wich erst starrem

Erstaunen und dann heimlicher Heiterkeit, die nicht ohne eine Beimischung von Entsetzen war, denn Mama Müllers Waden erinnerten etwas zu sehr an die einer Jahrmarktsriesendame.

Zum Glück fing es an zu regnen, und so flüchtete alles in das Haus. Es dämmerte schon, als der Regen aufhörte und man sich auf dem Rückmarsch machte. Der war nicht ohne Gefahren. Überall krochen die furchtbaren Tiere, die man für Kreuzottern hielt. Die beiden Heiratskandidaten erklärten zwar, es seien Schnecken; aber da Schnecken, wenigstens anständige Schnecken, nach der Meinung der Familie Müller Häuser haben, so wurde man die Angst nicht los, und bei jedem Frosch, der über den Weg hüpfte, gab es ein beträchtliches Gequieke und Gejammer. Ganz elend aber wurde Frau Müller, als ein Salamander über den Fußpfad watschelte. »Schwarz und gelb!« stöhnte sie: »wenn das nicht giftig ist, dann weiß ich es nicht!«

Auch die Fledermäuse erfüllten ihr Herz mit Grausen, und sie ruhte nicht eher, bis sich ihre Töchter die Röcke über den Kopf schlugen, was diese in Anbetracht der sonntagsgemäßen Tadellosigkeit ihre Unterkleider mehr als gern taten. »Die Tiere fliegen einem ins Haar, und man kriegt sie so leicht nicht wieder heraus,« erklärte die Mutter, und die beiden jungen Herren pflichteten ihr bei, obschon sie mit Rücksicht auf die vier niedlichen Waden geneigt waren, die Fledermäuse für äußerst nützliche und nette Tiere zu halten. Aber als dann der Waldkauz zu rufen begann, Frau Müller den Arm ihres Mannes und Hete und Grete die Arme ihre Anbeter umklammerten, fanden sie, daß auch Eulen zu den entschieden schätzenswerten Tieren gehörten.

Frau Müller lebte nur noch halb, als sie auf der Haltestelle angelangte, und wenn der Tag auch die angenehme Folge hatte, das Hete und Grete Bräute und Frauen wurden, ihrer Mutter blieb er doch immer in der Erinnerung als ein Schreckenstag sondergleichen, und von der Natur hatte sie für immer genug.

Der Aronstab

Meine Augen geben sich ein Freudenfest, ein Fest in Grün und Gold und Silber. Golden fällt die Sonne durch die grünen Wipfel auf die silbernen Stämme, betont hier einen Farn, hebt dort eine Blüte hervor, zieht eine Grasrispe aus der Verborgenheit.

Ich war neulich fertig mit der Menschheit gewesen, restlos fertig. Ich hatte Karl Moor in mir zitiert: »Menschen, Menschen, heulerische Krokodilenbrut!« Zumal das weibliche Geschlecht. Ich zitierte König Lear, Nietzsche, den Apostel Paulus, Schopenhauer, Strindberg und verwandte Geister.

Aber irgend etwas muß der Mensch für das Herz haben, soll es nicht verknorpeln. Doch woher nehmen und nicht stehlen? So hängte ich mein Herz an die Tiere des Waldes. Es wurde ein böser Hereinfall. Überall Falschheit und Niedertracht. Sehr bald hatte ich genug davon.

So blieben mir nur noch die Blumen, die Bäume und Sträucher. Ich trat näher, schloß Freundschaft mit allen, den zarten und starken, den schlichten und stolzen, und es dauerte nicht lange, da wurde mein welkes Herz glatt und prall, und meine Augen blitzen wie einst im Mai.

Es fallen viele Sonnenstrahlen durch die Wipfel auf den Waldboden, aber dieser eine hier bei mir ist ganz besonders schön. Drei goldene Spinnennetze sind in ihm, und da, wo er im silbernen Efeuteppiche sein Ende findet, erhebt sich ein wunderbar schöner Straußfarn, und vor ihm ist etwas ganz Herrliches, etwas Heißes, Glühendes, Rotes, die Fruchttraube des Aronstabes.

Das ist eins der seltsamsten Kräuter des Waldes. Wenn sein strotzendes, protzendes Blattwerk im Vorfrühling aus der festen Erde schießt, dann ducken sich die Windröschen und Leberblümchen schleunigst, und selbst der stolze Lärchensporn macht ihm seinen Diener. Ist aber erst die Blüte da, diese einzigartige Blüte, lächerlich aufgeblasen und doch voller Würde und Bestimmtheit im Auftreten, dann macht sogar die goldene Waldnessel sich ganz klein.

Ich muß lachen, wenn ich an die Blüte des Aronstabes denke und an ihre Listigkeit. Oben ist sie weit und breit, und dann verengt sie sich zu einem Trichter, in dessen Halse, wie die Stacheln in einer Mausefalle, steife Borsten stehen, nach innen und unten geneigt. Tief im Grunde der Blüte ist eine gemütliche Kneipecke, und darin wird ein Stoff verschänkt, nach dem sich alles mögliche kleine Krabbelzeug die Rüsselchen leckt.

Sobald nun der Aronstab sein dunkelpurpernes Pistill herausstreckt und den Ausschank eröffnet, kommen die Gäste von allen Seiten heran, drängen sich in den Schankkellern und Kneipen, bis sie das Bedürfnis nach frischer Luft haben, und so stolpern sie die Kellertreppe hinauf. Dann aber gibt es einen Mordskrach, denn die Borsten versperren den Ausgang. Nun wird getobt und geflucht und hin und her getaumelt, und das will der Wirt gerade, denn durch das unziemliche Benehmen der sternhagelvollen Gäste wird die Befruchtung der Blüte weitergeführt, und sobald das geschehen ist, fallen die Borsten herab, der Weg ist frei, und die Gäste können ihre dicken Köpfe auslüften.

Eine Wolke stellt sich vor die Sonne; im Walde sieht es kalt und trübe aus. Böse blicken mich des Aronstabes Früchte an. Sie sind giftig. Und der Aronstab ist ein Schwindler. Erst tut er so, als gäbe es Freibier bei ihm, und dann läßt er sich mit Zwangsarbeit bezahlen. Das ist eine Gemeinheit, die nach dem Staatsanwalt schreit. Ich will nichts mehr von dem Aronstabe wissen, aber auch gar nichts mehr. Er macht sich der qualifizierten Nötigung in idealer Konkurrenz mit widerrechtlicher Freiheitsberaubung schuldig. Hinaus mit dir aus meinem Herzen, du übler Patron! Ich reiße dich samt Knolle und Wurzelfasern aus, schleudere dich auf den Müllplatz meiner Erinnerung und suche mir anständigeren Verkehr.

Ich glaube, mit dem Kuhwachtelweizen läßt es sich umgehen. Er sieht so ehrlich aus mit seinen honiggelben Blüten und den himmelblauen Deckblättern darüber, die er sich der prachtvollen Komplementärwirkung halber zugelegt hat. Das heißt, wer so mit Ehrlichkeit protzt, dem soll man doch nicht zu sehr trauen. Denn weshalb hat er die Schopfblätter, die von Rechts wegen doch grün sein sollen, so blau gefärbt? Doch nur deshalb, um solche Bienen damit anzulocken, die an blauen Blüten fliegen. Also arbeitet er mit Schwindelplakaten. Vorspiegelung falscher Tatsachen zu betrügerischen Zwecken. Paragraph so und so des B.-G.-B. Ich danke für die Bekanntschaft! Auch von der Osterluzei hier an der Kirchhofsmauer will ich nichts wissen, denn ihre gelben Blüten handeln genau so gemein wie die des Aronstabes. Und ebenso macht es der Pfeifenstrauch da an der Laube. Ich fange an, Pflanzenhaß und Reue in mir zu erwecken.

Aber Ausnahmen gibt es überall, und wenn es auch Unsinn ist, sagt man, sie bestätigen die Regel, man nimmt sie hin wie den Schatten des Lichtes. So schlendere ich denn fröhlich am Raine entlang, dem nächsten Wäldchen zu, freue mich am rosenroten Ohrenheil und am silberweißen Augentrost und an den lustigen Blüten des Klappertopfes, die so aufgeblasene Backen haben. Doch da fällt mir ein, alle drei sind Schmarotzerexistenzen, nicht ganz schlimme, aber immerhin doch solche, die das Wachstum ihrer Wirtspflanzen beeinträchtigen. Die Nesselseide freilich, die dort mit wirrem, rosenrotem Geranke die Brennesseln umgarnt, ist ein ganz gefährlicher Wucherer. Erst bittet sie bescheiden um ein Plätzchen zu Füßen der Nessel, keimt wie jede anständige Pflanze im Boden, und sobald sie das getan hat, kriecht sie an der Nessel empor, haftet sich mit vielen tausend Saugnäpfen an, gibt ihren Zusammenhang mit dem Erdboden auf und lebt ganz von der fleißigen, wenn auch ungemütlichen Nessel, die sich wundert, daß ihre Brennhaare in diesem Falle völlig versagen.

Pfui Teufel, wie gemein geht es doch auf der Welt her! Ich glaube, selbst oben am blauen Himmel herrscht Mord und Totschlag, Lüge und Betrug zwischen den Fixsternen und Planeten. Nach der Mistel hier im Apfelbaum sehe ich gar nicht recht hin; ich kenne sie und ihre Gaunerei. Und auch der rötliche Sommerwurz dort eckelt mich, denn ich weiß, welch ein stinkfauler Bursche das ist. Was die fleißige Luzerne mit vieler Mühe dem Boden anbringt, das bettelt sie ihm zu drei Viertel ab, dafür fehlt ihr auch das grüne Ehrenkleid, ebenso wie dem blassen Fichtenspargel da am Waldrande und der Schuppenwurz, die im Frühling dort unten in der Quellschlucht ihre gespenstigen Triebe aus dem Fallaube reckt.

Das ist erst die richtige! Nicht nur, daß sie die Haselsträucherwurzeln zwingt, sie zu füttern, bis sie beinahe platzt, lockt sie mit irgendeiner Tunke auch noch allerlei harmloser Getier in die Schuppen ihrer ekelhaften Wurzeln und frißt sie dann einfach auf. Das ist glatter Mord. Und ein Mörder ist auch das Fettkraut da auf der Wiese, und wenn es auch noch so harmlos aussehende Veilchenblüten als Beweis seiner Vertrauenswürdigkeit heraushängt. Das Tierchen, das auf den Gummiarabikumblättern kleben bleibt, die so aussehen, als gäbe es da etwas ganz besonders Süßes und Saftiges, wird bis auf die harten Teile bei lebendigem Leibe verdaut. Also Hinterlist und Grausamkeit in einer Person. Ich werfe dem klebrigen Kraute einem kalten Blick zu und gehe weiter. Aber da stehen Pechnelken, an deren Leimringen halbtote Ameisen zappeln, und hier murkst das Geißblatt eine junge Buche ab, und dort schwindelt der Efeu den anderen Sträuchern vor, wenn er nicht die Eiche hielte, so stände sie nicht so stolz da. Es ist einfach nicht zum Ansehen, diese Wirtschaft hier!

Darum pilgere ich dem Moore zu; da wird doch ein anständigerer Geschäftsbetrieb herrschen. Ja Kuchen! Hier das weiche, schleimige, schwache Torfmoos erstickt und ersäuft die Kiefern und die Birken, der Sonnentau meuchelt mit seinen klebrigen Blättern, was in der Luft schwirrt und flirrt, und der Wasserschlauch lockt allerlei kleines Getier in seine unheimlichen Reusen und füttert sich damit dick und fett. Und dabei hat der Sonnentau so süße Silberblüten und die goldenen Wasserschlauchblumen sind von entzückender Offenherzigkeit. Der Teufel hole euch alle miteinander! Ich werde fortan nur mit den ganz Kleinen und den ganz Großen von euch verkehren.

Ich grüße euch mit den Hute in der Hand, ihr stolzen, hochschäftigen Buchen dort oben, und dich, knorrige Eiche, deren Äste die Sprache der Runen raunen, dich auch, schlanke Birke mit dem seidenumsponnenen Stamme, und dich, Ahorn, du seltsam gelaunter Baum! Bei euch ist Kraft, Selbständigkeit und Ehrlichkeit. Ein verlegnes Rauschen geht durch die Wipfel, die in der Abendsonne erröten? Stimmt es auch hier nicht? Habt auch ihr ein solches Gewissen? Ach ja, ich vergaß es ganz, daß ihr hilflos und verlassen wäret, hungrig und mager, und krumm und klein, wäre das Pilzgeflecht nicht da, das farblose, unsichtbare, weiche und wäßrige, das dem verrottenden Laube die Nährstoffe entzieht und euch übermittelt, und allerlei Spaltpilze und Amöben. Ich werde euch immer lieben, aber mit meiner Hochachtung ist es vorbei, und fortan grüße ich euch nicht mehr mit dem Hute in der Hand, sondern nicke euch mit spöttischem Lächeln zu.

Und die gelben und grünlichen und grauen Flechten an euren Stämmen sind überhaupt keine selbständigen Pflanzenpersönlichkeiten, sonder nur juristische Personen, Vereinigungen von Algen und Pilzen, und wenn die Farne zu euren Füßen, diese Moralprotzen, ihre Sporenhäuschen stolz als Beispiel anständiger, geschlechtloser Vermehrung vorweisen, ich weiß, was sie trieben, als sie noch jung waren und in aller Heimlichkeiten, im Mulme, der wilden Liebe huldigten, und daß der Pilz da ein ganz unzuverlässiger Vertreter ist, von dem man nicht weiß, gehört er zu den Pflanzen oder zu den Tieren, das ist mir wohlbewußt.

Ich sitze auf einem Steine und lege Bein zu Beine, wie Walter von der Vogelweide, halte den rechten Zeigefinger an die Nase, denke: »Hm!« und starre nach demselben Aronstab von vorhin. Mit den Menschen bin ich fertig, vor den Tieren graut es mir, und nun ist mir auch der Glaube an die Flora abhanden gekommen.

Das kommt davon, wenn man klüger als andere Leute sein will, klüger als zum Beispiel das Fräulein dort, das in der Wiese Blumen bricht, als die Kinder, die dort Himbeeren pflücken, als der Bauer, der mit der Sense auf der Schulter hinter mir her geht.

Alle Philosophie ist dummes Zeug; am meisten die Naturphilosophie. Komm her; wollen uns wieder vertragen, oller Aronstab!

Der Vogel Wupp

Es war am Vormittag des ersten Augustes, als mir so war, als wenn mir so wäre. Mir war so zumute, wie dem Müller, der des Hochwassers wegen seine Mühle liegen lassen muß, und der nun nicht einschlafen kann, weil er das gewohnte Rauschen und Klappern nicht mehr hört.

Ich fühlte, daß irgendein Ton, ein Geräusch, ein Lärm in meiner Umgebung nicht mehr vorhanden war, konnte aber nicht dahinter kommen, um was es sich handelte. Die Wanduhr auf dem Vorplatz stand nicht still; die Straßenbahn polterte wie immer; die Autos hatten sich nicht vermindert; auf dem Neubau nebenan wurde weitergezimmert; im gegenüberliegenden Hause quietschte auf der Veranda des Erdgeschosses der Säugling nach wie vor; im ersten Stocke wurde wie immer »Das Gebet der Jungfrau« gespielt; in der zweiten Etage rief der Amazonenpapagei unermüdlich sein »Mämä, Päpä, Päpä;« und auf dem Dache knarrte die Wetterfahne unverdrossen fort.

Ich wollte weiterarbeiten, konnte es aber nicht. Ich las, aber bloß mit den Augen, verstand jedoch nichts davon. Ärgerlich klappte ich die alte Chronik zu und wollte schreiben, aber auch damit wollte es nichts werden. Immer und immer mußte ich denken: »Was ist das bloß für ein Geräusch, das ich nicht höre?« Verdrießlich steckte ich mir eine Zigarre an und sah dem Rauche nach, der sich aus der Luftklappe herausschlängelte, bis er da verschwand, wo die achtzehn Telephondrähte den blauen Himmel überschnitten. Und dann mußte ich lachen, daß ich nicht daran gedacht hatte, daß es der erste August war, denn da oben am blauen Himmel war das nicht da, was ich dort gewöhnt war: der Vogel Wupp war fort. Den Tag vorher war er noch dagewesen.

Wer nun das Konversationslexikon aufschlägt und den Vogel Wupp sucht, der findet ihn nicht; er findet ihn auch nicht im Friedrich oder im neuen Naumann oder in irgendeinem anderen Vogelbuche. Denn den Namen habe ich dem Vogel angehängt. Die Vogelforscher nennen ihn Cypfelus apus oder Apus apus und im Deutschen heißt er Turmschwalbe oder Mauersegler. Ich aber nenne ihn den Vogel Wupp. Denn wupp ist er da, und wupp ist er fort. Eben ist er oben über dem Kirchturm, gleich darauf wer weiß wo. Sein ganzes Leben steht unter dem Wahlspruche: Wupp. Wupp Himmel, wupp Erde. Wupp hier, wupp da. Wupp Afrika, wupp Deutschland, oder umgekehrt; aber immer wupp und nichts als wupp. Er ist ein ganz moderner Vogel; er hat nie Zeit. Nicht fünf Minuten kann er ruhig sitzen. Von Rechts wegen müßte er aus Amerika stammen, aus Neuyork oder Chikago, wo das Leben des Menschen auch im Tempo Wupp geht.

Aber aus Amerika stammt er nicht. Woher er stammt, weiß man nicht. Er sieht überhaupt nicht so aus, als ob er irgendwoher stammen könnte, als ob er irgendwo sein Nest haben könnte, in dem er ausgebrütet ist. Er hat so etwas geographisch Unbestimmtes, gänzlich Unnationales an sich, wie ein Automobil oder ein Commies voyageur. Er wirkt überhaupt mehr als ein Industrieerzeugnis, wie ein unter dem Dampfhammer und der Fräsmaschine entstandener Gegenstand. Er sieht so aus, als wäre er mit den Lenkballons und Aeroplanen verwandt oder sei eine Kreuzung von Motorrad und Rauchschwalbe. Vielleicht ist er überhaupt kein Vogel, trotzdem er Federn hat. Eine Bürste hat Haare und ist doch kein Säugetier, ein Torpedo hat Flossen, ist aber kein Fisch. Und so ist der Mauersegler wohl kein richtiger Vogel.

Schon die Farbe ist verdächtig. Oder vielmehr, eine Farbe kann man das nicht nennen, denn er sieht so schwarz aus, mit einem matten Schimmer, wie eine Browningpistole. Mit der hat er überhaupt viel Ähnlichkeit. Irgendwelcher Schmuck, irgendwelcher Zierat geht ihm ebenso ab wie ihr. Er ist ganz auf Zweck gearbeitet unter Beachtung der größtmöglichen Stoffersparung. Ein Vogel hat bekanntlich einen Schnabel; er aber nicht. Er hat über und unter seinem großmächtigen Rachen zwischen zwei Reihen drahtähnlicher Fangborsten je eine Häkchen aus Horn, doch ein Schnabel ist das nicht. Und Füße hat er auch nicht, sondern bloß ein Paar eigenartige Haftapparate, häßlich, aber praktisch, und augenscheinlich sein Patent. Was soll er auch mit Füßen? Er läuft ja nicht, er hüpft ja nicht, er sitzt ja nicht; dazu hat er keine Zeit.

»Time is money!« schreit er den ganzen Tag. Tatsache! Er sagt es auf seine Weise, etwas hastig, und darum versteht man es nicht so leicht, aber sagt es bestimmt. Denn er singt auch nicht und zwitschert auch nicht wie die Schwalben, obgleich er bei oberflächlicher Betrachtung wie eine Schwalbe aussieht, aber wie eine, die im Konverter des Eisenwalzwerkes vom Sauerstoffgebläse ausgebrütet ist und mit Eisenfeilspänen geätzt wurde. Eine Schwalbe sitzt einmal auf der Erde oder auf einem Telegraphendrahte, putzt sich ihr Gefieder und singt und zwitschert, und dann fliegt sie hin und her und fängt Mücken. Alles das tut er nicht. In seinem Magen finden sich ab und zu die kleinen stahlfarbigen Rapskäfer; aber die wird er wohl nur aus Versehen aufgenommen haben, denn wahrscheinlich lebt er von Ruß, Kohlenstäubchen und ähnlichen Dingen, die über der Großstadt schweben. Das Gegenteil ist wenigstens noch nicht erwiesen.

Eine richtige Schwalbe baut ein Nest, ein wirklicher Vogel hat ein Herz; er baut kein Nest, er hat kein Herz. Er fliegt zwar ab und zu unter die Dachrinne und dann kreischt es da, als wenn junge Kreissägen am Quieken sind, aber ein Nest hat er da nicht. Ein Nest ist da, aber es ist ein Spatzennest, und drei Eier und zwei nackte Junge sind wohl darin, aber es sind Spatzeneier und Spatzenjunge, und die Eier sind kalt, und die jungen Vögel sind tot, denn sie sind mit Syndetikon überklebt oder mit Dextrin oder einem anderen üblen Klebstoff, den der Vogel Wupp in seinen Rachendrüsen erzeugt und mit dem er die jungen Spatzen und die Spatzeneier so lange beschmiert, bis sie ersticken, und dann klebte er einige Federn, die er aus der Luft fing, darüber, und auf dieser Vorrichtung kauern nun ein paar Ungetüme, die vorläufig aus nichts als aus Rachen, Kröpfen und Bäuchen bestehen, und das sind junge Vögel Wupp, scheußlich anzusehen und greulich zu hören.

Womit er sie füttert, das weiß man nicht; wahrscheinlich mit irgendeinem Nährpräparat, das sein Patent ist, denn sonst könnten sie nicht blödsinnig schnell wachsen. An ersten Mai kommt er von Afrika angetobt. Um letzten April war noch keiner da und es war ruhig da oben unter den weißen Wolken am blauen Himmel. Mit einem Male ist alles voll von ihm. Wupp, wupp, so sausen die schwarzen Dinger, die wie kleine Anker aussehen, hin und her und schreien in einem fort: »Time is money, Kinder! Dalli, dalli! Macht schnell; in drei Monaten müssen wir hier fertig sein mit der Arbeit. Schnell fliegen, wupp, wupp! Schnell verdauen, wupp, wupp! Schnell fortpflanzen, wupp, wupp!« Und nun geht es los, was haste, was kannste! Kaum ist es hell, da saust er schon über den Dächern umher, und schon ist es dunkel, und er ist noch immer im Betriebe. Schließlich, wenn es nicht anders geht, schläft er zwei, drei Stunden unter einer Dachrinne, und dann stürzt er sich wieder ins Geschäft; denn anders kann man die Art und Weise, wie er lebt, nicht bezeichnen. Er müßte der Wappenvogel der Leute von Wallstreet sein, von den Wuppwuppmenschen der Neuyorker Börse. Wupp Telephon, wupp Auto, wupp Börse, wupp Bar, wupp Telegraphenamt, wupp Kontor, wupp Hochzeit, wupp Scheidung, wupp Herzschlag. So ist sein Leben auch.

Man braucht ihn nur fünf Minuten zuzusehen, und schon hat man Nerven. Wupp Stadt, wupp Land, wupp Wiese, wupp Wald, futsch ist er. Aber wo? Zehn Minuten weiter, irgendwo da unten in der Heide oder da oben in den Bergen, wo er ein Geschäft vor hat. Im nächsten Augenblick ist er wieder da, kreischend, schreiend, ohne Manieren, ohne Formen, rüpelhaft, ungezogen, immer mit seinesgleichen zusammen, immer in Zank und Streit, der richtige Jobber. So geht das den Mai über und den halben Juni, und dann sind es auf einmal so viele. Sie haben sich vermehrt; wie aber, das weiß man nicht, doch die Tatsache ist da. Die Jungen sind schon ebenso groß und ebenso laut und ebenso unmanierlich wie die Alten, sind auch genau so angezogen, gerade wie die jungen Jobber, die auch, sobald sie flügge sind, schon Börsenhelm und die Lackspitzenschuhe tragen wie die Alten, und ebensowenig Zeit haben wie sie, und nicht leben, sondern bloß an das Geschäft denken, und nie singen und lachen und lieben und lustig sind wie andere junge Leute, sondern genau so ratlos in der Stadt hin und her jagen wie oben am Himmel die Vögel Wupp, und keine Rücksicht nehmen und kein Herz haben wie sie.

Darum nimmt auch der Vogel Wupp immer zu. Mit weichherzigen Rücksichten gibt er sich nicht ab. Er ekelt die Schwalbe aus dem Nest hinaus, ödet den Spatzen fort und steigert den Rotschwanz von dannen. Ihm ist es gleich, wo sie bliebeb; er hat kein Sozialgefühl. Wenn es ihm selber nur gut geht, das ist ihm die Hauptsache. Und darum pfeift er auch auf das, was man Vaterland nennt. Überall ist er zu Hause, wo es ein Geschäft gibt. Drei Monate jobbert er bei uns herum, und dann auf einmal stürzt sich die ganze Bande in den Orientexpreß und fährt glatt durch bis Spanien, erledigt da dringende Geschäfte und rutscht dann weiter bis nach Marokko, macht große Gesellschaftsreisen nach den Oasen der Sahara, spekuliert natürlich nebenbei in Allerhand, klappert Ägyptens Sehenswürdigkeiten ab, sieht zu, was im Sudan oder am Kilimandscharo zu machen ist, besucht die Mittelmeerinseln, Griechenland, die Türkei, Armenien und Persien, und wenn es Mai werden will, eine Tatsache, die er sich wahrscheinlich als dringendes Telegramm melden läßt, wupp, ist er wieder in Spanien und macht, daß er nach Deutschland kommt, sorgt dafür, daß sein Geschlecht nicht ausstirbt, und ist drei Monate später schon wieder heidi fort, und die notwendig gewordene Kur anzutreten.

Denn einmal hat er es, was ja bei solcher Lebensweise kein Wunder ist, mit den Nerven zu tun, und dann leidet er stark an Läusen. Nicht an den harmlosen Federläusen wie andere Vögel, sondern an den greulichen Lausfliegen, wie sie die Hirsche und Rehe und Elche peinigen, einem widerwärtigen großen, platten, wie aus braunen Zelluloid angefertigten Geschmeiße, das beinahe so technisch abstrakt aussieht wie er selber, und gerade so aufdringlich und so zäh ist wie er auch, denn gleich und gleich gesellt sich gern. Und von Wanzen wird er auch gepisackt, richtigen Bettwanzen, wie in den Häusern der großen Städte leben. Da aber Wanzen Blut saugen, darum muß er, so unwahrscheinlich das auch klingt, ebenfalls solches besitzen, und deswegen wird er doch wohl zu den Vögeln gehören und nicht mit den Aeroplanen verwandt sein. Aber wahrscheinlich stammt er von entarteten Schwalben ab, die sich der Großstadt anpaßten, sich, weil so etwas in dem Ruß und Rauch keinen Wert hat, die schönen roten und weißen Schmuckflecke abgewöhnten und, statt in vornehmes Blau, in Stoffe kleideten, auf denen man keinen Schmutz sieht, und sich so nach und nach in Vögel umwandelten, die den Eindruck machen, als wären sie aus Stahlblech gestanzt.

Denn früher, als Dürer noch lebte und es noch keine Industrie gab, keine Hochöfen und keinen Ruß, scheint es den Vogel noch nicht gegeben zu haben. Keiner der alten Naturforscher nennt ihn, kein Dichter besang ihn, kein Maler bildete ihn ab, und auf dem Lande, wo noch keine vierstöckigen Häuser sind, brütet er nicht, sondern am liebsten dort, wo die Natur aus Zement, Backstein, Asphalt, Straßenbahnschienen, Kneipen und Leitungsdrähten besteht. Er geht ja auch auf das Land, aber nur, weil er da manchmal bessere Geschäfte machen kann. Sein Lebensmilieu aber ist die Großstadt mit ihrem Wuppwuppleben.

Und deshalb nannte ich ihn auch den Vogel Wupp.

Die Forscher

Schon seit langem hatten sie sich vorgenommen, die in zoologischer Beziehung so ergiebigen Försterteiche einer genauen Untersuchung zu unterziehen.

Sie wußten zwar, daß schon vor ihnen Leute, zum Beispiel ihre eigenen Väter, Groß-, Urgroß- usw. Väter und die Onkels väterlicher- und mütterlicherseits ebenfalls die Tierwelt jener berühmten Binnengewässer zwischen der großen Savanne, Exerzierplatz genannt, und dem undurchdringlichen, von feindlichen Stämmen bevölkerten Urwald, so sich Stadtwald nennt, mit großem Eifer erforscht hatten.

Das Ergebnis dieser Forschungen war aber niemals in fachwissenschaftlichen Zeitschriften niedergelegt; nur durch Überlieferung war die Fauna Exerzierplatzteichiana bekannt, und da jene Gegend seit der Väter Jugendjahren große geologische und andere Umwälzungen erfahren hatte, so erschien es notwendig für den Stand der Wissenschaft, eine genaue Übersicht von alle dem aufzunehmen, was in den Teichen krabbelt und wabbelt. Sehr viel Umstände verursachte die Herbeischaffung des kostspieligen Forschungsgerätes. Während Aadje Schlöber in seiner bekannten Oberflächlichkeit meinte, mit einem Stock von Armlänge auszukommen zu können, bestand Heinrich Fricke, der nicht nur dem mittäglichen Suppenteller, sondern auch allen anderen Dingen auf den Grund ging, darauf, ohne eine Vietsbohnenstange ginge es nicht.

Nur dadurch, daß man sich an die breite Öffentlichkeit wandte und die Opferfreudigkeit weitester Kreise in Anspruch nahm, bekam man die Sammelgeräte zusammen. Mutter Fricke spendete ein altes Marktnetz und ein etwas gesprungenes Einmachglas, Ohm Anton eine lange Stange und Ohm Schorfe eine Umhängetasche, während August Dusendahl von seinem Vater sogar ein richtiges Fangnetz bekam. Alle Versuche aber, von den Müttern Drahtsiebe geliehen zu bekommen, schlugen fehl.

Begleitet wurden die kühnen Forscher von Trägern und Trägerinnen, als welche sich eine Anzahl von kleinen Brüdern, Schwestern und Basen erboten hatten, und angestaunt von dem Volke bewegte sich der Troß die Straßen entlang und kam ohne weitere Unbill über das ungeheure, nur mit spärlicher Flora bedeckte, jeglichen Wassers entbehrende Steppengelände. Am Fuße der selsamen Gebirge, die die Geographen die Scheibenstände nennen, zieht sich ein eigenartiger Fluß hin, der, ganz wie die Ströme Australiens, die Eigenschaft hat, nur in der Regenzeit Wasser zu führen. Dieser wurde zuerst untersucht. Das Ergebnis war, bis auf eine Kaulquappe, die aber tot war, gleich Null, was August Dusendahl zu der Vermutung brachte, daß die Tierwelt sich, um dem Austrocknen zu entgehen, in die Mudde eingebohrt habe. Mit großer Anstrengung und einem Blechlöffel durchwühlte man die Schlammassen, fand aber außer der Stiefelsohle eines wahrscheinlich hier einst umgekommenen Forschers nur einen Knochen, der vermutlich einer längst ausgestorbenen Tierart angehörte.

Bedeutend größer war die wissenschaftliche Ausbeute in den kleinen flachen, in der Regenzeit entstandenen Landseen, die vor den Sandbergen liegen. Die trübe, lehmige Beschaffenheit des Wassers wollte natürlich Aadje Schlöber veranlassen, sie zu übergehen, doch seine Begleiter, vor allem Heinrich Fricke, bestanden darauf, daß auch diese Seen abgefischt werden müßten. Das Ergebnis war auffallend groß; nicht weniger als fünfzehn Stecherlinge, ein Rückenschwimmer, verschiedene Wasserkäfer und ein Pferdeegel wurden erbeutet und in das Einmacheglas getan, außerdem mehr Kaulquappen, als man nötig hatte. Über den Pferdeegel entspann sich eine erregte wissenschaftliche Debatte. Aadje Schlöber, der ihn fing, nannte ihn eine Blutihle, worauf Heinrich Fricke behauptete, es sei ein Ferdsegel. August Dusendahl aber meinte, es sei ein Ferdsigel, worauf Heinrich Fricke versetzte, wenn es ein Igel wäre, hätte er Stacheln; da er aber keine habe, so sei es ein Egel.

Noch war dieser Streit um die Synonima nicht entschieden, da stieß Kürchen Dusendahl, der das wichtige Amt innenhatte, den großen Einmachepott zu tragen, einen furchtbaren Schrei aus und ließ den Pott mit allen darin befindlichen Krabbeltieren fallen. Er hatte den Rückenschwimmer, dem es in den Topf zu eng und zu voll war, gerade erwischt, als er mit seinem dicken Kulpsaugen über den Rand guckte, und ihn schnell gepackt. Bei seinem Mangel an wissenschaftlicher Vorbildung wußte er nicht, daß diese Wasserwanze ganz niederträchtig mit dem Rüssel stechen kann, und hatte sie arglos in die Hand genommen. Nun tanzte er wie verrückt herum, schlenkerte den brennenden Zeigefinger in der Luft und schrie: »Er hat mich gebissen, er hat mich gebissen. Wenn ich man nicht blutvergiftet bin. Will's mir keiner aussaugen?«

Der traurige Fall wurde eifrig beraten. Schließlich band man den Verunglückten mit einem Taschentuch etwas nassen Sand auf den Finger, und dieses alte Hausmittel, zu dem Zieschen Schlöber geraten hatte, die einmal von einer Biene in der Nase gestochen und von Muhme Emilie mit feuchten Sand behandelt war, beseitigte bald den Schmerz. Da sich bis heute weiter keine schlimmen Folgen gezeigt haben, so ist anzunehmen daß Kürchen dieses Mal noch ohne schwere Schädigung seiner Gesundheit davonkommt.

Leider hatte bei diesem Vorfall niemand auf die Beute geachtet, und so fand man außer einigen im Grase herumzappelnden Stecherlingen nichts davon wieder und mußte die Teiche noch einmal abfischen, fand auch einigermaßen Ersatz, machte sogar noch einem ungeahnten Fang, indem man ein Tier erwischte, das bisher noch unbekannt war. Es war fast zollgroß, braun, platt wie Papier, hatte hinten einen langen Stachel und vorn zwei furchtbare Fangarme. Die Mädchen erklärten es für eine gepreßte Ohrzange, Heinrich Fricke aber meinte, es müsse wohl ein Wasserskorpion sein. Als er es genauer untersuchte, mußte er erfahren, daß die Wissenschaft nicht immer gefahrlos ist, denn er wurde von der Bestie derartig in den Finger gezwickt, daß er sie mit einem Wutgebrüll von dannen schleuderte, worüber Kürchen, den er vorhin ausgelacht hatte, sehr erfreut war. Diese beiden schmerzlichen Erfahrungen ließen es allen für angebracht erscheinen, für die Folge die größte Vorsicht zu wahren. Der ursprüngliche Plan, Stiefel und Strümpfe auszuziehen, die Hosen aufzukrempeln und in den großen Teich hineinzuwaten, wurde aufgegeben; denn wenn schon die kleinen Gewässer gefährliche Biester beherbergten, um wieviel schlimmere konnten in dem großen See sein. Aadje Schlöber wollte ja einem Hecht durch das Wasser haben schießen sehen, der sicher fast so lang wie die Vietsbohnenstange war.

Trotzdem man also die Mitte des großen Wasserbeckens nicht erforschen konnte, so ergab doch schon die Randfischerei sehr viel Gutes. Die Theorie, daß die Größe der Tiere eines Wasserbeckens zu dem Umfang desselben in einem bestimmten Verhältnis stehe, bestätigte sich glänzend. Es wurden Kaulquappen gefangen, fast so groß wie Mäuse, und einige davon hatten sogar richtige Hinterbeine. In edlem Opfermut beschloß man, diese seltenen Stücke den Zoologischen Garten zu verehren. Was an Stecherlingen, Wasserkäfern, Schnecken usw. gefangen wurde, grenzt an das Unglaubliche und wird seinerzeit ausführlich beschrieben werden.

Weniger Ausbeute lieferte anfangs der dritte Teich. Nur Heinrich Fricke, der sich nicht abschrecken ließ, trotz des Entenflotts, der sein Netz immer füllte, weiterzufischen, hatte das Glück, einen wunderschönen Bergmolch zu fangen, ein Tier, das sonst nur vom Aquarienhändler für fünfundzwanzig Pfennige zu beziehen ist. Allerdings sauste er bei diesem Fang von dem Baumstamm, auf dem er stand, und fiel bis an die Hosentaschen in das Wasser, doch entschädigte ihn sein Fund für sein Mißgeschick völlig.

Auf dem letzten Teiche hatte man die Freude, mehrere noch ganz unbekannte Vögel von Taubengröße zu sehen, die vorn am Kopfe rot waren und sehr flink schwammen. Die Art war leider nicht festzustellen, da die Expedition keine Zwillen bei sich führte, eine Nachlässigkeit, die sich bitter rächte. Im allgemeinen neigte man aber der Ansicht zu, daß es Wasserenten wären. Dann fing man hier einige kleine und einen großen Kammolch, einer sehr schönen Gelbrand und zu guter Letzt noch einen Schlammpeitzger, eine Beute, auf die man gar nicht gerechnet hatte.

Leider wurde der Erfolg des Tages durch einen herben Mißton getrübt. August Dusendahl behauptete, der von Aadje Schlöber gefangene Kammolch und der von Heinrich Fricke erbeutete Bergmolch gehörten ihm, weil ihm das Netz gehöre, womit sie gefangen wären. Infolgedessen kam es zu Tatsächlichkeiten, wobei ein Teil der Gefäße umfiel und die meisten Tiere entkamen, und so ist wahrscheinlich noch eine Expedition zur Feststellung der Tierwelt jener Gewässer nötig.

Ein eckliges Tier

Es ist doch etwas Herrliches um einem warmen Regen, vorzüglich, wenn er halb aufhört. Man atmet hinterher ordentlich mit Genuß und nicht lediglich aus Gewohnheit, und die Natur im allgemeinen und im besonderen kommt einem vor wie die vermehrte und verbesserte Auflage eines Buches.

Dieser rein gewaschene Rasen, und diese neu gefirnißten Blätter, und diese frisch aufgebügelten Blumen, das alles lohnt sich schon, es noch einmal durchzustudieren, auch scheint es so, als ob Amsel, Drossel, Fink und Star inzwischen ihre Kehlen sehr sorgfältig geschmiert haben, wie denn alles rund umher noch einmal so schön ist.

Sogar die lange, dicke, schwarze hauslose Schecke hier vor meiner linken Schuhspitze sieht aus, als hätte sie sich soeben frisch überwichsen lassen. Vorhin kroch sie matt und müde dahin, sah aus wie ein alter, staubiger Schmierstiefel und schleppte an ihrer Hinterleibspitze einen ganzen Klumpen trockener Erde mit sich herum; jetzt aber ist sie blank und sauber und so vergnügt, wie es eine Schnecke nur sein kann.

»Fi, diese ekligen Tiere!« ruft entrüstet ein blondgezopfter Backfisch, der dicht bei mir vorüberradelt, einem braungezopften zu. In ihrer Weise hat die Kleine schon recht, denn angenehm ist es nicht, knallt es alle Augenblicke unter den Vorderreifen zum Zeichen, daß wieder einmal eine Schnecke nicht darauf geachtet hat, daß dieser Weg nur für Radfahrer da ist, und daß er Fußgängern bei zwei Talern Strafe, im Unvermögensfalle einem Tage Haft, verboten ist, wie deutlich auf den Warnungstafeln zu lesen ist.

In dieser Beziehung sind die Nacktschnecken gräßliche Tiere; sonst aber sind sie reizend, wenigstens in meinen schönen blauen Augen. Sie haben mir zwei Jahre schweren Kummers erspart, zwei verregnete Sommer, in denen es wenig Käfer und gar keine Schmetterlinge gab, und da ich nicht Skat spiele, wäre ich übel daran gewesen, hätte es keine Nacktschnecken gegeben, denn in Ermangelung von etwas Besserem warf ich mich sozusagen auf sie, wurde ein bedeutender Malakozoologe, machte mehrere hübsche Entdeckungen und bin diesen Tieren deshalb auf Lebenszeit sehr verpflichtet.

Freilich, diese Art hier, die jetzt schon bei meinem linken Absatze angelangt ist, und sich entrüstet und mit eingezogenen Riechern abwendet, weil ihr der Geruch des braunen Schuhcremes unangenehm ist, hat mich eine Zeitlang schwer geärgert und mir, wenn auch nicht durch ihre eigene Schuld, einmal tiefen Kummer bereitet. Dieses handlange, hausknechtsdaumendicke, schwarze, plumpe Tier ist nämlich die gemeine Wegschnecke, gemein insofern, als sie überall zu finden ist, obschon ihr Charakter auch nicht der Tücke entbehrt. Sie heißt mit dem wissenschaftlichen Namen Arion Empiricorum. Warum, das weiß nur der gute André Etienne Juste Pascal Joseph Francois d'Audebard Baron de Ferussac, der 1836 in das Land gegangen ist, wo es wahrscheinlich keine Nacktschnecken gibt. Ob er das Tierchen nun wegen seiner Kleinbahngeschwindigkeit aus Ulk nach dem mythischen Rosse Areion so nannte, aus dem sich Adrastos von Theben rettete, oder ob er es, weil es grundsätzlich nicht singt, nach dem großen Lesbier so taufte, das weiß nur er allein, desgleichen, weshalb er es mit der nüchternen Lehre der Empiriker in Verbindung brachte.

Besser wäre es gewesen, er hätte das Tier politicus benamset, denn es besitzt eine ungemeine Anpassungsfähigkeit. Hier, wo wir Sandboden haben, ist es schwarz; dort weiterhin im Lehmlande wird es immer brauner, und dahinter endlich in den Bergen auf dem strengen Kalke prangt es in allerblinkesten Feuerrot. Noch bunter benimmt es sich in der Jugend, da gib es einfarbige, gestreifte, halbgestreifte, rote, gelbe, braune, grünliche, aschgraue, eselsgraue und so weiter und so weiter und so weiter. Drei Jahre habe ich dieses unzuverlässige Gesindel gezüchtet, unter roten, blauen, gelben, grünen, weißen und schwarzen Glasscheiben, es mit reiner Pflanzen-, Pilz- und gemischter Kost gefüttert, es kalt und warm und heiß gehalten, es überernährt und hungern lassen und nicht herausbekommen, warum die Jungen bald so, bald so gefärbt sind, und wenn nicht unsere neue Magd in ihrer kindlichen Einfalt eines Tages alle Zuchtkästen ein wenig geöffnet hätte, »damit die Tiere Luft kriegen«, wie sie sagte, so züchtete ich wahrscheinlich heute noch Wegeschnecken, ohne dem Gesetze der Farbengesetzlosigkeit der Jugendform dieses Schneckenchamäleons wahrscheinlich auch nur um einen Schritt näher gekommen zu sein als an jenem Tage des Grauens, da nicht nur meine Zuchtkammer, nicht nur mein Arbeitszimmer, nicht nur meine ganze elterliche Wohnung, sondern überhaupt das gesamte Haus von jungen Arions wimmelte und ich allen Menschen alles andere eher als ein Wohlgefallen war.

Schließlich überwand ich meinen Kummer und gab es auf, hinter die Geheimnisse der Farbenlehre der großen Wegschnecke zu kommen, bot mir dieses Geschöpf doch so noch Rätsel über Rätsel. Ich war nämlich als Studio im Nebenamte unbesoldeter Wärter im Zoologischen Garten zu Münster und widmete mich besonders den Tieren, die nach meiner Meinung nicht rationell genug gefüttert wurden, versorgte die Meerkatzen mit Spatzen, damit sie sich nicht die eigenen Schwänze abknabberten, und machte mich sonst noch beliebt und angenehm. Als ich nun eines Tages dabei ging, allerlei Tiere mit Wegeschnecken zu füttern, stieß ich allseitig auf ablehnende Haltung. Sowohl der Bussard wie die Krähe, der Storch wie der Marabu, ja sogar das Wildschwein lehnten die Wegeschnecken, und zwar die schwarzen nicht minder wie die braunen und sogar die roten, höflich, aber bestimmt ab, und als der Strauß happig, wie er nun einmal ist, eine überschluckte, flog sie sofort in hohen Bogen wieder aus ihm heraus und der biedere Vogel benahm sich höchst entrüstet und traute mir seitdem nicht mehr über den Weg.

»Merkwürdig!« dachte ich, und als Jünger der strengen Wissenschaft nicht gesonnen, mich durch Vorurteile abschrecken zu lassen, strich ich mit dem Zeigefinger über eine Schnecke und kostete ein wenig von dem Schleime. Der Erfolg war glänzend; erstens gebärdete ich mich ungefähr so wie der Strauß, zweitens mußte ich einen Kognak trinken, und als das auch nichts half, einen Bitteren und dann noch einen, drittens verlor ich für drei Tage den Appetit, und viertens, die Zuneigung eines sehr hübschen Mädchen, dem ich in meiner unglaublichen Torheit von meinen Versuche Mitteilung machte, was zur Folge hatte, daß ich drei Wochen schwer an Dichteritis erkrankte und eine ganze Kommodenschieblade voller Lyrik Lenauscher Art anfertigte, die zum Glück der Nachtwelt nicht erhalten blieb, weil besagtes Mädchen nicht das hübscheste in der Gegend war, aber das einzige, das um meine Schneckenleckerei wußte. Auch schien mir bei ruhiger Überlegung der Verlust der Zuneigung jener Jungfrau durch die Feststellung des Ekelgeruches und Übelgeschmackes vollkommen aufgewogen zu sein, und nicht minder die daraus abgeleitete Folgerung von der ungemeinen Häufigkeit dieses schlüpfrigen Geschöpfes. Immerhin ließ ich es bei dem einen Versuch von Schneckenleckerei bewenden, und als ich später las, daß im Dreißigjährigen Kriege halbverhungerte Bauern diese Schecken gegessen hätten, da erst ging mir die Schauderhaftigkeit jene Zeit in ihrem vollen Umfange auf. Übrigens macht man aus diesen Tiere in manchen Gegenden ein ausgezeichnetes Hustenmittel, indem man sie mit Zucker bestreut und den auf diese einfache Art gewonnenen Sirup Kranken einflößt, worauf diese aus Angst, noch mehr davon ausstehen zu müssen, sich sofort das Husten verkneifen. Dieselbe Bewandtnis wird es auch haben, wenn Frachtkutscher, die schlecht geschmiert haben, diese Schnecken statt der Wagenschmiere gebrauchen; denn ich kann mir denken, daß selbst eine Radachse aus Angst vor einer zweiten Auflage sich fürder lautlos benimmt.

»Wozu sind nun aber diese Tiere eigentlich da?« höre ich Sie fragen, Ja, das ist schwer zu sagen wie bei den meisten Tieren, denn die Natur ist in dieser Beziehung sehr zurückhaltend und verweigert meist jede Auskunft. Jedenfalls, das steht fest, sind sie nicht dazu da, daß sich der Gärtner oder der Bauer über sie elend ärgert, wie über die kleine graue Ackerschnecke, die in Garten und Feld übel haust. Die große Wegeschnecke frißt nämlich, wie der brave Regenwurm, grundsätzlich keine jungen und gesunden Blätter, sondern genießt nur absterbende und faule Pflanzenteile, was doch entschieden ein netter Zug von ihr ist, wenn auch wohl ihr einziger. Der schönste Salat und der üppigste Kohl läßt sie kalt; sobald ein Blatt welk und ein Stengel faul ist, sofort ist sie da und veranlaßt das Erforderliche, damit diese unnützen Gegenstände wieder dem Kreislaufe aller Dinge zugeführt werden. Sie ist also eine Art von botanischem Aasgeier und mithin ein ganz wichtiges Tier, zumal sie es nicht so genau nimmt und auch mit zertretenen

Regenwürmern und toten Mäusen und was es sonst noch an unliebsamen Gegenständen auf Wegen und Stegen gibt, gründlich aufräumt.

Sie gehört also zu dem großen Heer der Gesundheitspolizisten der Natur, und wenn sie auch nicht Anspruch auf unsere Zuneigung machen kann, unsere Achtung dürfen wir ihr ebensowenig versagen wie dem Latrinenreiniger und dem Straßenfeger, zwei ebenso wichtige wie wenig geachtete Berufsarten.

Außerdem gewinnt sie bei näherer Betrachtung sehr. Sie hat zwar sehr langgestielte, aber um so treuer blickende Augen, und zwar wer ihr zusieht, wenn sie an einem Stengel emporkriecht, auch wenn der Stengel schon längst zu Ende ist, der wird ihr, wenn er dabei auch lächelt, den festen Willen nicht absprechen.

Und schließlich ist die Wegeschnecke ein guter Wetterverkünder; denn wenn der Himmel auch noch so heiter ist und schon morgens kommen aus allen Erdlöchern die Schnecken angekrochen, dann kann man getrost darauf rechnen, daß es bald regnen wird, und das ist manchmal viel wert. Also hat es auch in dieser Hinsicht seinen Zweck, das eklige Tier.

Quaaks

In dem einer meiner Aquarien hatte sich eine scheußliche braune Alge angesiedelt, gegen die die als vereidigte Fensterputzer angestellten Schnecken nicht anarbeiten konnten.

So mußte ich schon der Not gehorchend dem Fisch- und Schneckenvolk kündigen, Sand und Pflanzen herausnehmen und mit Geduld, Lufah und Essig die braune Schicht abschrubben. Als ich damit zu Ende war und das Glas so durchsichtig war, wie es ein Glas nur sein kann, fiel es mir aus der Hand und zerbarst in drei Teile.

Da dieser Fall sich in dem Monat schon zweimal ereignet hatte, sah ich darin einen Wink des Schicksals und einen Hinweis auf die sprichwörtliche Dreiheit aller guten Dinge, ersparte mir eine weitere Ausgabe von sechs Mark, tat Sand, Pflanzen, Fische und Schnecken in einen anderthalb Fuß breiten flachen Zinkbottich und grub diesen in den Garten zwischen Tuffsteinen und Farnen ein und wurde auf diese weise Teichwirt.

Ich fand bald heraus, daß meine Privatlandschaft durch die Wasserfläche bedeutend gewonnen hatte. Vom Verandafenster aus sah ich den Spielen der beiden Zwergwelse zu, beobachtete die Wasserwanzen, die sich angesiedelt hatten, ohne daß ich ihnen von dem Dasein des Teiches Nachricht gegeben hätte, freute mich, wenn die Rotschwänzchen und Buchfinken zum Trinken kamen, und ärgerte mich, wenn eine ungehobelte Schwarzdrossel dort ein Bad nahm, denn sie ging mit dem Wasser so verschwenderisch um, als bezahle sie das Wassergeld, und ich war jedesmal hinterher gezwungen, den geringen Pegelstand durch ein halbes Maß Wasser höher zu bringen.

Bedeutend größer aber war mein Ärger, als ich eines Tages die Häupter meiner Lieben, der Zwergwelse, zählte, was ziemlich leicht war, da ich nur zwei hatte, und fand daß ihre Anzahl auf die Hälfte zurückgegangen war. Zuerst glaubte ich, ein Fischreiher oder eine Fischotter hätte nächtlicher- und unrechtmäßigerweise dort geräubert; doch eines Abends sah ich eine Katze am Strande meines Teiches sitzen und mit einem furchtbaren Prankenhieb den verwitweten Wels auf das Ufer schleudern. Ich warf ihr zwar meine Pfeife an den Kopf und hatte dadurch den Anblick eines selbstgemachten Feuerwerks, aber mein armer Wels war hin und das bißchen Leben, das noch in dem äußersten Ende seines Schwanze saß, entfloh, ach, nur zu schnell.

Lange Tage, denn es war Juli, überlegte ich, ob und welche Fische ich wieder in den Teich setzen solle, und wie ich die Katze von dem Teich fernhalten solle, ob durch Fußangeln oder Selbstschüsse, da ich mir von Warnungstafeln wenig Wirkung versprach. Aber als ich eines Tages an den Teich vorüberging, hörte ich etwas plumpsen und sah, daß mein stichelhaariger Teckel Muck mit dem Ausdruck des maßlosesten Erstaunens in seinen schönen braunen Augen auf die Ringe der Flut starrte, denn daß da etwas Lebendiges hineingegangen war, das hatte er gesehen und gehört, aber da ihm sein untrüglichster Sinn, die Nase, über das nähere keinen Aufschluß gab, so hielt er sich für das Opfer einer optisch-akustischen Täuschung und den Vorgang für ein Ereignis aus der vierten Dimension und setzte sich als real denkendes Wesen schnell darüber hinweg.

Nichts so ich, ein Vertreter der Spezies Homo sapiens. Ich legte mich dadurch auf die Lauer, daß ich mich auf die Bank setzte und rauchte. Als meine Zigarre sich ihrem kurzen Ende näherte und ich durch das Betrachten des Entenflottes auf dem Teich schon in einem traumtänzerinnenähnlichen Zustand geraten war, da zeigte es sich, daß mein Hoffen und Harren nicht in der sprichwörtlichen Art belohnt wurde. Das Wasser rauschte, das Wasser schwoll, und aus der feuchten Flut stieg zwar kein feuchtes Weib, aber ein allerdings auch feuchter Frosch.

So maßlos mein Erstaunen war, so hinderte es mich doch nicht, festzustellen, daß besagter Frosch *Rana Esculenta L. subspec. typica* war, also der grüne Wasserfrosch, und zwar ein männliches, erwachsenes, normales Stück. Eine ganze Weile blieb er auf dem gelbblühenden Mauerpfeffer sitzen, machte dann einen ebenso unbegründet hastigen wie kühnen Satz, der ihn auf einen grell von der Sonne beschienen Gipsfelsen brachte, drehte sich zweieinhalbmal um sich selbst, wurde auf eine mir unerklärliche Weise platt wie ein gut geratener Pfannkuchen und blieb so geraume Zeit liegen.

Plötzlich kam Leben in ihn. Es wurde auf eine mir ebenfalls noch schleierhafte Weise wieder dick, richtete sich auf, öffnete die goldenen Glotzaugen, machte eine Wendung nach halblinks, und dann erst sah ich, daß er nach einer dicken, schwarz und gelb gestreiften Schwebfliege hinschielte, die eben über dem Teiche erschien und dort wie angenagelt in der Luft stand, fetzt kam sie der Nase des Frosches nahe. Ein ungeheuer roter Rachen öffnete sich, eine rosenrote Schlabberzunge sauste daraus hervor, und ehe ich den Vorgang recht begriffen hatte, war die schöne Fliege aus der leuchtenden Sonnenpracht in des Froschbauches ewig düstere Nacht hinabgetaucht.

Obgleich ich in der Sprache der Frösche gut bewandert, und imstande bin, an jedem Froschteich ein Konzert zu veranlassen, versagte bei diesem Frosch meine Kunst völlig. Als ich ihn leise und vorsichtig fragte, woher er kam' der Fahrt und wes sein Nam' und Art, sagte er ziemlich unfreundlich: »Quaaks!« und entzog sich weiterer Fragen durch einen Kopfsprung, wie man ihn schöner nicht sehen kann.

Ich habe niemals erfahren, woher er gekommen ist und was ihn veranlaßte, die Gesellschaft seinesgleichen zu fliehen und sich mitten in der Stadt, fern von allen Teichen, anzusiedeln. Ob er schlechte Erfahrungen in der Liebe oder sonstwo gemacht und fröschescheu geworden ist, ob ein widriges Geschick ihn hierher verschlug, verriet er nicht und entzog sich allen Erkundigungen danach durch einen Sprung in die Tiefe des Teiches. Als ich einsah, daß aus ihm doch nichts herauszubekommen war, ließ ich ihn zufrieden; er lohnte meine Rücksichtnahme bald durch Zutraulichkeit und wurde so zahm, daß er mir die Brummfliegen von der Fingerspitze schnappte. Als aber der Herbst in das Land kam, verzog er unbekannten Aufenthalts.

Im nächsten Frühling ließ ich mir einen Kübel aus Eichenholz bauen, der vier Fuß tief und fünf Fuß breit war, und ließ ihn bis an den Rand vor der Rhododendrongruppe in der Mitte einer Alpenlandschaft eingraben. Ich versah den Kübel mit einer dicken Schlammsicht, bepflanzte diese mit allerlei Wasserpflanzen, deckte eine Sandschicht darüber und füllte den Kübel bis an den Rand mit Wasser.

Bald sproßten die Wasserpflanzen, die Uferkräuter überwölbten den Rand, allerlei Wassertierchen, Käfer, Ruderwanzen, Wasserläufer siedelten sich an, Schnecken und Müschelchen brachte ich mit, setzte Zwergwelse, Schlammpeitzger, Karauschen, Stichlinge und Schleie hinein und hatte meine Freude an den lustigen Leben, das sich in und um den Teich abspielte. Allerlei blitzende Schwebfliegen summten über ihm, Wasserjungfern ließen sich sehen, große Schwimmkäfer kamen zu Besuch, alle durstigen Schnäbel aus den Nachbargärten, Star und Amsel, Fliegenschnäpper und Rotschwanz, Spatz und Buchfink, Mönch und Spötter tränkten und badeten sich dort. Immer war lustiges Leben an dem kleinen See.

Eines schönen Tages war auch Quaaks wieder da, ganz schwarz war er von dem Winterschlaf geworden und schauerlich mager. Der Rückenknochen stand im heraus wie bei einem Droschkenroß vierter Güte oder wie bei einem Radfahrer, dessen Lenkstange zu tief sitzt. Verschlafen blinzelte er mit seinen goldenen Augen in die Sonne, machte einen Kopfsprung in den Teich, berechnete den Kubikinhalt und zeigte sich sehr zufrieden mit der Erweiterung seiner Wohnung.

Von Tag zu Tag wurde er grüner und dicker, fing auch an lauen Abenden zu quarren an. Er hatte drei ganz bestimmte Sitze am Ufer, mit Alpenehrenpreis, Gletschermilzkraut und Steinbrech bewachsene Steine, unter den Wedeln hoher Königsfarne und den Zweigen der blauen Wiesenraute. Dort saß er, wartete, bis sich eine Brummfliege nahte, klappte die rosenrote Zunge heraus und ehe der Brummer sich über den Vorgang so recht klar wurde, fühlte er sich schon den zersetzenden Einflüssen des Magensaftes von Quaaks rettungslos verfallen.

Um zehn Uhr abends war Quaaks verschwunden.

Ich habe niemals erfahren, wo er dann war. Wenn Regenwetter nahte, war er unsichtbar; dann steckte er unten im Wasser aus Angst vor dem Naßwerden. Je heißer es war, desto lieber war es ihm. Er wurde dann immer breiter und sah fast rund aus. Dann war er so faul, daß ich ihn sogar streicheln konnte, was er sonst nicht gern hatte, da er äußerst kitzlig war.

Um ihm Gesellschaft zu geben, setzte ich ein halbes Dutzend halbwüchsiger Laubfrösche in den Teich. Mit wutverzerrtem Gesicht sprang er in das Wasser. Die armen Laubfrösche suchten sich, hampelnd und strampelnd zu retten, aber einen erwischte er doch, und ehe ich es verhindern konnte, war das arme Kerlchen hinuntergeschluckt. Um ihn zu strafen, setzte ich eine dicke Knoblauchskröte hinein, was ihm ganz entschieden nicht paßte. Wenn er sie aus Versehen berührte, dann kriegte er ordentlich eine Gänsehaut.

Wenn der Schlauch an die Wasserleitung gedreht wurde und ein dünner, feiner Kunstregen über Fels und See fiel, verschwand Quaaks. Aber die fünf Laubfrösche, die mit Vorliebe in den Rhododendronblüten saßen, weil sie das so gut kleidete, erhuben ein vergnügtes Gemecker über die kleine Erfrischung und fingen sofort an, fröhlich herumzuklettern. Dem Teich aber blieben sie fern.

Im zweiten Herbst verschwand Quaaks abermals Unbekannten Aufenthalts. Im Frühling war er wieder da, schwarz, mager und steifbeinig von Rheumatismus. Aber bald erholte er sich und quakte uns allerlei vor, und rundherum sahen die Leute aus den Fenstern und sagten: »Das ist ja beinahe so, als wäre es ein Frosch!«

Im vergangenen Frühling passierte Quaaks etwas sehr Unangenehmes. Zwei junge Leute aus England warfen Froschlaich in den Teich. Einige Tage später waren mehr Kaulquappen als Wasser drin. Quaaks schüttelte sich vor Ekel, denn sowie er ein Bad nehmen wollte, hingen hundert von diesen Wimmeltieren an ihm.

In seiner Not wandte er sich an die beiden Welse, die ihm halfen, so gut sie konnten. Sie schluckten und schluckten, bis sie bald platzten, und setzen Speck an wie vierstöckige Hausbesitzer. Ein Glück war es, daß die Kaulquappen sich bald zu Fröschen verpuppten, sonst hätten die Welse nach Karlsbad gemußt.

Nun nahte der Tag der Rache für Quaaks. Es waren keine seinesgleichen, die jungen Frösche, Proleten waren es, Feld-, Wald- und Wiesenfrösche, und er fraß jeden Tag ein Dutzend von ihnen, und Sonntags, wenn er mehr Zeit hatte, anderhalb. In den ersten Tagen hatte der Garten dem Lande Ägypten zur Zeit des frommen und geschäftsklugen Sepps geähnelt, das der Herr mit Fröschen schlug; in zwei Wochen waren noch zwanzig Fröschchen da, in drei Wochen noch einer, und den verspeiste Quaaks am ersten Juli mittags um zwölf Uhr dreißig Minuten.

Und als er ihn herunter hatte, war er froh, denn er mochte kein Fröschchen mehr. Er hatte sie sich übergefressen. Aber gut angeschlagen waren sie ihm. Er hatte ein Doppelkinn wie eine Schlachtmeisterwitwe, einen Hängebauch wie ein Kantinenwirt, und mußte sich neues Zeug zulegen, denn das alte platzte ihm am Leibe. Wo er seine abgelegte Garderobe ließ, bekam ich nie heraus. Ob er sie an Isodor Brand, der wie bekannt kauft allerhand, losschlug, oder an Bedürftige abgab, blieb mir, wie so vieles bei ihm, ein Geheimnis.

Im Juli vorigen Jahres warf ich einen kleinfingerdicken Regenwurm als Futter für die Schwimmkäfer in den Teich. Nach einer Weile hörte ich ein erhebliches Plätschern. Der Wurm hatte ein Seerosenblatt als Rettungsboot benutzt, aber dadurch war er aus dem Regen in die Traufe gekommen. Quaaks stürzte sich auf ihn und schlang ihn hinab. Es war eine Mahlzeit in Fortsetzungen, eine von zehn zusammenhängenden Gängen. Quaaks schluckte und stopfte mit den Händen nach, der Wurm wand sich, Quaaks schluckte und stopfte, und nach einer halbe Stunde war der Riesen- oder Abgottswurm verschwunden und Quaaks hatte doppelte Taillenweite.

Drei Tage und drei Nächte lag er mit weit weggestreckten Gliedmaßen auf dem Gewirr von Wasserpest und Krebsscherblatt. Am Morgen des vierten Tages war er verschwunden und ward nicht mehr gesehen.

Das war des Wurmes Rache, das war das Ende von Quaaks.

Strandgut

Vierundzwanzig Stunden lang schnauzte der Nordost in der Bucht herum. Irgendwo in Nordrußland oder Sibirien hatte ihm irgendwas die Laune verdorben, und nun ließ er seine Wut hier aus.

Mit den Menschen machte er den Anfang. Er warf die Dampfer hin und her, daß die Fahrgäste erst die Gewalt über ihre Hüte und Mützen und dann über ihre Mägen verloren und sich vollkommen unpassend benahmen.

Darauf belästigte er die Sommerfrischler. Erst versuchten sie sich dadurch zu helfen, daß sie die Strandkörbe mit den Rücken gegen die See drehten. Das nützte ihnen aber wenig, denn er trieb das Wasser derart in die Düne, daß sie nasse Füße bekamen und sich hinter die Sanddornbüsche oder in den Wald, wenn nicht gar hinter die Glashallen der Gasthäuser verzogen. Nachdem es ihm auf diese Weise gelungen war, den Strand menschenfrei zu fegen, sah er sich nach anderem Zeitvertreibe um. Es verdroß ihn, daß die Seenadeln und die Dorschbrut zwischen den Tangbüscheln und dem Meergrase nach wie vor vergnügt umherschwammen und sich ihres Lebens freuten, und es ärgerte ihn baß, daß die Granaten und die Flohkrebse und die Usseln so taten, als wenn es keinen Nordost gäbe, und so grölte er die Wellen so barbarisch an, daß sie kopfüber kopfunter über die Vordüne stolperten, am Strande auf den Rücken fielen, sich wieder in die Höhe krabbelten und dabei alles, was zwischen Reff und Strand lebte und webte, durcheinander brachten, Sand und Steine, Tang und Seegras, Fisch und Gewürm, Schnecken und Muscheln.

Ein dicker Dorsch, der schon manchen Sturm erlebte hatte und auf die Kraft seines Schwanzes vertraute, stieg spaßeshalber aus der Tiefe auf, um sich den Kuddelmuddel da oben ein wenig anzusehen und dabei im trüben zu fischen. Er schluckte und schluckte, was er an junger Dorschbrut vorfand, und paßte dabei nicht auf. So kam es, daß er mit der Breitseite gegen die Brandung geriet. Quatsch, hatte er eins gegen die Rippen, daß ihm dumm zumute wurde. »Oha!« dachte er und wollte sich mit dem Kopfe gegen die Wellen stellen; aber pratsch, da hatte er schon wieder eins gegen Backbord, wurde um und um gestülpt, bekam noch eins gegen Steuerbord, und nun, rumms, eins gegen das Vorderdeck, und bumms, eins gegen das Achterdeck, und jetzt war ihm so, als wenn er leck sei, denn ihm fehlte das, was er zum Leben am nötigsten brauchte, Salzwasser.

»Grroßaartigerr Dorrsch,« quarrte es bei ihm, und er bekam eins gegen das eine Auge, daß ihm schlimm wurde. »Prrachtvollerr Dorrsch,« ging es wieder, und abermals hatte er einen Schnabelhieb weg. Das waren zwei Krähen, die auf diese heimtückische Weise ihr Strandrecht ausübten. Die Möwen aber waren damit nicht zufrieden. Die eine keifte: »Mir hört er!« und die andere zeterte: »Nein, mir!« Und die anderen zwanzig und dreißig schlossen sich ihnen an. »Nicht waahrr,« quarrte die eine Krähe. »Weg da!« schimpfte die andere; »wir waarren zuerrst daa!« Und ohne sich um die Möwen zu kümmern, die in einem fort »Gemeinheit, Schweinerei!« und ähnliches schrien, bearbeiteten sie den armen Dorsch derart, daß es bald mit ihm zu Ende war.

Fuchsteufelsfuchtig flogen die Möwen weiter, fischten hier eine Seenadel, da einen zollangen Dorsch, dort einen Stichling und benahmen sich dabei so gesittet, daß der Nordost seine helle Wut darüber hatte. Mit einemmal lachte er im Halse, denn am Schar hatte er drei Butt gesehen. Er blies in die Brandung, daß die armen Plattfische auf einmal ihre weiße Kehrseite zeigten und im nächsten Augenblick bereuten, sich aus dem sicheren Tief emporgewagt zu haben. Aber nun war es zu spät für alle guten Vorsätze. Eine nach der anderen flog erst über die Brandung hinaus zwischen die Feuersteine, und über ihnen stießen die Möwen hin und her und schrien: »Mein Butt!« »Nein meiner!« »Nicht wahr, meiner!« »I wo, meiner alleine!« Dabei hatten sie sie noch gar nicht einmal, denn der Wind machte sich den Ulk, die drei Butt wieder zurückzuwaschen, und nun ging es los: »Gemeinheit, Schweinerei, Niederträchtigkeit!« Und dabei schwebten sie über der Brandung, in der die drei Butt bald auf-, bald untergingen. Schließlich warf der Nordost sie alle drei auf den Strand, und nun waren die Möwen wieder die dummen, denn da lauerten schon sechs andere Krähenpaare, und die Möwen mochten noch so heftig Einspruch erheben und sich auf ältere Rechte berufen, ihnen blieben nur die blanken Gerippe.

Immer bösartiger wurde der Wind, so bösartig, daß er schon mehr ein Sturm war. Von Stunde zu Stunde wühlte er die Vordüne tiefer auf, so daß das Wasser erst gelb vom Sand und dann braun oder grün oder rot anzusehen war, je nachdem, ob Blasentang, Seegras oder Rotalgen dort wuchsen. Die Herzmuscheln und die Sandmuscheln mochten sich noch so tief einbuddeln, es half ihnen nichts; sie wurden aus ihren Gründen herausgewaschen und zu Strande gebracht. Die Steckmuscheln glaubten, sie könnten sich auf ihre Verankerung verlassen, und die Uferschnecken wähnten, sich durch festes Ansaugen sichern zu können. Ja, Kuchen! Haufenweise wurden sie auf den Sand geschmissen, ganze Barren davon luden die Wellen ab, und es gereichte ihnen nicht zum Trost, daß hier ein Dorsch, da ein Butt und dort ein Knurrhahn daran glauben mußte und nun so lange mit dem Schwanze klatschte, bis die Möwen oder die Krähen über ihm waren. Es flogen so viel Fische an Land, daß die Krähen, vernünftig, wie sie waren, sich längst nicht mehr darum stritten, selbst wenn einmal etwas Neues, zum Beispiel ein Seeteufel oder ein Dompape, vor ihnen herumzappelte. Die Möwen aber, futterneidisch wie alles Volk, was haufenweise zusammenlebt, gönnten eine der anderen nichts und hörten noch nicht einmal auf zu zetern und zu zanken, als schon mehr Fisch als Möwe dalag, und selbst wenn der Wal, der jüngst hier herumfuhrwerkte, noch gelebt und gestrandet wäre, hätten sie darum gestritten, wem das beste Stück gehören sollte.

Aber der Sturm war noch immer nicht zufrieden. Haufenweise warf er das Seegras auf den Strand samt allem, was darin lebte, und hinterdrein schmiß er Steine über Steine, alle mit Blasentang und Algen bewachsen, zwischen denen es von kleinem Getier wimmelte und krimmelte, und ganze Berge von Steckmuscheln und anderen Schaltieren häufte er an, und als die Sonne schon längst zur Ruhe gegangen war, schnauzte er noch immer in der Luft herum und trieb die See an, Leben um Leben auf den Strand zu schleudern, so daß die Möwen und die Krähen am anderen Morgen, als der Nordost schon längst wer weiß wo war, nicht wußten, wo sie zuerst anfangen sollten, soviel Strandgut lag da, Butt und Dorsch und Knurrhahn und noch viel mehr und sogar ein Dornhai, an dem sich der Fuchs, der allnächtlich den Strand abpirscht, gütlich tat.

Am Morgen aber machte die See ein Gesicht wie ein Säugling, der sich ganz vollgetrunken hat, und die Sonne lachte so freundlich wie eine junge Frau, die tags vorher noch Braut war, so daß alle das Strandgut, das an der Flutmarke lag, nur so blitzte, und die Milliarden von Seefliegen, die darüber umherstoben, freuten sich ihres Lebens, denn ihr Tisch war reichlich gedeckt.

Denn was da blitzte, und blinkte, schimmerte und flimmerte, das waren sterbende Muscheln und absterbende Fische, verschmachtende Krabben und verendende Quallen, vertrocknende Granaten und verdorrende Seesterne.

Und die Sonne lachte und die Möwen kicherten und die Krähen freuten sich und desgleichen die Kinder der Badegäste, gab es doch viele hübsche bunte Dinge zu finden auf dem großen Leichenfelde.

Und so lobte alles den guten Nordost, denn er sorgte so schön für viel Strandgut.

Ein Waldspaziergang

»Lieber ein Ende mit Schrecken, als ein Schrecken ohne Ende!« dachte der Nordostwind. Er konnte es einfach nicht mehr ansehen, dieses Gezippel und Gezappel. Hier löste sich ein Blatt vom Baum und genierte sich langsam zu Boden, da tat eins, als mache ihm das Spaß; aber als es da unten war, versuchte es wieder emporzuhüpfen, was ihm aber vorbeigelang.

»Keine Faulheit vorgeschützt, Kinder!« sagte der Wind und machte sein Frisierbesteck auf. Erst nahm er den großen Kamm, ging damit den Bäumen über die Köpfe und sagte: »Aber hübsch still sitzen, sonst ziept's,« und dann nahm er den engen, und gründlich ging er zu Werke, so gründlich, daß, als er endlich aufhörte und fragte: »So, nun seht ihr aber anders aus!«, die Bäume ziemlich dumme Gesichter machten und sich dachten: »Das stimmt; aber schöner sehen wir gerade nicht aus.« Doch sagten sie das nur ganz leise, damit der Nordostwind es nicht hörte, denn wenn der wütend wird, ist er etwas rücksichtslos.

Hier mitten im Walde ist eine große Blöße. Einst war sie mit hohen Buchen bestanden. Wie das nun gekommen ist, das weiß man nicht; jedenfalls lagen eines Morgens dreitausend Buchen auf der Nase und zappelten mit den Füßen hilflos in der Luft umher. Der Zaunkönig, der dort in dem verrotteten Wurfboden einen solchen Lärm schlägt, als wäre er nicht einen Zoll, sondern drei Fuß lang, ist natürlich der Ansicht, daß der Ostwind ihm zuliebe den Windbruch angefertigt habe, denn das Buschwerk, das daraufwächst, ist ihm gerade recht.

Warum soll der Zaunkönig nicht so denken? Hat der anthropozentrische Standpunkt seine Berechtigung, warum nicht auch der troglodytozentrische? Ein tüchtiger Zaunkönig wird bombenfest davon überzeugt sein, daß die Erde lediglich seinetwegen geschaffen sei, was er folgendermaßen auf das beste beweist: »Alles, was da ist, ist für mich nur so lange da, als ich es zu bemerken geruhe; verzichte ich darauf, indem ich von seinem Dasein Abstand nehme, so existiert weder die Erde, noch deren nähere und weitere Umgebung mehr für mich; folglich ist alles meinetwegen da!«

Ja, der Zaunkönig, das ist einer? Ein Selbstbewußtsein hat er wie ein Regierungsreferendar. »Nicht weit von hier in einem tiefen Taale,« wie es im Liede heißt, sitzt zwar kein Mädchen an einem Wassersaale, denn dafür eignet sich die augenblickliche Jahreszeit nur mangelhaft, aber die Wasseramsel, eine Großfolioausgabe des Zaunkönigs bis auf den Gipsverband, den sie vor der Brust trägt, als wäre sie ein Festredner oder ein Deputationsmitglied. Aber sonst ist sie einfach ein auseinandergegangener Zaunkönig, macht genau solche schönen Knickse wie dieser, singt wie dieser, nur ist er eine Kleinoktavausgabe davon. Ist das nicht sonderbar? Dieser Däumling hat eine Stimme wie ein Feldwebel, und seine große Ausgabe singt um neunundneunzig Hundertstel leiser. Das ist einer jener beliebten Witze von Frau Natur, mit dem sie es den Menschen abgewöhnt, sich auf Analogien zu verlassen.

Dabei kommt überhaupt nicht viel heraus, denn welchen Sinn hat es, daß der Zaunkönig und die Wasseramsel sich mitten im Winter hochgradig lyrisch benehmen? Wenn das der Kreuzschnabel tut, dessen Weizen in Gestalt von Fichtensamen im Winter blüht, so daß er seinen Liebesfrühling usw. um diese Zeit feiert, dann hat das noch einen gewissen Nutzwert, den wir aber gänzlich bei dem Gesänge obbemeldeter beider Vögel vermissen. Vögel singen nur, um bei den Damen ihres Herzens Eindruck zu schinden; das ist wissenschaftlich festgestellt. Der Zaunkönig und die Wasseramsel singen aber auch ohne derartige eigennützige Nebenabsichten, sie singen vollkommen unentgeltlich, wenn man nicht annehmen will, daß sie auf Vorschuß Eindruck schinden und sich den Winter über in empfehlende Erinnerungen bringen wollen, bis die Zeit kommt, da die Sache ihre süßen Zinsen trägt. Vielleicht wollen sie sich aber mit ihrem Singsang auch etwas über die sieben mageren Monate hinwegtrösten; denn da sie beide Insektenfresser sind, müssen sie sich ziemlich notdürftig durchschlagen.

Der Zaunkönig hat übrigens noch eine sonderbare Angewohnheit, das heißt, insoweit er zum stärkeren Geschlecht gehört. Er baut sich nämlich auch im Winter ein Nest, und zwar nicht zu den Behufe, um darin Eier zu legen, denn das will und kann er nicht, sondern nur so. Und in einem solche Neste sitzt dann oft nicht nur ein einziger Zaunkönigherr, sondern oft zwei bis siebzehn Junggesellen, beziehungsweise Strohwitwer, eine Tatsache, die ihresgleichen nur noch in England und davon beeinflußten Ländern hat, wo die unbeweibten Männer sich Klubhäuser bauen und sich darin nach der Schwierigkeit mopsen, obgleich sie so tun, als wäre das Gegenteil der Fall. Aber, du lieber Himmel, die reichhaltigste Bücherei, der vollste Weinkeller, das teuerste Billard, die großartigste Küche und die feinsten Klubmitglieder mit den hochwohl- und hochgeborensten Namen, auf die Dauer wärmen sie das Herz doch nicht so wie eine einzige kleine Frau. So denkt wenigstens der Zaunkönig, denn sobald es eben geht, pfeift er auf die ganze Klubherrlichkeit und sucht sich eine, der er gerade so gut gefällt, wie sie ihm.

Im Winter kommen überhaupt manche Vögel auf die viereckigsten Gedanken. Da ist z.B. der große Buntspecht, ein auch insofern höchst bedeutungsvoller Vogel, als er schon, ehe andere Leute daran dachten, durch eine schwarzweißrote Tracht ausdrücklich für den deutschen Reichsgedanken Propaganda machte. Er hat ein riesiges Anschlußbedürfnis, und da er bei den weiblichen Exemplaren seiner Art über Winter in dieser Hinsicht auf ablehnende Haltung stößt, ohne Gesellschaft aber nicht leben kann, so gestattet er es den Meisen, Kleibern, Baumläufern und Goldhähnchen, hinter ihm herzuzotteln und sich zu benehmen, als sei er ihr Manager von der Reisefirma Cook, der ihnen einen Reiseplan über die sehenswertesten Bäume und bemerkenswertesten Büsche zusammengestellt hat und nun in aller Eile das vertragsmäßige Pensum abhaspelt, ohne sich auf Sonderwünsche einzulassen. Kaum macht es sich eins von ihnen irgendwo bequem und bewundert die schöne Aussicht auf besonders fette Frostspanner und dergleichen, schon treibt der Specht mit hartem Rufe zum Aufbruche, und mit einem wehmütigen Blicke muß die niedliche Pimpelmeise den schönen Frostspanner halb aufgegessen stehen lassen.

Mit diesen Frostspannern ist das auch ein eigen Ding. Ende Oktober, wenn jeder Schmetterling, der etwas auf sich hält, sich entweder zur Winterruhe verkriecht oder sich der Einfachheit halber gänzlich aus dem Dasein drückt, dann kriecht, unglaublich, aber wahr, der Frostspanner, dieser unverfrorene Geselle, aus der Puppe und tut so, als wäre dann Frühling, das heißt, er flattert nach dem alten und bewährten Liebesleutesprüchlein: »Im Dunkeln ist gut munkeln,« in der Dämmerung auf die Brautschau aus. Und nun kommt das Ulkigste. Die Frostspannerin ist ungeflügelt; sie kann nicht fliegen, sondern nur kriechen. Irgendwelche Emanzipationsbestrebungen gehen ihr völlig ab. So ein bißchen Liebe und recht viel Eierlegerei, das füllt ihr Dasein zur Genüge aus; das Fliegen überläßt sie den Herren Männern, die davon auch so lange Gebrauch machen, bis der Frühling kommt. Wenn dann dieser sein Extrablatt, den Zitronenfalter, zu versenden beginnt, wenn der Fink sieht, ob er es noch kann, das Singen nämlich, und die Waldblumen das Talent zum Blühen nicht länger halten können, verläßt der Frostspanner mit Prost Rest das Lokal und stirbt in der ausdrücklichsten Weise. Warum macht er es nicht so wie diese kleine salatgrüne Heuschrecke da? Den ganzen Sommer hat sie sich oben in den Kronen der Buchen auf das angenehmste vergnügt. Jetzt aber befindet sie sich ganz unten an den Stämmen der Bäume, feiert da mit irgendeinem ebenso grünen Männerchen Hochzeit, ritzt dann mit dem Schleppsäbel, den sie stets bei sich trägt, die Rinde, legt in der Ritze die vorschriftsmäßige Anzahl von Eiern ab und stirbt dann in dem zufriedenen Bewußtsein, daß im nächsten Sommer genug ihrer Art da sein werden, um den Blattläusen das Leben sauer zu machen. Sie könnte sich ja den Weg bis dahin über den Waldboden sparen, könnte ihre Eier auch oben in den Ästen ablegen; aber ihr paßt es besser so, oder vielmehr, es ist einmal so Mode, und die gute Sitte ist bei den Tieren noch viel wirksamer als bei den Menschen, wenn sie sich auch noch so viel auf Zylinder, Frack und Lackschuhe einbilden.

Wenn nun besagte Heuschrecke das Zeitliche rechtzeitig segnet, ehe es zu ungemütlich in der Natur wird, so denkt die Wintermücke anders, nämlich denkt sie: »Was der Frostspanner kann, kann ich auch.« Somit liegt sie so lange als Puppe im faulen Laube, bis sämtliche anderen Mücken dankend auf das Dasein verzichtet haben, und dann erst tritt sie in Erscheinung und führt, sobald die Sonne nur ein einigermaßen freundliches Gesicht macht, Hochzeitstänze auf, als habe sie keine Ahnung, welchen Monat der Kalender angäbe. Aber das hat sie wohl; sie singt zwar nicht: »Der Mond ist unsere Sonne,« wie Schillers Räuber, sondern protzt mit Abhärtung, treibt Wintersport und behauptet, jetzt sei erst die richtige Zeit, um sich zu amüsieren; nachts werde es ja oft etwas frisch, aber am Tage sei es um so schöner. Das verletzt natürlich alle Brummfliegen und ähnliche Tiere, die gegen Zug empfindlich sind und eine Heidenangst vor kalten Füßen haben, sehr, aber darauf nimmt das unverfrorene Tier auch nicht die geringste Rücksicht, zumal sie von anderer Seite in ihrem lästerlichen Gebaren noch unterstützt wird.

Denn wenn es schon Schnee gibt, hüpft im Moose ein Tierchen umher, das zwar nur zwei Millimeter lang oder vielmehr kurz ist, aber derartig abgehärtet ist, daß ein Eisbär dagegen ein Weichling ist. Schneefloh nennt sich dieses Tier wegen seiner Schneebegier, denn mit Vorliebe hüpft es frisch, fromm, fröhlich, frech und froh, zwar ohne Sprungbrett, doch mit einer eigens dazu an seinem Hinterviertel angebrachten Gabel, über den Schnee und veranstaltet, ohne allerdings den geringsten Anspruch auf Berücksichtigung durch die Sportpresse zu machen, die tadellosesten Schiwettläufe und Hoch- und Weitspringen, mit und ohne Schanzen, sogar ohne jubelnde Korona und Ehrenpreise, lediglich aus Freude an gesunder Bewegung und einer unnatürlichen Lust an der Kälte. Noch viel toller treibt es der Gletscherfloh, denn zu einer Zeit, da alle Schutzhütten geschlossen sind, macht er die schwierigsten Hochtouren, ohne die geringste Angst vor Staublawinen und dergleichen zu verraten, und ebenso wie er macht es der Gletschergast, ein Tierchen, das zu den Orthopteren gehört, also zu den Heuschrecken und Libellen, von Rechts wegen also dann, wenn es anfängt zu leben, längst tot sein mußte. Aber was fragt die Natur danach, wie es eigentlich sein soll; sie macht es wie der Pfarrer Aßmann und amüsiert sich damit, den Menschen, der ihr mit dem Mikroskope und dem Seziermesser auf dem Leib rückt, in der schmerzhaftesten Weise an der Nase herumzuführen. Hier am Baume kriecht, obgleich wir doch kaum acht Grad in der Sonne haben, eine splitterfasernackte graue Schnecke umher und nimmt ein ausgiebiges Luft- und Sonnenbad. Die Gehäuseschnecken, die doch warm angezogen sind, haben sich schon längst verkrochen, zu allererst die Weinbergschnecke, die den dicksten Rock anhat. Dagegen die Vitrinen, die sozusagen im Hemde herumlaufen, krabbeln quietschfidel im naßkalten Laube umher, und erst die Daudebardien, die nicht viel mehr als eine Badehose anhaben, erst recht, und den Sommer über stecken beide in den kühlsten Bachschluchten. »Jetzt aber,« sagen sie, »kann man es schon eher aushalten,« und so wimmeln sie überall im Walde umher und machen sich aus ein bißchen Schnee und Frost nicht das geringste.

Man sieht daraus, was eine planmäßige, von Geschlecht zu Geschlecht fortgesetzte Abhärtung macht, und wenn der Mensch nicht ein mit Vernunft und freiem Willen begabtes Wesen wäre und also in der Lage ist, von diesen beiden Fähigkeiten einen möglichst unzweckmäßigen Gebrauch zu machen, dann würde er sich nicht den ganzen Winter über mit einem Riesen- oder Abgottschnupfen plagen und die Influenza nicht erfunden haben. So aber überheizt er seine Wohnung, zieht einem Überzieher an, in dem er sich nicht rühren kann und der ihm die Oberhaut völlig verweichlicht, und nachher macht er unziemliche Bemerkungen über den Winter und die Vorsehung und erklärt den November usw. für eine Jammerzeit.

Die beiden Seeigel

Vor dem Fenster der Jagdbude, das nach Süden zu liegt, steht ein schwerer alter Eichenteich mit Kugelfüßen; darauf habe ich ein buntes Stilleben aufgebaut.

Auf jeder Ecke des Tisches steht ein großer, brauner Steinguttopf, genau den vorgeschichtlichen, Aschenurnen nachgebildet, die man in der Heide oft in den Hügelgräbern findet. Der Töpfer, der sie anfertigte, wollte sie als Suppenterrinen in den Handel bringen, aber die Bauern wollten sie nicht haben.

Den einen Topf brauche ich als Aschbecher; der andere beherbergt schöne Federn vom Bussard, Reiher und Kolkraben, die ich bei der Pirsch auflas, ein ganz verrückt geformtes silbergraues Wacholderstämmchen, einige Zweige blühender Heide, rote und weiße, meine Pfeife und das Weidmesser.

Zwischen den beiden Töpfen stehen zwei zinnerne Standkrüsel, einer davon mit Stundenglas, und ein zinnerner Hängekrüsel. Ich fand sie in der Rumpelkammer der Bauern. Dann liegt da doch ein fußlanges Steinbeil, das auf einem einsamen Hof als Uhrgewicht diente, bis ich es für einige Bücher eintauschte, und eine abgeschossene Kugelpatrone. Die Kugel liegt daneben; sie zerriß einem Bock das Herz. Dann sind noch zu sehen: der Schädel des Bockes mit einem dicken Busch Tannenbärlapp zwischen den brav geperlten Stangen, ein großer, brauner Bockkäfer, eine scharlachflügelige Schnarrheuschrecke, eine halbe Lanzenspitze aus Feuerstein, ein alter Messingleuchter, eine stählerne Lichtschere und zwei versteinerte Seeigel.

Der eine ist blond, der andere ist bräunlich. Den brünetten fand ich auf einem schmalen Heidpatt an der Grenze der Jagd, an dem Abend, als ich im Stangenholze den Bock schoß. Der blonde lag auf der Landstraße. Ich wischte mit einem Kiefernzweige die Wildfährten und fand ihn. Ein Hirsch hatte ihn aus dem Boden getreten.

Die beiden Seeigel haben eine Geschichte. Sie gehörten einmal zusammen. Es ist kein Zufall, daß sie jetzt wieder zusammen sind. Sie liebten sich einst, denn es ist ein Männlein und ein Fräulein, ein blonder Herr und eine brünette Dame.

Im Eismeer war es, hoch oben im Norden, da sah er sie. Sie saß im Tang an der Küste. Als sie ihn sah, kokettierte sie mit ihm. Da war er geliefert. Er krabbelte auf seinen vielen Füßchen an sie heran und sagte ihr galante Dinge. Das gefiel ihr. Das hatte ihr noch keiner gesagt. Sie war etwas kurz und dick und es gab hübschere Seeigelinnen als sie. Er war unglaublich verliebt in sie. Er fand alles reizend an ihr, sogar die mangelnden Stacheln auf der linken zweiten Reihe, auch ihren etwas schleppenden Gang. Und wenn sie ihm lachend ihr laternenähnliches Gebiß zeigte, dann kugelte er vor Freude auf dem Meeresgrunde herum. Sie war ihm treu, denn augenblicklich verkehrte in der kleinen Bucht kein Seeigelherr mehr.

Eines Tages erschien aber ein Seeigelgigerl in der Bucht. Er hatte zwar kein Gemüt, aber modernere Stacheln als der Blonde, Stacheln mit bunten Ringen und mit Knöpfen an den Enden. Er wußte allerlei Schnurren und Witze, die der Blonde nicht kannte. Ganz reizend erzählte er die Geschichte von dem verliebten Hering und der Auster. Das Seeigelfräulein hatte keinen psychologischen Scharfblick. Es sah nur auf die glänzende Außenseite. Ihr gefiel der Flirt des Elegants aus der großen Bucht besser als das ewige »Ich bete dich an!« des Blondins. Sie gab ihm ihr Herz. Er nahm es an mit der eleganten Nonchalance des alten Roués.

Der blonde Seeigel mit der treuen Seel war zu betrübt, um länger am Daseinsbewußtsein Genuß zu finden. Er krabbelte aus der Salzflut, kroch bis zu einem Süßwasserbach, der sich in das Meer ergoß, verfluchte das weibliche Geschlecht im allgemeinen und seine treulose Liebste im besonderen und mordete sich dann nach Seeigelart durch Ersäufen in Süßwasser. Er verlor seine einfachen Biedermannsstacheln und der Schlamm bedeckte und begrub ihn.

Sechs Wochen verlebte die Brünette mit ihrem Elegant unter Küssen und Kosen. Dann wurde ihn die Sache fade. Er fand sie zu korpulent, er bemerkte, das ihr drei Stacheln fehlten, er langweilte sich bei ihren Liebkosungen. Als sie von einer standesamtlichen Befestigung ihres Verhältnisses sprach, schützte er eine dreitägige Geschäftsreise vor, nahm kühl Abschied und kam nicht wieder.

Die Seeigelin raufte sich die Stacheln, als er nicht wiederkam und kokettierte weiter. Aber sie hatte kein Glück damit. Die Geschichte mit dem Selbstmord ihres treuen Anbeters hatte sich herumgesprochen. So lebte sie denn mürrisch in ihrer muffigen Felsenecke in Freundschaft mit einem alten Knurrhahn, der auch den Anschluß verpaßt hatte, und hoffte immer noch, daß der Treulose wiederkommen würde.

Der aber kam nicht. Er machte eine gute Partie, wurde aber, da er etwas eilig gelebt hatte, sehr früh neuralgisch und verlor alle Stacheln. Sein größter Kummer war, daß die Jugend so sittenlos war und das Alter nicht achtete. Der Ärger darüber verschaffte ihm ein Gallenleiden, das ihn langsam, aber schmerzlich tötete.

Bald darauf starb auch seine verlassene Geliebte an einem Herzschlag; sie konnte den Verlust ihres letzten Stachels nicht überleben, eitel, wie sie noch auf ihre alten Tage war.

Einige tausend Jahre ruhten die drei im Schlamm, der sie mit festen Krusten umgab. Da paßte eines schönen Tages die Frau des Erdriesen, der tief unter dem Berge wohnte, nicht auf und ließ das Essen überkochen. Der kochende Brei floß über Berg und Tal, lief in alle Ritzen und sickerte in alle Spalten. Auch in die Grüfte der drei Seeigel floß er und füllte sie aus. Als der Erdriese nach Hause kam und seinen Walfisch in Gelee nicht fand, wurde er grob. Er nannte seine Frau ein Dötsches Dier und ein Duffel und trat den ganzen Berg in den Klumpen. Da plumpste der in das Eismeer, und das lief ein bißchen über, bis nach Deutschland hinein, und schwemmte eine Handvoll Sand, Steine, Lehm und Schutt mit und setzte das alles in der Lüneburger Heide ab. Die drei versteinerten Seeigel wurden mit fortgeschwemmt. Sie machten allerlei unterwegs durch und später auch noch manches.

Nachts um zwölf Uhr, wenn das Käuzchen auf dem Dache ruft und mein Hund den Mond anheult, regt sich das alte Leben in den Steinen. Dann knistern sie sich ihre Geschichte zu, ich höre ein leises Aneinanderklappen der beiden Schnäuzchen und vernehme, wie sie sich ihr Leiden erzählen.

Er redet immer von seiner Liebe und seiner Sehnsucht und wie glücklich er sei, jetzt bei ihr sein zu können. Es wäre ja schöner, hätte er noch seine Stacheln und könnte sie zärtlich umkrabbeln, aber er sei auch so zufrieden.

Sie hat andere Leiden. Erst haben sie die Heidschnucken getreten, dann hat eine Krähe an ihr herumgehackt, dann habe sie ein Hase weggekratzt, schließlich habe eine dicke Ricke drei Stunden an ihr gefressen. Unverschämtheit! Ein anders Mal sei ein Mistkäfer gekommen und habe an ihr herumgeschnüffelt. Solche Frechheit! Von Ruhe keine Spur. Eben scharrt eine Birkhenne sie hierhin, dann stößt ein Reiher sie dahin, dann schleudert ein Hirsch mit seinen Schalen sie wieder ein Ende weiter. Zu Rücksichtslos! Ein anderes Mal radelt ihr ein Mensch über die Seite, dann trampelt der Nagelschuh eines Bauern auf ihr herum, dann die Gummisohle eines pirschenden Jägers. Bald setzt sich ihr eine Wasserjungfer auf die Nase und kitzelt sie mit den ekligen dünnen Beinen, bald macht ein Trauermantel dasselbe. Ein Junge kommt, nimmt sie und schmeißt nach einem Vogel mit ihr. Der Schäfer wirft sie mit der Schippe seines Stabes nach einem Schnuckenbock, der in die Lupinen will. Dann kommt eine alberne Heuschrecke, sitzt auf ihr eine Stunde herum und fiedelt in einer Tour dieselbe stumpfsinnige Weise. Das macht einen schließlich ganz nervös! Dann haut ein Bauer Plaggen und schmeißt sie auf den Wagen. Sie kommt mit der Streu in den Kuhstall. Auch kein Vergnügen, mein Freund! Dann gerät sie mit dem Dünger auf die Landstraße und fällt vom Wagen. Jeder Mensch, der vorbeikommt, tritt auf sie. Auch die Kühe. Ein Leutnant reitet mit seinem Burschen vorbei. Natürlich kriegt sie ein Eisen auf dem Kopf. Und noch nicht einmal das des Leutnants. Ja, ja, mein Lieber, wenn man nicht mehr jung und hübsch ist!

Er tröstet sie. Für ihn sei sie immer noch jung und hübsch. Auch ihm sei es ja schlecht gegangen, aber das sei alles Nebensache, nun er sie wieder habe.

Dieser Tag fand ich einen dritten Seeigel, einen sehr schäbigen. Ich legte ihn auf den Tisch. Am anderen Morgen fand ich, daß der brünette Seeigel an ihn herangerückt war. Als ich die folgende Mitternacht aufwachte, hörte ich ein leises Klappen. Ich machte Licht und sah, daß der brünette und der neue Seeigel sich geküßt hatten. Der Blonde lag abseits und hatte Kummerfalten um die Nase. Ich paßte die nächste Nacht auf und hörte, wie der neue Ankömmling der Dame versicherte, sein Vater habe ihn zu der Heirat gezwungen, sein Herz habe immer ihr gehört. Da sagte sie, das habe sie auch immer geglaubt, und sie sei glücklich über seine Worte. Da hörte ich ein leise Knistern, dann ein Klappern, ein Poltern und Krachen. Ich steckte die Lampe an und sah den Blonden an der Tischkante. An der Erde lagen die Trümmern des anderen. Der Blonde hatte ihn in den Abgrund geschleudert. Da der andere innen morsch und kreidig war, so hatte er den Sturz nicht ausgehalten.

Seitdem liegen die beiden wieder zärtlich nebeneinander und halten ihre Nasen zusammen. Er ist glücklich, daß sie ihn liebt. Und sie liebt ihn wirklich treu und innig. Denn ein anderer liegt ja nicht auf dem Tisch.

Fallaub

Die Natur ist das Beste, was wir in der Art haben; darum sollen wir von ihr soviel wie möglich Gebrauch machen, und nicht nur in den dazu besonderes geeigneten Jahreszeiten, sondern auch jetzt, wo es oft zu Hause entschieden gemütlicher ist als außerhalb unserer vier Pfähle, einmal aus gesundheitlichen Rücksichten, und dann überhaupt und so.

Denn auch augenblicklich, da eine Menge von Singvögeln unbekannten Aufenthalts verzogen ist, andere zwar hier blieben, doch aus nur ihnen bekannten Gründen auf die Ausübung der Gesangskunst verzichten, da ferner die Schmetterlinge durch gänzliche Abwesenheit glänzen und das, was noch von Blumen da ist, mehr unser Mitleid erweckt, denn unser Herz erfreut, lohnt sich, abgesehen davon, daß wir dadurch unsere roten Blutkörperchen in nützlicher Weise vermehren, ein Spaziergang bei bescheidenen Ansprüchen immerhin, vorausgesetzt, daß nicht gerade Jupiter pladdrius sämtliche Leitungshähne aufgedreht hat.

Wer natürlich Nachtigallen, schweißtreibende Sonnenwirkung, Baumblüte und ähnliche Delikatessen verlangt, soll eine Wanderung durch den Wald ihm das Gemüt laben, der wird nicht auf seine Kosten kommen und tut besser, seinen Koffer und sich zu packen und den Süden aufzusuchen, wo obengenannte Einrichtungen sich in Permanenz erklärt haben; der Mittelstand kann das aber nicht, und so nimmt er, bescheiden, wie er ist, sozusagen mit einer Mittelstandsnatur vorlieb, freut sich an dem, was ihm geboten wird, und auf das, was später noch kommt, macht sich dabei seine Gedanken und hat auf diese Art ein billiges und bekömmliches Vergnügen.

Wie anregend ist z. B. nicht die Verfärbung des Laubes und der Blätterfall? Warum werden die Blätter erst gelb oder rot, ehe sie abfallen! Der Pflanzenphysiologe erklärt das durch gewisse chemische Veränderungen, die in dem Blattgrün vorgehen, und deren Hauptzweck darin besteht, daß im Spätherbste die Säfte der Blätter in den Baum zurücktreten. Na ja, das ist eine naturwissenschaftliche Erklärung, aber um die Natur zu verstehen, genügt die Naturwissenschaft durchaus nicht.

Der ernste und besonnene Forscher, den keine metaphysischen Anwandelungen und keine ästhetische Sentimentalitäten von der geraden, aber etwas langweiligen Bahn der exakten Wissenschaft abbringen, wird hohnlachen, wenn man z. B. sagt: Die bunte Färbung des Waldes ist eine Art von Fastnachtskleidung. »Übermorgen ist Aschermittwoch, da fängt die magere Zeit an,« sagen die Bäume, und die Blätter, die das hören, nehmen sich diesen Wink zu Herzen, schmeißen sich in die verrücktesten Dominos und führen sich auf, als hätten sie Henkell Trocken oder eine andere bessere Flüssigkeit im Leibe, bis sie müde und stark verkatert einen langen Schlaf tun.

Oder aber, wer auf den anthropozentrischen Standpunkt eingeschworen ist, also seine Wenigkeit und seinesgleichen als das zu betrachten gewohnt ist, um das sich die ganze Natur dreht und auf das sie die gebührende Rücksicht nimmt, der wird vielleicht auf den ein wenig nach Einbildung schmeckenden Gedanken kommen, daß die Natur das so eingerichtet habe, damit der Mensch sich auf den Herbst freue und nicht, sobald dieser seine Visitenkarte abgibt, sich Heulen, Zähneklappern und ähnlichen unerfreulichen und unbekömmlichen Beschäftigungen hingebe. Wie gesagt, ist dieses eine Theorie, die auf wissenschaftliche Beweiskraft sehr wenig Anspruch machen kann, deshalb ist sie doch sehr hübsch und schon aus diesem Grunde wertvoller als die Feststellung, daß der Mensch von Affen abstamme.

Aber warum verlieren viele Bäumen im Herbst ihr Laub überhaupt, wo doch die Nadelbäume das nicht tun? Tja, das kann man mit der Zweckmäßigkeitstheorie sehr einfach erklären, z. B. damit, damit die Landleute billige Streu haben, damit kleine Jungens darin bis an die Knie herumrauschen können, damit lyrische Dichter aus ihrer Leier das zum Leben nötige Quantum Herbststimmung herauszupfen können usw. usw. usw. Viel naheliegender aber ist folgende anthropozentrische Erklärung: damit der Mensch einsieht, wie herrlich die Architektur eines Baumes ist, und hingeht und englisiert und kupiert und verschimpfiert in Alleen und Anlagen die Bäume, damit kluge Leute einsehen können, wie mann es nicht machen soll. Ja, das Fallaub, das Fallaub, man kann sich schon allerlei Gedanken darüber machen. Warum z.

B. verlieren die Jungbuchen die Blätter nicht im Herbst, sondern erst im Frühling, ehe das neue Laub kommt? Wahrscheinlich, Verehrtester, weil sie in ihrer kindlichen Einfalt nicht fest genug davon überzeugt sind, daß ihnen im Frühjahr auch wieder Blätter geliefert werden, und sie denken: »Was einer hat, das hat er, und was er los ist, kriegt er sobald nicht wieder.« Mit der Zeit kommen sie schon dahinter und entledigen sich schon im Herbste der Blätter nach der Väter Weise. Vielleicht behalten sie sie aber in der Jugend auch aus jener kindlichen Eigenartssucht, die junge Dichter, Musiker, Maler usw. für ein Zeichen von Genialität halten, bis sie, wenn ihre Haare kürzer und ihre Verstand etwas länger wird, dahinter kommen, daß schließlich Goethe, Beethoven und Böcklin nicht ganz zu verwerfen und schon wert sind, daß man sich ihre Technik ein wenig ansieht.

Dann ist ferner da die Geschichte mit der Lärche! Was ist das nun wieder für eine Sache? Ist ein Nadelbaum, also von Rechts wegen nach dem einfachsten Koniferenkomment verpflichtet, sich nicht im Herbste gänzlich zu mausern, sondern die Nadeln zu behalten. Fällt ihr aber gar nicht ein, benimmt sich durchaus nicht standesgemäß, zeigt keine Spur von Solidaritätsgefühl, markiert kaltlächelnd das Laubholz und entblödet sich nicht, im Späterherbst Nacktvorstellungen zu veranstalten. Erkläre mir, Graf Oerindur, diesen Zwiespalt der Natur! Nichts einfacher als das! Ausnahmen bestätigen die Regel, sagt das Sprichwort. So ist diese Anomalie schon dadurch erklärt. Ferner kann man sagen: die Lärche weiß, wie hübsch sie auch ohne Nadeln ist. Wer schlägt im Ballsaale alles tot, die dicke Madam mit dem brillantenbesäten Woge- und Wallebusen unter dem langweiligen Doppelkinngesicht oder die Frau, an der nichts brillant ist, außer der Figur und dem Antlitz? Verstanden? Na also!

Nun noch eine Frage: Warum behalten aber die übrigen Nadelhölzer die Nadeln? Ja, da sitzen Sie fest, mein Lieber! Mit der Wissenschaft bekommen Sie das nie heraus, da müssen Sie schon gründlicher zu Werke gehen. Lassen Sie nur die Pflanzengeographie und Physiologie und das ganze übrige botanische Besteck in der Tasche, auch den sogenannten gesunden Menschenverstand, und klappen Sie die Phantasie dafür auf! Sehen Sie, das hilft sofort! Nicht wahr, wenn alle Tannen, Kiefern, Fichten und Wacholder im Herbste sich bis auf die Haut auszögen, zum Umkommen wäre es dann in unseren Gegenden, nicht zum Aushalten wäre es. So aber, wenn über der verschneiten Flur im kahlen Wald grüne Wipfel in der Sonne leuchten, läßt sich die Landschaft schon ertragen, abgesehen davon, daß es doch auch Weihnachtsbäume geben muß. Die Einrichtung hat also nebenbei auch noch ihren praktischen Wert. Es ist übrigens immer verfehlt, zu fragen, warum ist dies oder dies in der Natur so, denn ob Ihnen das paßt oder nicht, Wertgeschätzter, die Natur ist dazu da, daß wir uns ihrer erfreuen, aber nicht, damit wir sie nun auf Herz und Nieren prüfen und Rechenschaft von ihr verlangen, warum dieses so und das so ist. Hier und da tut sie uns ja den Gefallen und erlaubt uns etwas Topfguckerei, aber ihr Kochbuch gibt sie schon nicht her; so dumm ist sie nicht. Denken Sie bloß dieses Unglück, wenn wir hinter alle ihre Geheimnisse kämen! Fünf Minuten nachher, würden wir uns elend bei ihr mopsen. So, wie es ist, stehen wir uns bedeutend besser, können je nach Veranlagung und Neigung in tiefsinnigen Versen allerlei aus ihr heraus- oder in sie hineingeheimnissen und uns symbolistisch benehmen, oder ihr mit Geduld und Spezialstudium irgendeinen kleinen Kniff abluchsen und dadurch unser Selbstbewustsein auf einen höheren Pegelstand bringen oder auch nur, wie heute, in erhebenden Bewußtsein, durch keine kalten wissenschaftlichen Kenntnisse belastet, so dahinzuschlendern, uns an den letzten goldenen Blättern der Birke, an dem leuchtenden Kupferrot der Jungbuchen, an dem bronzefarbigen Braun des Eichenlaubes, an der purpurnen Färbung des Hartriegels und an alle den frechen und schlüchternen Tinten und Tönen erfreuen, mit denen sich die Blätter der Bäume und Büsche angetan haben.

Mögen die Gedanken, die wir uns darüber machen, und die Theorien, die wir darüber aufstellen, auch wenig Beweiskraft für die strenge Wissenschaft und ihre noch strengeren Priester haben, das stört uns das Vergnügen sehr wenig, es macht uns Spaß, wir freuen uns an ihnen, wie wir uns freuen an bunthinwirbelnden Fallaub.

Wissenswertes vom Hasen

Nun ist die Zeit gekommen, daß der Krieg gegen den armen Hasen eröffnet ist. Woher die Feindschaft zwischen dem Menschen und dem Hasen besteht, das weiß man nicht. Nach der Schöpfungsgeschichte ist Feindschaft gesetzt zwischen dem Weibe und der Schlange; irgendeine Urkunde aber über die auffällige Feindschaft zwischen dem Manne und dem Hasen mangelt gänzlich.

Die Meinung, daß der Mensch den Hasen lediglich seines zarten und bekömmlichen Fleisches verfolge, ist irrig; auch das Eichhörnchen und der Sperling zeichnen sich durch wohlschmeckendes Fleisch aus, sind aber den Nachstellungen der Menschen wenig ausgesetzt.

Jedenfalls steht die Tatsache fest, daß, wenn der Tag der Eröffnung der Hasenjagd da ist, sonst ganz friedliche Leute und ehrbare Bürger von einem rasenden Blutdurst befallen werden. Von Mädchen reißt sich stolz der Knabe, der Mann muß hinaus in die Ferne, er findet zu Hause keinen bleibende Statt, was schert ihn Weib, was schert ihn Kind? Geschäft, Beruf, Gelderwerb, alles tritt vor der krankhaften Begier, möglichst viele Hasen zu töten, in den Hintergrund.

Es ist kein Wunder, daß der Hase deswegen eine große Rolle in der Literatur einnimmt. Die Dichter aller Zeiten haben aus ihm immer gern einen lyrischen Hasenpfeffer oder einen gut gespickten Balladenbraten gemacht. Auch in der bildende Kunst spielte er eine Rolle; die alten Ägypter bildeten ihn gern ab oder formten Amulette nach seinem Ebenbilde, denn sie hielten ihn für ein glückbringendes Tier. Das glaubt man auch heute noch, vorausgesetzt, daß er einem nicht über den Weg, sondern in die Küche rennt.

In den deutschen Literatur nimmt der Hase einem hervorragenden Platz ein. Ich erinnere nur an das bei aller Sinnigkeit durch seine raffinierte Kunstform bedeutende Gedicht, das anscheinend aus der vorkarolingischen Zeit stammt: Lepus, der Hase, Sedabat, er saß, In via, auf der Straße, Edebat, er aß.

Nicht minder bekannt ist das reizende Poem: Häschen in der Grube saß und schlief; Armes Häschen, bist du krank. Daß du nicht mehr hüpfen kannst; Häschen hüpf, Häschen hüpf!

An die schwermütige Poesie Lenaus erinnert folgende Hasenballade: Zwischen Berg und tiefen Tal Saßen einst zwei Hasen, Fraßen ab das grüne, grüne Gras bis auf den Rasen. Als sie nun satt gefressen, Setzten sie sich nieder, Kam der Jägers- Jägersmann, Schoß sie beide nieder.

Das folgende Lied, dessen Verfasser leider auch unbekannt ist, scheint der modernen impressionistischen Dichterschule anzugehören, wie man aus der grotesken Bizarrerie der Form und der messerscharfen Pointierung der Fabel schließen kann: Der Jäger und sein Hund Fanden 'n Hasen und Wollten ihn schießen, aber derselbe lief in den Haber.

Der Hase ist dem Jäger so wichtig erschienen, daß er ihn zum Gegenstand einer besonderen Geheimsprache gemacht hat. In der Jägersprache heißt er im allgemeinen der Krumme, der männliche Has Rammler, der weibliche Satzhase, die Jungen Quartalshäschen, woraus aber nicht ähnliche Schlüsse zu ziehen sind wie beim Quartalssäufer. Der Schwanz heißt die Blume, die Beine Sprünge, die Ohren Löffel, die Eingeweide Gescheide, das Fleisch Wildbret; ein Dreiläufer ist nicht etwa ein Hase mit drei Beinen, sondern einer, der zu drei Vierteln ausgewachsen ist.

Das Blut heißt Schweiß und hat einmal zu einem geschichtlich beglaubigten Mißverständnis geführt. Eine hohe fürstliche Person schoß einst bei einer Treibjagd auf einen Hasen, der so wenig devot war, daß er kein Schrot annahm. »Schweißt er?« fragte der hohe Schütze. »Wenn er so am Laufen bleibt,« meinte ein Treiber, »dann soll er wohl bald schwitzen!«

Der Hase findet nicht mehr in der Küche, sondern fast ebensoviel bei der Herstellung von Sprichwörtern Verwendung. Ein Hasenfuß und ein Bangehase ist ein Mensch, der nach dem Vorbilde des Hasen das Hasenpanier ergreift, in der Vorsicht den besseren Teil der Tapferkeit erblickt und seinem Gegner dadurch, daß er einige Meilen zwischen sich und ihn legt, die Möglichkeit zur Begehung leichterer und schwererer Realinjurien raubt. Der Spruch: »Viele Hunde sind des Hasen Tod« ist ebenso bekannt wie die Redensart: »Da liegt der Hase im Pfeffer!«

Hasenpfeffer ist übrigens eines von den Dingen, die dem doppelten Kopfe des Janus gleichen. Es gibt Hausfrauen, die ihr Leben lang in dem Wahne sind, man könne aus ein und demselben Hasen ein gutes Pfeffer und einen schönen Braten herstellen; daß ist eine der größten Verirrungen des Menschengeistes. Nein, ent-oder-weder; ein Mittelding gibt es nicht. Die Rippen, die Blätter, den Kopf, das Herz mit einer kilometerlangen Sauce bis an die Barrieren der Unmöglichkeit aufzubauschen und damit einem Mann, sechs Kindern und dem Dienstmädchen ein Mittagessen vorzugaukeln, das ist eine Vorspiegelung falscher Tatsachen in idealer Konkurrenz mit einem schwerer Nötigungsversuch durch Ausnutzung der Wehrlosigkeit der betroffenen Personen.

Auch beim Braten des Hasen werden folgenschwere Fehler begangen; manche Hausfrauen verlangen, der Hase soll Hautgout haben, und lassen ihn so lange unter dem Küchenfenster hängen, bis er aus Ekel vor sich selbst aus der Haut fährt. Länger als acht Tage darf der Hase nicht hängen. Dann muß er gut gespickt und schnell gebraten werden. Wird der Hase richtig gebraten, so muß die Köchin einen Unfall von Hitzschlag erleiden. Wer mehr als zwei Gäste zum Hasenbraten einladet, ist ein Mensch ohne Gemüt, und wer keinen sehr alten, sehr guten Rotspon dabei gibt, verrät wenig Herz und hat keinen Anspruch auf unsere Freundschaft.

Der Hase ist leichter zu verdauen als zu zerlegen; für die meisten Schützen ist er vorn zu schnell und hinten zu kurz. Die Art, ihn zu zerlegen, ist verschieden. Ungebildete Leute fangen ihn in Schlingen. Ihn auf dem Anstand zu schießen, gilt für unanständig; als weidmännliche Jagdart gilt es, wenn der Mensch in hellen Haufen zusammenströmt und ihn zu Hunderten erschlägt. Dem Hasen selbst kommen alle Jagdarten gleich gemein vor. Nach allgemeinen Volksglauben frißt der Hase am liebsten Kohl. Das ist Kohl; weder Weiß- noch Rotkohl, weder Braun- noch Sauerkohl reizt ihn, wenn er etwas anderes hat. Erst wenn der Schnee fußhoch liegt, frißt er Kohl, bekommt aber meist die Kolik oder Cholera hinterher.

Nach dem Volkglauben schläft der Hase mit offenen Augen. Das ist ebenfalls nicht richtig. Woher dieser Glaube kommt, weiß man nicht; wahrscheinlich daher, weil die meisten Menschen beim Beobachten die Augen zuhaben.

Es gibt zwar Hühnerhunde, aber keine Hasenhunde. In der Hühnerjagdzeit bekommt der Hund Schläge, wenn er einen Hasen steht, in der Hasenjagdzeit, wenn er die Hühner steht. Bald heißt es: »Pfui Has!« und bald: »Pfui Vogel!« Infolgedessen werden die meisten Hunde so verwirrt, daß sie zur richtigen Zeit immer das Falsche oder zur falschen Zeit immer das Richtige tun.

Außer dem Menschen stellen auch Füchse, Habichte, Krähen, Katzen und Wiesel dem Hasen nach. Um nicht auszusterben, hat der Has es sich darum angewöhnt, sich drei- bis viermal im Jahre fortzupflanzen, was man den ersten, zweiten, dritten und vierten Satz nennt.

Regnet es im Frühjahr viel, so kommt der erste Satz um; regnet es im Spätfrühjahr, so geht der zweite Satz verloren; regnet es weiter, so geht es dem dritten und vierten Satz so, wie es dem zweiten ging, wenn es ihm so ging, wie es dem ersten ging.

Geht es dem Hasen schlecht, so bekommt ihm das nicht, und geht es ihm besser, so hat er auch nichts davon.

Es ist eben ein merkwürdiges Tier, der Hase.

Das Geheimnis der Bücherlaus

Die anderen sprachen über den Kometen, und ich hörte nicht zu, wenn ich auch so tat. Habe ich einen tiefen Klubsessel und eine sehr gute Zigarre, so bin ich unglaublich duldsam.

Also sie redeten von dem Kometen, einer mit demselben Selbstverständnis wie der andere, es verstand nämlich keiner von ihnen was davon. Sie sprachen nämlich von fixen und weniger fixen Sternen, von elliptischen Flugbahnen, den Marskanälen. Der Periodizität der Kometen und anderen mir höchst gleichgültigen Vorgängen außerhalb unseres Privatplaneten, worauf sie auf Gedankenmetastase, Transsubstantiation, Unterbewustsein und Doppelempfinden kamen.

Infolgedessen nickte jener Teil meines Bewustseins, den ich für gewöhnlich fest in der Hand habe, ein. Meine Züge nahmen den Ausdruck völliger Ausdruckslosigkeit an, meine Seele befreite sich völlig von meinen Willen und tat, was sie wollte, und meine Augen durchdrangen das Wesen der Dinge wie Hittorfsche Strahlen. Längere Zeit suchten sie nach einem geeigneten Objekt, bis schließlich auf einem Sonnenstrahl haften blieben, der dünn und bescheiden und blau durch den Spalt der Vorhänge kam, sich aber allmählich immer breiter machte, auf ganz unverschämte Weise die Zimmerluft in zwei Hälften teilte und sich schließlich als großer gelber Fleck auf der schwarzen Wassereichenplatte des Rauchtisches festsetzte und ein winziges Etwas, das dort hin und her spazierte, mit einem riesigen Nimbus versah.

Ich drehte so lange an der Mikrometerschraube meines Sehnervs, bis ich ihn auf besagtes Geschöpf eingestellt hatte und erkannte, das es eine Bücherlaus war. Anfangs dachte ich, es sei ein junge Atropos, dann aber stellte ich fest, daß es ein uralter Troctes war, denn es war fast einen ganzen Millimeter lang und hatte den lichten Elfenbeinton der Jugend bereits mit der Zigarrenkistenfarbe des Alters vertauscht. Ruhig und besonnen ging es auf der schwarz in schwarz gemaserten Holzplatte seiner Nahrung nach, führte sich zuerst einem Influenzabazillus zu Gemüte, nahm dann drei Schnupfenerreger zu sich und beschloss seine Mahlzeit mit dem Kokkus Zahnwurzelhautentzündung, worauf es sich mit den Vorderfüßen die Mandibeln putze und sich dann der Verdauung hingab und träumerisch den Sonnenstäubchen lauschte, die munter auf und ab flogen und lustig dabei summten und säuselten.

Wie es kam, weiß ich nicht, aber mit einem Male war ich wieder zwanzig Jahre alt. Das war eine schöne Zeit. Ich dachte bloß an Holz- und Bücherläuse und schätzte junge Mädchen nur, wenn sie diesen Tieren, die ich als rücksichtvoller junger Mann in Damengesellschaft Psociden nannte, genügend Verständnis entgegenbrachten. Ich hatte früher Goethe und Bismarck sehr verehrt; als ich aber in ihren Schriften nicht das geringste Anzeichen dafür fand, daß sie den Holzläusen Beachtung geschenkt hatten, setzte ich diese Männer in mir ab und erhöhte vor meiner Seele die, die wie Mac Lachlan, de Selys-Longchamps, Brauer, Rostock, Stephens, Bertkau und Hagen aus diesen Tieren ein Sonderstudium gemacht hatten, und als ich H. J. Kolbe kennen lernte, erstarb ich in Ehrfurcht, denn er hatte ein Dutzend unbeschriebener Arten entdeckt und die Monographie der deutschen Psociden geschrieben, ein Werk, das ich für den Gipfel der Weltliteratur hielt. Fünf Jahre lang sammelte, studierte und bestimmte ich Holzläuse und fand das reinste Glück bei dieser Beschäftigung, und als ich eine unbeschriebene Art entdeckte, erfüllte Größenwahnsinn mein Gemüt bis zum Rande.

Nun, nach mehr denn zwanzig Jahren, saß der Troctes von mir, sah mich mit seinen altmodischen Augen an und schraubte meine Erinnerung um zwei Jahrzehnte zurück. Wie aus weitere Ferne klang das, was meine Freunde über Okkultismus sprachen. Ich mußte lachen. Okkultismus! Braucht es dazu somnambuler Medien, Trancezustände und Geisterschrift? Hier, diese Bücherlaus, knapp einen Millimeter lang, ist ein ebenso großes Geheimnis wie die Seele des Menschen. Wer das Geheimnis von Troctes kennt, dem ist Anfang und Ende aller Dinge vollkommen klar; er weiß alles. Und er weiß natürlich auch gar nichts, denn so ist es: je mehr wir wissen, um so mehr erkennen wir, wie wenig es ist. Die steinerne Sphinx der Wüste ist nicht so furchtbar wie die Bücherlaus. Hätte Ramses der Große sie gekannt, er hatte ihr Bildnis, riesenhaft vergrößert, aus grauem Granit meißeln lassen und darunter die Worte gefügt: »Sie ist schrecklich; sie ist der Schlüssel zu allem Nichtwissen.«

Nicht umsonst nannte sie der große Zoologe Müller Troctes divinatorius, die weissagende Bücherlaus. Er tat das nicht, weil man ihr nachsagte, sie verursache ein Klopfgeräusch, was übrigens nicht wahr ist, und sie verkünde damit das Sterben eines Menschen, sondern aus dem Humor einer tiefen Weltweisheit heraus, die an einem Insekt von Millimetergröße ebensoviel lernt wie an einem Mammut. Und wahrhaftig, der Troctes kann weissagen; wer sich ihn genau ansieht, der findet die ganze Evolutionstheorie in ihm und die Lehre von der Konvergenz der Gattungen ist deutlich in ihm ausgesprochen. Er braucht nur die andere Bücherlaus, die hübsche, rotgepunkte Atropos, dagegen zu halten, um die Lehre von der ursprünglichen Einheit aller Dinge zu begreifen, um Monist oder Pantheist oder Materialist oder Deist oder Mono- oder Polytheist oder was er sonst will zu werden, um die Höhe der modernen Wissenschaft zu erklimmen, oder den Sprung in die Tiefen des Buddhismus zu tun, um die Weisheit mit Löffeln schöpfen zu können, oder mit Dubois-Reymond sagen zu müssen: »Ignoramus, ignorabimus.« Mit Sophokles wird er sagen können: »Nichts ist gewaltiger als der Mensch,« und mit dem Dichter des Hohenliedes in die Klage einstimmen, daß alles menschliche Wissen eitel sei, denn Atropos und Troctes haben weiter nichts miteinander gemeinsam, als den Gruppennamen. Sonst ähneln sie sich so wie eine Kuh und ein Pferd.

Die Holz- und Bücherläuse, von der Wissenschaft Psociden genannt, gehören nämlich zu den Gradflüglern oder Orthopteren und sind mit den Heuschrecken, Grillen, Wasserjungfern, Eintagsfliegen, Kocherfliegen, Ohrwürmern, Küchenschwaben und ähnlichem Geziefer verwandt. Sie sind im allgemeinen, darwinistisch geredet, junge Insekten und stehen als scheinbar fest abgesonderte Gruppe da. Nimmt man sich aber einen Troctes vor, so sieht man zu seiner Verblüffung, daß er viele Merkmale der uralten Insekten, der Apterygoten, besitzt, die völlig Flügellosigkeit, die altmodischen Augen, die primitive Ringelung, die einfachen Mundwerkzeuge, daß er also nach den Silberfischchen und Springschwänzen, diesen lebendigen Versteinerungen unter der Kerbtieren, hinneigt. Zudem führt jede Troctesart ein ganz anderes Leben als die anderen; Troctes diveinatorius lebt in Büchern, Troctes silvarum unter Kiefernrinde, Troctes formicarius bei Ameisen; ein Beweis, daß die Arten der Gattung sich schon in Urzeiten verschiedenen Berufsarten zuwandten. Die ganze Gattung Troctes aber spielt in der Systematik ungefähr die Rolle, wie der Rechtsfreisinn in der Parteibildung; sie verbindet die alten mit den neuen Insekten, oder tut wenigstens so.

Das ist aber noch gar nichts. Wer erst alle fünfzig bis sechzig bekannten deutschen Holzläuse studiert und das wenige, was aus Europa und den übrigen Erdteilen von dieser Gruppe noch bekannt ist, auch die betrachtet, die uns der Bernstein und das Harz der Kopalfichten überlieferten, der schlägt sämtliche Hände über der Glatze zusammen und weiß nicht mehr, was er sagen soll. Im Bernstein fossil und in den Tropen lebend, finden sich Psociden, die beschuppte Flügel und Stacheln an den Beinen haben, also ginge es allein danach, Motten, also Schmetterlinge sein müßten. Mithin liegt hier also wieder eine Brücke zu einer hochmodernen Insektengruppe vor. Außerdem findet sich in dem preußischen Bernstein eine Holzlaus, die Flügelecken und ein Schildchen wie die Käfer hat, und eine südeuropäische Art, Embidopsocus, ist sogar sehr verdächtig, verwandtschaftliche Beziehungen zu den Termiten zu unterhalten. Mit einem Worte: die Holzläuse sind unsichere Kantonisten, unzuverlässige Kandidaten, gehören, systematisch genommen, zur Fraktion Drehscheibe, hängen den Mantel nach dem Winde, tragen den Baum auf beiden, ja noch mehr Achseln, können den Systematiker zum Heulen und den Deszendenztheoretiker zum Hurraschreien bringen.

Da ist z. B. Pseudopsocus, ein ganz verdächtiger Bruder, wie schon der Name andeutet. Jede anständige Holzlaus besitzt ein gerades zweites Fühlerglied; seins ist natürlich krumm. Jede Holzlaus, die etwas auf sich hält, hat einen gemessenen Gang; er wimmelt selbstverständlich so würdelos herum wie eine Ameise. Da ist der Neopsocus, die Berkauia und die Cäcilia, Psociden, von denen wir die Männchen nicht kennen und die Kolbia, deren Männchen Flügel haben, während die Weibchen, wahrscheinlich aus Mangel an Nadelgeld, es dazu nicht bringen und noch als Mütter im Backfischröckchen, von den Entomologen Nymphentracht genannt, zum Skandal der Leute herumlaufen. Einmal ist allerdings auch ein geflügeltes Weibchen der Kolbia gefunden, und daß in dem Busch bei Münster, wo es erbeutet wurde, noch kein Denkmal steht, und daß der Entdecker nicht einen hohen Orden bekam, das verdrießt mich über alle Maßen, denn der Mann, dem dieser welterschütternde Fund glückte, das war niemand anders als ich. Meine Freunde behaupten zwar, ich hätte die Natur bestochen, daß sie mir dieses eine Exemplar, das ein Kabinettstück des königlichen zoologischen Museum in Berlin bildet, eigens anfertigen ließ. Das ist aber nackte Verleumdung, denn so gut stehe ich mit der Natur nun doch nicht.

Allerdings, einige Geheimnisse habe ich ihr doch abgelauscht; ich kann nämlich Psociden herstellen, und zwar lebendige Psociden. Als z. B. Kolbe in meiner Sammlung die von ihm neu beschriebene Pterodela quercus in vielen Stücken fand, war er sehr erschüttert und fragte: »Woher haben sie die?« Aber das Gesicht, das er machte, als ich antwortete: »Mach' ich selber!«, das können Sie sich denken. Ich habe es ihm vorgemacht. Ich knickte an einer Wallhecke frische Eichenzweige ein, so daß das Laub grüntrocken wurde, und einige Wochen, nachher war das seltene Tier zu Tausenden darauf zu finden, denn gewisse Pilze oder Algen, die auf grüntrockenem Eichenlaube leben und von denen es sich nährt, die es aber sonst selten findet, waren massenhaft da und erlaubten es ihm, sich bis an die Barrieren der Unmöglichkeit zu vermehren.

Das ist natürlich ein großer Erfolg, aber so stolz wie auf mein geflügeltes Kolbiaweibchen bin ich doch nicht darauf, denn damit bewies ich die von mir aufgestellte Theorie, daß die ungeflügelten Kolbiaweibchen nur deswegen keine Flügel haben, weil sie bei uns in schlechten Verhältnissen leben und vor Haushaltsorgen nicht an die Vervollständigung ihrer Garderobe, denken können. Als ich diese Theorie aufstellte, wurde ich ausgelacht. Da war die Natur so gütig, mir ein geflügeltes Weibchen herzustellen, ich trat die demonstratio ad bestiam an und stand groß da vor mir und allen Menschen, die in der Psocidologie den Gipfel des menschlichen Willens sehen. Und das ist mein Trost: ich werde nicht vergessen werden. Noch nach Äonen wird mein Name hell leuchten als der des Entdeckers des einen einzigen geflügelten Kolbiaweibchen!

Als ich diese Entdeckung gemacht hatte, zog ich mich aus der Psocidologie zurück. Es war ein guter Abgang, einer mit bengalischer Beleuchtung und Fanfarenklängen. Ich tat wohl daran, denn auch alle übrigen Holzlausspezialisten taten dasselbe und wandten sich anderen Gruppen zu. Die Psociden boten zu viel Schwierigkeiten. Schon die Tatsache, daß die Gruppe auf drei oder mehr Wurzeln berührt, daß sie die schärfsten systematischen Gegensätze in sich vereinigt, genügte, um den Blick der Forscher zu verwirren. Stammen die Holz- und Bücherläuse von den Silberfischen, den Motten oder den Käfern ab? Oder ist es ungekehrt: haben sie die Tendenz, Käfer oder Motten oder Silberfische zu werden? Handelt es sich um eine Erscheinung der Konvergenz oder der Divergenz, um eine zentrifugale oder zentripetale Tendenz? Nix genaues weiß man nicht. Die Psocidologie ist und bleibt eine okkulte Wissenschaft; man tappt im Dustern bei ihr. Denn es ist unergründlich für Menschensinne, das Geheimnis der Bücherlaus.

»Was halten Sie von dem Okkultismus?« fragte mich der junge Bankier, der als Geschäftsmann von den Raubvögeln, als Privatmensch von den Apollofaltern abzustammen scheint, denn er ist ein ganz gefährlicher Kalijobber, schwärmt aber für tausend ätherische Ismen.

»Jawohl,« sprach ich, und er war zufrieden. Er meinte aber Trancezustände und ich Bücherläuse.

Schließlich ist das auch dasselbe.

Der Koloradokäfer

Das Essen war vorzüglich gewesen, die Weine demgemäß und diesbezüglich, und nun saßen wir Männer unter uns im Rauchzimmer beim Kaffee und Kognak und machten uns vermittelst sehr ebenbürtiger Zigarren blauen Dunst vor.

»Sagen Sie mal, lieber Bingius,« sprach unser Afrikaner, »wie kam es eigentlich, daß Sie sich damals Gesundheitsrücksichten zuzogen, sich auf Ihrer Klitsche verklüfteten und nicht mehr mehr gesehen wurden seit jenen Tagen? Galten als einer der zukünftigsten königlich preußischen Regierungsassessors, waren schon kommissarischer Landrat, als andere gleichaltrige noch referendarten, und dann, mit einem Male: Klamm-Bingius futschikatus. Ich habe gesprochen.«

Der Regierungsassessor und Dragoneroberleutnant a. D. Rittersgutsbesitzer Rauk Freiherr von Klamm-Bingius klemmte sich die Scherbe in das infolge eines in Bonn erworbenen Säbelhiebes etwas schwach gewordene Zielauge, strich sich mit der mächtigen Hand über den dichten grauen Scheitel, blies den Rauch der Manila gegen die Decke, lächelte den Araberbezwinger auf merkwürdige Weise an und erzählte:

»Ja, nicht war? Mein Abschied machte damals Aufsehen in der ganzen königlich preußischen Verwaltung. Duell, Liebeschose, zeitweilige Geistesstörung und was wurde nicht alles erzählt. Duell war es, aber gegen ein Insekt, und in eine Kaltwasserheilanstalt mußte ich auch, denn mein Gehirn begann in Mostrichsauce zu schwimmen. Und als ich auf Anraten des Medizinmanns ein Jahr lang im z. D. mein Gütchen im Schweiße meines Angesichtes beackert hatte, fand ich, daß mir das besser lag, als Akten zu wälzen und Zweckessen auszustehen, und so ließ ich das z. D. zum a. D. umrigolen. Außerdem hatte ich Angst.«

Der Afrikaner klappte seine malariamüden Augen auf: »Sie und Angst? Machen Sie sich hier nicht interessant, sonst brumm ich Ihnen einen dreifachen Küraçaojungen auf!« Der andere nickte ernsthaft: »Tatsache! Angst bis zu Gänsehaut, Schüttelfrost und Angstschweiß. Gottchen ja, vor Menschen hatte ich nie Angst, selbst als Fuchs und Einjähriger nicht; aber es gibt Dinge, Gewalten, Mächte, bei denen sich dem fatalistischsten, nervenlosesten Manne die Rückenborsten sträuben. Und so ging es mir.« Er trank seinen Schnaps aus, schüttelte sich, warf seine Zigarre in das Kaminfeuer, suchte sich sorgfältig prüfend eine andere, steckte sie an und fuhr fort:

»Hören Sie zu! Außer meiner Frau kennt kein Mensch die Geschichte. Also das war im Jahre siebenundsiebzig, als ich in Tzschribowo Kommissarischer war, in dem Jahre, als der Koloradokäfer erfunden wurde. Na, was ging mich der an! Ich hatte massenbach zu tun und mehr gesellschaftliche Verpflichtungen, als mir lieb waren. Komme ich da eines Morgens, Donnertag war es, in mein Bureau und finde eine Akte, eine Akte, sage ich Ihnen, gerade was für einem Mann, der mit drei Flaschen Sekt nachts um drei ins Lager geschlieft ist. Ich lese und denke: ›Quatsch!‹ War nämlich Verfügung von oben, Landräte angewiesen, Auskunft über Auftreten von Koloradokäfern einzureichen.

Nach acht Tagen Anfrage. ›Heiliges Donnerwetterchen!‹ denke ich und antworte: ›Koloradokäfer hier amtlich unbekannt!‹ Nu aber kommt sehr bestimmte Anweisung, Untersuchung anzustellen. Ich also los. Nirgendswo Koloradokäfer gesehen. Gemeldet nach Regierung. Neuer Wisch: Formulare für Pressenotizen, Paket mit Anschauungsmaterial für Schulen, Kneipen, Dorfschulzen, Gendarmen und was weiß ich. Der Sekretär und ich gehen nun ins Zeug. Nach acht Tagen, wohin ich komme: Koloradokäfer Saisongespräch! Bei Gräfin Dschinsky, bei Oberamtmann Grönkopf, bei Forstmeister Dreibahn. Jagd, Pferde, Weiber, alles verblaßt gegen den Modekäfer. Wache morgens auf: meine Haushältersche springt mir mit Koloradokäfer ins Gesicht, wie ich zum Kaffee komme! Mittags im Hotel: Oberkellner fragt nach Koloradokäfer. Abends im Knobelverein: Koloradokäfer. In der Zeitung: Nichts als Koloradokäfer. Einfach zum Verblöden.

Nach weiteren acht Tagen ging es dann erst richtig los. Jeden Tag Pakete mit Anfrage, ob das Koloradokäfer seien. Schöne Geschichte für einen Mann, der wohl allerlei nette Käfer als

Student und Referendar kennen lernte, aber außer Maikäfer höchstens noch Mistkäfer kennt. Flüchte mich an den Busen des Sekretärs. Der weiß Rat. Im nächsten Dorf wohnt Schulmeister, bedeutender Krabbeltierologe. Ich hingeritten. Famoser Mann das; tröstet mich; will alles bestimmen. Kommt alle zwei Tage herüber. Aber was half mir das? Es hagelte Pakete. Müssen alle alle gebucht werden, und die Antwortschreiben muß ich diktieren und unterhauen!«

Er seufzte tief auf, kippte noch einen Wodka hinab und lachte hysterisch: »Ich habe in dem halben Jahre Entomologie gelernt, sage ich Ihnen. Ich weiß heute noch, wie der Marienkäfer auf lateinisch heißt, und der Pappelblattkäfer, und der Erlenkäfer, von dem es eine blaue und eine grüne Form gibt. An einem einzigen Tage, an einem Freitag kamen fünfzig, nein zweiundfünfzig Briefe mit zerquetschten Marienkäfern, dreißig mit Pappelblattkäfern und mindestens zwanzig mit Erlenkäfern. Die Schreiber bekamen beinahe Wadenkrämpfe in die rechten Arme, der Sekretär verriet Anzeichen von entomologischem Verfolgungswahnsinn, und ich hatte das Gefühl, als wenn alle Tische und Stühle sechs Beine und vier Flügel, zwei aus Chitin und zwei häutige, hätten.«

Er paffte wütend und schnob los: »Aber das war noch garnicht. Ganz schlapp liege ich nach dem Mittag auf der Faulbank. Da: tingeling, die Bimmel! Die Haushälterin kommt. ›Is sich Mann da mit Korralloddokäfer!‹ Steht da ein Kerl, riecht auf sieben Meilen gegen den Wind nach Kartoffelsprit und Hoffmannsstropfen, grinst wie ein Honigkuchenpferd, zieht ein unglaubliches Taschentuch aus der Tasche, wickelt es mit seinen Dreckpfoten auseinander, und dann ein Kappesblatt, das darin war, und dann ein Stück Zeitung, und holt, na raten Sie 'mal, was er da hatte? Einen Nashornkäfer! Und dann feixt er ganz vertraulich und meint: ›Is sich sehr schenner ganz rrichtiggerr Klarraddokefferr, Pani Lanndrattsamtmann; bekommt sich Schitzy kleines Trringäld glaubt err!‹

»Und ich Heuochse, um den ollen Säufer und vereidigten Ortsarmen loszuwerden, gebe ihm fünf Dittchen, und da war der Deibel los. Von früh bis spät kam alles mit Korralloddokäfern und Klarraddokäfern und Karoladokäfern und was weiß ich an, bimmelte mich aus dem Bett, störte mich beim Frühstück, beim Mittag, beim Abendessen, beim Pfeiferauchen, beim Zubettegehen. Ja, mitten in der Nacht kommt ein eingeschriebener Eilbrief mit Nachtbestellung, und darin war ein bis zur Unkenntlichkeit plattgestempeltes Heimchen.«

Wir mußten alle herzhaft lachen, aber Klamm-Bingius sprach mit einer Stimme, die sich anhörte, als käme sie aus dem Erdgeschosse: »Ja, Sie können lachen, und ich lache jetzt auch darüber. Aber rekonstruiere ich mir jene Zeit, dann bekomme ich eine gerunzelte Epidermis, wie eine Weihnachtsgans. Ich sage Ihnen, liebe Freunde, es war zum Aufhängen! Ich komme nachts müde nach Hause von einer siebenstündigen scheußlichen Wagenfahrt. Kaum mache ich die Tür auf, da, burr, fliegt mir was Dickes, Hartes, Zackiges gegen die Augen. Ich mache Licht: ein Hirschkäfer, aber ein kapitaler, mindestens einer vom zwölften Kopfe. Ihm war es zu öde geworden in seinem Pappkasten, und so hatte er sich durchgedrängelt und eine Lokalinspektion vorgenommen. Dann standen noch zwanzig Kästchen und Paketen da, von denen sieben kaputt waren. Ich also, hundemüde wie ich bin, muß auf allen vieren, wie es sich für einen Regierungsassessor und stellvertretenden Landrat, Kavallerieoffizier. Zweibänderkorpsburschen und Mann von Uradel gar nicht paßt, auf allen vieren mit dem Lichte kriechen und alle das Ungeziefer suchen, was in meiner Wohnstube und in dem Schlafzimmer herummarschiert. Ich sage Ihnen, ich habe ganz ungebildet geflucht und nachher lag ich vier Stunden da und konnte keine Bettschwere kriegen!«

Er stöhnte: »Sie glauben nicht, was man mir alles an den Hals schickte und ins Haus und auf das Landratsamt schleppte. Daß ich zollange Bockkäfer, Libellen, Maulwurfsgrillen, Laufkäfer, Zimmerböcke, Heuschrecken, spanische Fliegen, Bremsen, Hummeln, Baumwanzen, Totenköpfe, Ligusterschwärmer, Schwalbenschwänze, Hornissen und wer weiß welche niederziehenden Raupen bekam, davon will ich noch gar nichts sagen. Aber als es mit Wassermolchen und Eidechsen losging und schließlich sogar eine handgroße griechische Schildkröte ankam, die irgendwo ausgekniffen war, da wurde mir so, als bekäme ich eine Darmverschlingung im Schädel, und ich machte plötzlich die Entdeckung, daß ich alles, was gelb war, für Koloradokäfer hielt.

Die Sonne kam mir vor wie ein riesiger gelb und schwarz gestreifter Koloradokäfer, und der Mond nicht minder. Des Doktors gelbe, schwarz geströmte Dogge hielt ich für Leptinotarsa dezemlineata, und als meine Hausbesorgerin, die gute Franja Kabuschka, eines Morgens mit dem Tee hereinkam und eine gelb und schwarz gestreifte Schürze vorhatte, ging es wie ein Peitschenschlag über mein Zentralnervensystem. Ich beherrschte mich aber, trank jedoch den Tee mit Rum, was sonst nicht meine Weise ist.«

Seine Augen starrten böse in das Kaminfeuer. Dann lachte er gequält: »Als die alte Scheune nachts abbrannte, weil der Verschönerungsverein sie angesteckt hatte, sah ich, daß die Flammen lauter irrsinnig große Koloradokäfer waren. Die nixenhaft schöne Olga Ziniakus konnte ich nicht mehr ansehen, weil ihre schwarzen, gelb geblümten Augen mir wie Koloradokäfer vorkamen. Mein Familienwappen nahm ich von der Wand, denn es zeigte die dreifache schwarze Wolfsangel im gelben Felde. Ich litt an hochgradiger Monomanie. Als mir eines Abends bei der Rehbockpirsch eine schwarzgelbe Katze über den Weg lief, begann ich an allen Gliedern zu zittern.

Eines Tages kam der Vorsteher von Groß-Linke mit einem Leiterwagen angefahren, auf dem ein Luftballon lag, der dort niedergegangen war, und dieser Luftballon war gelb und schwarz gestreift. Da schrie ich auf und bekam Heulkrämpfe. Na, und ein stellvertretender Landrat mit Heulkrämpfen wirkt nicht so dekorativ, wie es oben gewünscht wird. Ich bat um Ersatz, packte erst meinen Koffer und dann mich und fuhr nach Wilhelmshöhe, und nach drei Monaten auf meine Klitsche. Und so kam es, daß durch den Koloradokäfer aus einem Regierungsassessor mit einer glänzenden Zukunft ein Magnumbonumfabrikant wurde.«

»Hm!« sagte der Afrikaner, und wir schlossen uns ihn an. Und dann fragte ich: »Wie ist es Ihrem Nachfolger gegangen, lieber Bingius?« Da sagte er, und seine Stimme klang etwas lebhaft: »Der hielt es vier Wochen aus, nahm dann Urlaub und wollte nach Tirol. Aber bei dem ersten österreichischen Schlagbaum bekam er einen Tobsuchtsanfall und mußte in der Zwangsjacke nach Hause geschickt werden.« Er lächelte: »Aber alles hat seine guten Seiten. Als ich im Oberstübchen wieder etwas in Ordnung war, fuhr ich von Wilhelmshöhe ab, und zwar nach Kassel, und da lernte ich meine Frau kennen. Und da die auf dem Lande leben wollte, verzichtete ich darauf, Minister zu werden, und das ist mir jetzt lieb, denn ein Vergnügen ist das heute nicht mehr.«

»Na denn prost!« sprach der Afrikaner; »es lebe der Koloradokäfer.«

Bei der Gnädigen

Als ich neulich bei der Gnädigen eingeladen war, erzählte ich ihr von meinem Freunde Meyer, dem zweckmäßigen Meyer, wie ich ihn genannt habe, weil er nämlich in der Natur lauter Zweckmäßigkeit herausfindet, und da lachte die schöne Frau und sagte: »Bringen Sie ihn doch einmal mit!«

Vor acht Tagen wollte mich Meyer zu einem Feld- Wald- und Wiesenbummel abholen und verlängerte sein Gesicht um ein beträchtliches, als ich ihm sagte, ich hätte einen Besuch zu machen, und als ich ihn einlud, mitzugehen, wollte er erst ablehnen, denn er verkehrt nicht gern mit Frauenzimmern, weil sie ihm nicht wissenschaftlich genug denken, wie er sich verschiedentlich äußerte. Schließlich bekam ich ihn aber doch mit.

Er stöhnte unterwegs erheblich, denn es war sehr heiß, und ich schleppte ihn erst durch eine Arbeitervorstadt, dann über die staubige Landstraße, ließ ihn einen schattenlosen Hügel hinaufklettern, worauf es noch einen ebenso sonnigen Abstieg gab, so daß Meyer schwitzte wie ein Schweinsbraten am Sonntagvormittag und eine ganze Menge unchristlicher Redensarten verzapfte und es versöhnte ihn keineswegs, daß der Weg nun durch eine sumpfige Wiese führte, in deren aufgeweichter Grasnarbe seine Stiefel tiefe Eindrücke hinterließen.

Dann waren wir aber auch an Ort und Stelle, Meyer, der sehr für Ordnung ist, zog die Augenbrauen unter die Hutkrempe, als wir am Parktore standen. Die gewaltigen Torpfeiler, auf denen je ein von zwei Löwen gehaltenes Wappen zu sehen war, das in der Mitte ein Fragezeichen, rechts einen Gedankenstrich und links ein Ausrufungszeichen enthielt, und von denen das eine als Helmzier eine mürrische Eule, das andere einen grinsenden Affen aufwies, machten solchen Eindruck auf ihn, daß er so verstört aussah, als habe er acht Tage weiter nichts als Kaviar gegessen. Aber daß Laub und Dürrholz auf der Zugbrücke lag, daß das Geländer an mehr als einer Stelle schadhaft war, daß die Wege mit Moos und Unkraut bewachsen waren, und daß zwischen den Stufen der zwischen einer lachenden und einer weinenden Sphinx sich erhebenden Freitreppe Gras und Wegerich wucherten, veranlaßte ihn, Falten der Mißbilligung zu beiden Seiten seiner Nase anzubringen.

Sobald ich den alten, ganz mit Grünspan bedeckten Türklopfer in Tätigkeit setzte, erhob sich im Hause ein vielstimmiges Hundegetöse, und in demselben Augenblicke, als die sehr hübsche, aber etwas sehr schlampige und strubbelköpfige Magd öffnete, fuhren uns ein halbes Dutzend Köter aller Art um die Beine, beschnüffelten winselnd meine Hände und fuhren kläffend gegen Meyer an, bis die Gnädige herbeistürzte und mit einigen Donnerwettern und der Peitsche die Bande in den Hintergrund trieb. Dann warf sie die Peitsche auf die Erde, gab uns die Hände, lachte uns an und sagte: »So früh hatte ich Sie gar nicht erwartet. Machen Sie es sich bequem, wo Sie wollen. Ich muß mich erst ein bißchen ordentlich machen. Ich habe nämlich bis jetzt geschlafen, weil ich erst gegen Morgen zu Bett gegangen bin. Ich habe jetzt schrecklich viel zu tun.« Und damit huschte sie hinaus, daß ihr hellgrüner seidener Morgenrock nur so wehte und ein Paar sehr trefflicher Waden enthüllte, aber auch die Tatsache, daß der linke Strumpf in der Naht ein gutes Stück aufgeplatzt war.

»Merkwürdige Wirtschaft hier im Hause!« sprach Meyer, als wir es uns im Empfangszimmer bequem machten, wo der kostbare Teppich vor dem wunderschönen Kamin ein Brandloch zeigte, auch war in dem einen Fenstervorhange ein Riß und auf einem aufgeschlagenen Buche mit herrlichen alten Kupferstichen lag ein Zigarettenstümpfchen, das mitten in einem der Bilder einen häßlichen gelben Fleck hinterlassen hatte, und hier und da war nur mangelhaft Staub gewischt. »Sagen Sie mal, wie heißt die Dame eigentlich?« frug Meyer: »ich habe vorhin nicht richtig verstanden. Latour?« Ich schüttelte den köpf. »Nee, Natur,« sagte ich, »Frau von und zu Natur. Sie ist ein famoses Frauenzimmer, ein bißchen launenhaft und dann wird sie leicht boshaft, aber ich mache mich dann einfach über sie lustig, und sofort ist sie wieder gut, denn alles kann sie vertragen, nur nicht, daß man sie ernst nimmt.« Meyer machte kugelrunde Augen als er mich frug: »Sie nehmen sie nicht ernst?« Ich lachte: »Gar nicht; sie mich ja auch nicht.

Schickte mir erst vorgestern ein Paket, und als ich es aufmachte, was glauben Sie, was darin ist? Ein gehöriger Schnupfen.«

Aber da kam sie selber, in einem so wunderbaren hafergelben, kornblumenblau und mohnrot ausgezierten Nachmittagskleide, das ihre prachtvollen Unterarme und ihren schönen Hals frei ließ, daß Meyer vor Weh und Wonne an zu schwitzen fing und erst wieder zu sich kam, als er drei Kognaks binnen hatte, und er war ganz selig, als ihm drei Kisten mit echten Habannas vorgesetzt wurden, und als er gar ein Münchener bekam, das gerade so war, wie es so mochte, fing er auf eine Art zu balzen an, daß ich es mit der Angst bekam. Es war unglaublich, welche Menge handfester Schmeicheleien er vor ihr ausstülpte, wie der die Zweckmäßigkeit ihres Schaffens, die Umsichtigkeit ihres Waltens und ihre mütterliche Güte pries und sie dabei mit seinen immer blanker werdenden Augen verschlang und es gar nicht merkte, daß sie vergessen hatte, eine Haarzwickel aus ihren etwas liederlich aufgestreckten Locken zu nehmen, und daß auch die Strümpfe, die sie jetzt anhatte, veilchenblau mit roten Tupfen, an zwei Stellen löcherig waren. Er schwatzte darauflos wie ein bezahlter Wahlredner, qualmte wie ein Kleinbahnlokomotive und trank ab und zu einen Schluck Bier.

Mit einem Male verloren seine Augen ihren Glanz und seine Stirn bedeckte sich mit Runzeln. Er hatte bemerkt, das die Gnädige hinter der Hand gähnte, und das verletzte ihn. Auch schien es ihm so, als mache sie sich über ihn lustig, denn er hatte einen von den spöttischen Blicken erwischt, die sie mir zuwarf, und so kehrte er den deutschen Mann heraus, den ernsthaften, wissenschaftlich gebildeten, und frug: »Sagen Sie mal, gnädige Frau, zu was lassen Sie den Ornythorhynchus und die Echidna, was doch Säugetiere sind, Eier legen? Ich finde das etwas, wie soll ich sagen, unsystematisch!« Die Hausfrau sah ihn verloren an, dachte einen Augenblick nach und meinte dann: »Ach so, Sie meinen die verkorksten Australier, das Schnabeltier und den Ameisenigel? Wissen Sie, in der wissenschaftlichen Nomenklatur, so heißt es doch, kenne ich mich nicht aus; es wimmelte da ja von Synonymen. Tja, sehen Sie, Herr Meyer, wenn ich ehrlich sein soll, ich weiß selber nicht, wie ich dazu kam, denn es ist schon eine ganze Weile her, als ich in jener Ecke das Kochen lernte. Ich glaube, ich hatte damals vor, alle Tiere Eier legen zu lassen, aber dann hatte ich etwas anderes zu tun und vergaß die ganze Geschichte. Ich wollte es noch ändern, aber er kam mir immer so viel dazwischen; na, und so verblieb es.«

Meyers Zigarre kohlte, ein Zeichen, daß die Grundfesten seiner Seele zu knacken begannen. Er zog heftig, verschluckte sich, gremsterte erheblich und fuhr dann mit einem gewissen Unterklange von Überhebung in der Stimme fort: »Überhaupt, Frau Natur, ich finde, daß Sie das, was Sie bezwecken, mit viel mehr Ersparnis an Material bewerkstelligen könnten. Zum Beispiel legt der Hering, sagen wir einmal eine Viertelmillion Eier, oder sind es mehr?« Die Hausfrau zuckte die Achseln; Meyer sah sie strafend an und frug weiter: »Davon gehen alle bis auf ein oder zwei Stück zugrunde. Das ist doch eine kolossale Materialverschwendung. Warum lassen Sie den Hering nicht von vornherein so viele Eier legen, wie zur Entwicklung kommen soll?« Meine Freundin sah ihn freundlich an, doch bekamen ihre Augen einen Stich ins Grüne, als sie erwiderte: »Das kann ich Ihnen ganz genau sagen; das weiß ich nämlich selber nicht.« Meyer setzte seine Amtsmiene auf: »Das wissen Sie nicht?« Sie schüttelte den Kopf und lachte, daß man ihre prachtvollen Zähne sah: »Faktisch nicht! Ich weiß es ebensowenig, als warum ich heute gerade dieses Kleid und eben diese Strümpfe,« sie schnippte mit dem Fuße, daß man ihre halben Waden sah, »angezogen habe. Sehen Sie, Herr Meyer, ich bin nämlich ein Frauenzimmer, und Logik und Systematik und aller dieser Kram, auf den sich die Männer so gräßlich viel einbilden und womit Sie sich das bißchen Leben so schrecklich unschmackhaft und langweilig machen, daraus mache ich mir auch nicht so viel! Nehmen Sie sich doch eine andere Zigarre, Ihre kohlt ja. Ich empfehle Ihnen die große da, die mit der blauen Schwimmhose!«

Meyer wurde milder, als der Rauch der Extrafeinen seine Nasenlöcher umkräuselte, lächelte und meinte dann: »Sie verstehen doch, meine Gnädige, bei der Verehrung, die ich von Kinderbeinen vor Ihnen hatte, daß ihr System, oder wie soll ich sagen, Ihre Methode mich ungemein interessiert, und deshalb gestatten Sie mir noch einige Fragen. Sie, die Allmutter, die Gütige, die alle Wesen liebreich behütet, warum richten Sie nicht manches humaner ein? Zum Beispiel: warum dulden Sie es, daß der Habicht seine Beute bei lebendigem Leibe zerfleischt, daß die Larven gewisser Fliegen die Rehe und die Kröten, in deren Rachenräumen sie wohnen, zu Tode quälen, daß der Iltis Frösche, die er durch einen Biß in die Wirbelsäule lahmt, in seinen Bau schleppt, wo sich die Lurche monatenlang hinquälen, daß der junge Kuckuck seine Stiefgeschwister aus dem Neste hebelt, so daß sie elendiglich verhungern, daß Millionen Maiwurmkäfernlarven zugrunde gehen, weil sie keine Erdbiene erreichen, die sie zu Neste schleppt, daß das Tarantelweibchen und die Gottesanbeterin das Männchen ihrer Art, nachdem es sie befruchtet hat, in herzloser Weise auffrißt, daß die jungen Schwalben sich vor Lausfliegen und Wanzen nicht retten können, überhaupt, warum dulden Sie, verehrte gnädige Frau, alle diese entsetzlichen Eckto- und Entoparsiten, vom Sandfloh bis zum Leberegel, vom Bandwurm bis zum Pestabazillus? Ist denn dieser gräßliche Kampf um das Dasein überhaupt nötig? Könnten Sie die ganze Sache nicht anders einrichten?«

Frau Natur steckte sich eine Zigarette an, blies den Rauch mit nachdenklichem Gesichte aus ihren reizenden Mundwinckeln, lachte dann und antwortet: »Es ginge Wohl, Herr Meyer, aber es geht nicht. Sie glauben vielleicht, daß ich machen kann, was ich will? Daß ich Generalvollmacht habe? Das habe ich leider Gottes Gott sei Dank nicht, denn sonst wäre ich schön aufgeschmissen. Ich habe schon, wurde mir die Schinderei da draußen zu unangenehm, den Versuch gemacht, dem abzuhelfen, aber regelmäßig eine Pleite ersten Ranges erlebt. So züchtete ich Habichte, die nur tote Tiere fressen sollen, und was kam dabei heraus? Schmarotzermilane wurden es, die die Falken so lange belästigen, bis die angeeckelt ihre Beute hinwerfen und sich neue fangen. Und die Rachenbremse der Rehe und die Nasenfliege der Kröte, ja, du lieber Himmel, ich habe so viel um die Ohren, daß ich mich beim besten Willen um solche Kleinigkeiten nicht kümmern kann, soll nicht alles drüber und drunter gehen. Sie glauben gar nicht, was ich alles zu tun habe, damit das große Ganze halbwegs in der Reihe bleibt! Und schließlich, Herr Meyer,« und als sie das sagte, bekam sie sehr unangenehme Augen, »sind das auch meine Angelegenheiten und ich bin ganz allein verantwortlich dafür.«

Ich küßte ihr die Hand und empfahl mich, denn ich wußte es, noch eine solche Frage, und Meyer flog achtkantig die Treppe hinunter, und so nahm ich ihn an dem Arm und stieselte von dannen. Unterwegs schimpfte er Mord und Brand und wurde, als ich ihm sagte, ich verbäte mir eine ungemessene Kritik meiner verehrten Freundin, ziemlich ausfallend und meinte, er verstände es nicht, wie ich als anständiger Mensch bei einer Frau verkehren konnte, die ganz ungescheut ihre Waden zeige, und von der man nicht wisse, ob sie verheiratet, geschieden oder sonst etwas sei, und da wurde ich grob, nannte ihn einen Philister und schlug mich seitwärts in die Büsche.

Die ganze Woche sah sich ihn nicht, bis ich ihn gestern zufällig traf. »Sie Meyer,« sagte ich und holte ein Schächtelchen aus der Tasche, »Ich habe etwas Feines für Ihre Käfersammlung, einen großartigen Nashornkäfer, der noch alle seine sechs Beine und ein Hörn hat, wie Roosevelts bestes Rhinozeros.« Aber Meyer lehnte ab. »Sammle keine Käfer mehr,« sagte er, »auch keine Schmetterlinge. Will überhaupt mit der Person und ihren Fabrikanten nichts mehr zu tun haben. Ist mir zu unwissenschaftlich, zu planlos, zu unsystematisch. Kommt nichts bei heraus.«

Damit sprang er in die Elektrische. Als sie abfahren wollte, frug ich: »Was sammeln Sie denn jetzt?« Denn sammeln muß er, das weiß ich. »Briefmarken,« schrie er, »und Ansichtspostkarten.«

Teckliges, Allzuteckliges

Mein Freund Putt Battermann war ein hirschroter, schwarzgestichelter Teckelrüde mit wunderbaren Behängen, einer Schweißhundmaske und einen Aalstrich über den Rücken.

Da er keine O-Beine hatte, sondern gut auf den Läufen stand, zwei Stunden vor dem Rade rennen konnte und jeden Bock zustande hetzte, auch einen alten Fuchs schlank würgte und wetterfest wie ein Forstmann war, so war er als Ausstellungshund nicht zu gebrauchen und brachte es nur zu lobenden Erwähnungen.

Infolgedessen steckte er allen diesbezüglichen Ehrgeiz auf und gab sich, wenn er nicht gerade jagte oder der Minne huldigte, mit Philosophie ab. Sein Hauptwerk gedachte er unter dem Titel: »Teckliges, Allzuteckliges« zu veröffentlichen; aber als er es in der Hauptsache fertig gedacht hatte, bekam er die Stuttgarter Hundekrankheit, und eine Revolverkugel erlöste ihn von seinen qualvollen Leiden.

Bevor er ihn zum letzten Male sah, so mager, so dünn und nur noch Seele, blickte er mich mit seinen treuen braunen Augen voll zärtlicher Hoffnungslosigkeit an, und ich las darin die stumme Bitte, ich möchte das Wichtigste aus seinem Buche veröffentlichen. Das will ich nun tun, soweit das möglich ist, denn nicht alle seinen Aphorismen hat er mir mitgeteilt. Auf welche Weise er mir seine Aussprüche übermittelte, das muß mein Geheimnis bleiben. So idiotisch war er übrigens nicht, daß er sich eine Art Menschensprache anquälte. Er sprach mit den Augen, der Nase, den Behängen, mit der Rute, mit den Läufen, mit seiner ganzen Person. Und also sprach Putt Battermann:

1. »Je mehr man die Hunde kennen lernt, desto lieber werden einem die Menschen. Es gibt allerlei Hunde, auch solche, die keine sind, zum Beispiel: Windspiel und Barfoys. Sie riechen wie Hunde, sind aber keine, wenigstens jetzt nicht mehr. Einst mögen sie welche gewesen sein; jetzt sind sie rein auf Ornament gezüchtet und haben Seele und Gemüt verloren, genau wie die Bulldoggen, die eigentlich weiter nichts sind als ein vierbeiniges Zähnefletschen oder eine Art von kynologischer Lokomotive. Die Boxer dagegen sind richtige Hunde, doch sind die vorne nicht ganz fertig geworden. Wenn ich einen Boxer sehe, habe ich immer das Gefühl, als wolle er mich fragen: »Können Sie mir nicht sagen, wo ich eine komplette Schnauze kaufen kann?«

2. »Die rätselhaftesten von allen Hunden scheinen mir die Terrier zu sein. Ich meine die Foxterrier, denn die Blackantans gehören ihren Wesen nach entschieden zu den Windhunden; kein vernünftiges Wort kann man mit ihren reden, da sie furchtbar zerstreut und fahrig sind. Die Foxe dagegen sind zwar auch sehr fahrig, doch ist das lediglich Überschuß von Temperament. Zudem sind sie Engländer und tun immer so, als wären sie dumme Jungens, auch wenn sie schon voll erwachen sind. Dadurch lasse ich mich aber nicht täuschen, denn sie sind sehr zielbewußt, und, vorausgesetzt, daß ihr Herr keiner von den Kröppeln ist, der seinen Hund Tag und Nacht im Stall oder Zwinger läßt, sind sie auch imstande, bedeutende Mengen von Gemüt, Treue und Dankbarkeit zu entwickeln.«

3. »Wie der Hund, so der Herr. Ein gutmütiger, stolzer und tapferer Hund hat stets einen anständigen Herrn. Jeder Hund schafft sich seinen Herrn nach seinem Ebenbilde. Mein Herrchen ging früher zu wenig aus, oder er fuhr Rad, was sich für einen anständigen Menschen nicht paßt. Ich habe ihm das tägliche Ausgehen an- und das Radfahren abgewöhnt. Sobald es drei Uhr ist und er steht nicht vom Schreibtische auf, steige ich von meinem Stuhle und gehe ganz lahm und krumm, als litte ich an trägem Darme, zu ihm hin und blicke ihn so lange an, bis er aufsieht. Hilft das noch nichts, so gehe ich ganz müde zurück und stöhne, als ob mir sehr schlecht wäre. Dann dauert es nicht lange, und er setzt den Hut auf und tut, was ich will.«

4. »Um alles in der Welt kann ich es nicht vertragen, wenn Herrchen mich an die Strippe nimmt. Ich laufe dann voran und ziehe, bis ihm der Arm lahm wird und er mich schnallt. Auf diese Weise habe ich ihm das sehr schnell abgewöhnt. Jagen wir beide aber, und er nimmt mich an den Schweißriemen, so bleibe ich hübsch zurück und laufe nicht vor und

ziehe, denn sonst könnte er am Ende falsch werden und mich zu Hause lassen, und das wäre mein Tod. Früher ging er manchmal allein zur Jagd. Wenn er dann nach Hause kam, muckte ich mich ihm, sagte nicht guten Abend, hielt meine Rute still und fraß so lange nichts, bis er es mit der Angst bekam und mich mit zur Jagd nahm, und dann war ich sofort gesund. Man muß es nur verstehen, mit den Menschen umzugehen, und man setzt alles bei ihnen durch; den eigentlich sind sie recht unbegabt.«

5. »Das ist ja auch gar kein Wunder, ist doch der wichtigste Sinn, die Nase, ganz bei ihnen verkümmert. Herrchens Nase ist doch nicht so verkümmert, wie die der meisten anderen Menschen. Er braucht nur in einem Fuchsbau hineinzuriechen und er weiß, ob der befahren ist oder nicht. Aber alle Augenblicke erlebt er an einem Menschen eine Täuschung, und das kommt nur daher, weil er sich auf seine Augen und Ohren verläßt, und nicht daran denkt, die Leute, mit denen er zu tun hat, gründlich zu beschnüffeln. Ich habe es gehört, wie er darüber sprach, daß ich manche Leute, die er für nett hielt, nicht leiden könne und sie immer ankläffe und anknurre oder sogar anfletsche. Hinterher hieß es dann: »Battermann hat recht gehabt; der Kerl ist ein schlechter Mensch.« Ja, warum beroch er ihn nicht! Aber wenn man den ganzen Tag Zigarren raucht, gepfefferte Speißen ißt und Bier oder womöglich gar Grog trinkt, dann braucht man sich nicht zu wundern, wenn die Geruchsnerven entarten.«

6. »Sage mir, wie jemand riecht, und ich sage dir, was er wert ist. Das ist mein Hauptlehrsatz. Es gibt Hunde, elegante Hunde, die jede Woche gewaschen und gekämmt werden, die silberne Halsbänder tragen und Ehrenpreise bekommen haben, und dennoch Proletten sind. Da ist ein Tropfen Blut hineingekommen, der den ganzen Adel verdirbt. Und es gibt Fixköter, ruppig, struppig, schlecht gehalten, mangelhaft genährt, voll von Flöhen, womöglich räudig, und sie haben mehr inneren Anstand und ein besseres Auftreten als irgend so ein Zwergpinsch mit Toykopf oder so ein Krepirle von Zwergspaniel. Auch Doggen oder Kollies, angeblich rasserein und mit Stammbäumen erster Klasse, können ganz minderwertige, feige oder hinterlistige Lümmel sein. Denn Adel ist oft eine rein persönliche Eigenschaft.

7. »So zum Beispiel hat sich kein Spitz Adel, und wenn er einen Stammbaum von hier bis dahin hat. Jeder Spitz hat vom fünften Jahre Asthma, und wer Asthma hat, kann unmöglich Anspruch auf Adel haben. Alle Spitze sind fett, faul und feige, oder mager, faul und feige. Ich glaube gar nicht, daß es richtige Hunde sind. Ich muß jeden Spitz beißen, gerade als ob er ein Fuchs oder eine Katze wäre. Ich kümmere mich grundsätzlich um keinen Eckstein, an dem sich ein Spitz verewigt hat, und selbst wenn ich noch so zärtlich veranlagt bin, mit Spitzinnen gebe ich mich nicht ab. Ich weiß nicht, woran es liegt, aber ich kann es einfach nicht. Ihr Geruch ist mir zuwieder, ihr Haar, ihr Benehmen. Ich habe nichts mit ihnen gemein. Meinem Freunde Heck, einen braunen deutschen Vorstehhunde mit etwas Pointerblut, geht es genau so.«

8. »Mit der Liebe ist es überhaupt eine komische Sache. Die Menschen machen ein fürchterliches Hoppheh darum, schießen sich womöglich aus unglücklicher Liebe vor den Kopf oder machen sonst allerlei Dummheiten. Ich stehe darin auf einem ganz anderen Standpunkte. So wie ich essen, trinken, schlafen, laufen und jagen muß, so muß ich zuzeiten auch lieben. Selbstverständlich ist mir dann eine hübsche Teckelhündin lieber als eine krumme Fixköterin; aber schließlich frißt der Teufel in der Not Fliegen, und die Hauptsache ist, daß man die dummen Gedanken aus dem Kopfe bekommt. Denn so ist es: vorher glaubt man, man müsse deswegen eigens nach Frankfurt am Main reisen, und hinterher kommt es einem so vor, als wäre die ganze Aufregung gar nicht nötig gewesen.« »Das eine ist sicher: ich habe wohl recht heißes Blut, doch hat das, was man Liebe nennt, nur einen ganz episodischen Wert für mich. Mein Leben gehört der Jagd. Darin bin ich genau so wie Herrchen. Wenn Vollmond ist, kann ich nicht schlafen. Ich schleiche dann in Herrchens Zimmer, und sofort fragt er: »Alter Kerl, gehts es dir auch so?« Oft steht er dann auf und geht mit mir in den Stadtwald. Er darf da nicht jagen, aber er erlaubt mir

wenigstens, einen Hasen oder ein Reh zu hetzten. Ich weiß ja, daß ich keins von beiden kriege, aber die Hauptsache bei der Jagd ist nicht das Kriegen, sondern das Wollen, nicht das Ziel, sondern der Weg.«

9. »Wenn ich am Schweißriemen der roten Fährte nachhänge, oder geschnallt werde und mit hellem Halse hetzte, und wenn ich den Bock anspringe und ihn niederziehe und ihm die Strosse durchreiße, dann lacht mein Herz und meine Augen sind blank. Sobald er aber verendet ist, und ich ihn totverbelle, oder sogar, wenn Herrchen ihn aufbricht und mich genossen macht, dann wird mir ganz traurig zumute und ich rieche den frischen Schweiß nicht mehr gern. Es ist damit genau so wie mit der Liebe. Vorher stellt man sich ganz albern an, und hinterher wundert man sich, daß man das getan hat. Herrchen geht es mit der Jagd ebenso. Wenn der Bock vor ihm auf der Decke liegt, macht er ein Gesicht, als wollte er sagen: »Schade, daß ich nicht mehr auf ihn weidwerken kann.« Ich glaube, in der Liebe geht es ihm nicht anders. Das Leben ist mangelhaft, sowohl für die Hunde wie für die Menschen.«

10. »Ein Mensch möchte ich aber auf keinen Fall sein. Was müssen die sich quälen um Wohnung und Nahrung und Kleidung, und diese blödsinnigen Einrichtungen, die sie Familie und Gesellschaft und Staat nennen. Oft sitzt Herrchen eine Woche lang täglich zehn bis zwölf Stunden am Schreibtisch und läßt die Feder piepen, ißt wenig und viel zu schnell, raucht zu viel, schläft schlecht, und sieht aus, als wenn er die Staupe oder Hundewürmer hat. Aber warum hat er eine so große Wohnung nötig, und anderthalbdutzend Anzüge, und die vielen Stiefel und Schuhe und Hemden und Halsbinden und was sonst noch dazu gehört, will er von seinesgleichen nicht fortgebissen werden! Ich an seiner Stelle würde in der Jagdbude wohnen, einen einzigen Anzug haben, und wenn ich es nicht allein aushalten kann, abends nach dem Dorfe gehen, wo es Mädchen genug gibt. Vor allem sollte er das Denken und Schreiben lassen; dabei kommt nichts Vernünftiges heraus. Außerdem ist es eine Arbeit, die sich für einen Mann von Rasse nicht paßt.«

11. »Ich bekomme es immer mit der Bellsucht, sehe ich einen Hund einen Wagen ziehen. Es ist mir ebenso eklig, als wenn ich sehe, wie Herrchen da sitzt und kritzelt oder liest. Und dann kommen womöglich Damen und Herrrchen, er macht einen krummen Rücken und küßt oder schüttelt ihnen die Hand. Und wofür? Um mix! Na ja, ich wedele ja auch, sehe ich eine hübsche junge Teckelhündin; aber ich habe dann reelle Absichten und benehme mich nicht aus bloßer Höflichkeit so. Aber werde einer aus den Menschen klug! Kommt da neulich ein Kerl, den Herrchen für den Tod nicht ausstehen kann, und er wird freundlich aufgenommen und bekommt Kaffe und Zigarren. Ich verstehe das nicht. Ich in Herrchens Stelle hätte sofort gebissen. Anfangs dachte ich, Herrchen sei falsch. Aber das ist nicht der Fall. Wenn die Menschen vor jemand, der ihnen eklig ist, wedeln, so sagen sie, das ist gesellschaftliche Rücksichtnahme. Blödsinn ist das!«

Also sprach Putt Battermann. Er hat noch viele derartige Aussprüche getan, doch ich nehme Abstand, sie mitzuteilen.

Schon mancher von diesen zwölfen wird Anstoß in besseren Kreisen erregen, weil er tecklig, allzu teckig ist.

Amalie

Den Sommer über kümmern wir und nicht um sie; es sind dann so viele ihresgleichen da, so viele, daß wir froh wären, wenn sie nicht da wären.

Zieht aber der Spätherbst über das Land, brennt die Lampe schon früh am Abend, bullert der Ofen und pfeift draußen der Wind, so heißt es auf einmal bei uns: »Sieh da, da ist ja Amalie wieder!«

Alles freut sich dann. Jeder beobachtet sie, jeder findet bekannte oder neue Züge bei ihr. Im vorigen Winter war sie viel scheuer und wurde erst nach und nach zutraulicher; in diesem Jahre ist sie beinahe zudringlich. Kaum daß wir uns zum Essen hinsetzen, so ist sie auch schon da. Das heißt, zum ersten Frühstück erscheint sie fast niemals, höchstens Sonntags, weil wir dann nicht eher aufstehen, als bis das Eßzimmer hübsch warm ist. Sonntags frühstückt Amalie immer mit uns.

Alltags niemals. Es ist ihr dann noch zu kalt im Zimmer, und so schläft sie bis zum zweiten Frühstück, manchmal sogar bis zum Mittagbrot. Dann aber ist sie stets da. Sie kommt ungebeten. Wenn von der Küche her die Stimme aus dem Sprachrohr schallt: »Zum Essen heran, zum Essen!« sofort ist Amalie da. Und ebenso pünktlich stellt sie sich zum Kaffee und zum Abendbrot ein.

Sie gehört förmlich zur Familie, unsere Amalie. Wir haben uns so sehr an sie gewöhnt, daß wir nicht früher mit dem Essen beginnen, bis daß sie da ist. Es kommt ab und zu vor, daß sie sich bei der Toilette verspätet, aber sobald die Suppe gegen die Stubendecke dampft, ist Amalie auch da, und dann heißt es um den Tisch herum: »Wohl bekomm's, Amalie.«

Obgleich man nicht sagen kann, daß Amalie sehr wählerisch ist, gibt es doch manche Speisen, die sie nicht mag. Gegen Gewürze ist sie sehr empfindlich; sie nimmt weder Pfeffer noch Salz, und Essig sowie Senf sind ihr greulich. Zucker dagegen liebt sie sehr und in jeder Form. Alkoholika verschmäht sie ebenfalls nicht, besonders dann nicht, wenn sie recht süß sind, wie Glühwein, Punsch und Sekt. Aber am Biere nippt sie, doch sehr vorsichtig, und noch niemals holte sie sich einen Schwips. Ein bißchen aufgekratzt wird sie allerdings immer hinterher.

Mittags, wenn die Sonne recht warm scheint, sitzt sie mit Vorliebe am Fenster und sieht hinaus, sehr zu Verdrusse unseres Zeisigs, der sie nicht ausstehen kann, und mörderisch schimpft, solange sie in seiner Nähe ist. Sie aber macht sich gar nichts daraus und ärgert ihn dadurch, daß sie ihm immer näher rückt, bis er vor Wut hin und her hüpft und so mit den Flügeln schlägt, daß er ein bis zwei Federn verliert. Wenn sie ihn so weit gebracht hat, verläßt sie das Fenster und begibt sich wieder in die Mitte der Stube.

Es gibt nichts, was sie nicht interessiert. Eine Viertelstunde lang vertieft sie sich in die Betrachtung einer alten bunten Schnapsflasche, auf der ein roter Fuchs gemalt ist, der an einem gelben Stocke auf der Schulter himmelblaue Würste trägt; auf der Rückseite steht: »Ich will zum Marchte laufen und meine Würste verkaufen.« Wahrscheinlich gehörte die Flasche einem Schlachter namens Voß, meint Amalie.

Dann zieht sie ein malabarischer Kochtopf an, der mit seinem hellen Bronzeton ihre Aufmerksamkeit erregte; sorgfältig betrachtet sie die schon verwischten Schmucklinien unter seinem Halse. Aber gleich darauf besieht sie sich das eine Rehgehörn, um sofort sich dem Aquarium zu widmen, oder die Blumen zu besehen, oder aber auch eingehend die Nürnberger Madonna zu beschauen, die auf dem Bord steht.

Bald ist sie hier, bald ist sie da. »Sieh, da steht ja Apfelkuchen!« Sofort machte sie sich darüber her. Er scheint ihr zu herbe ausgefallen zu sein, darum nimmt sie schnell ein wenig Streuzucker hinterher. Aber jetzt prallt sie zurück: denn Zigarrenrauch zog ihr entgegen. Tabakrauch schätzt sie durchaus nicht, und so entfernt sie sich in das Nebenzimmer und vertieft sich in das Studium einer Heidlandschaft, die an der Wand hängt, besieht sich darauf den kleinen, aus Palmenwurzel geschnitzten Elefanten und die Alltonaer Vase, beschäftigt sich mit einer römischen Tonlampe, riecht an dem Veilchenstrauße, der auf dem Schreibtisch steht, und verschwindet in dem Besuchszimmer, da sie gemerkt hat, daß der Kamin brennt.

Im Salon gibt es viel Neues für sie, denn sie kommt nur selten hinein, weil es ihr dort meist zu kalt ist. Erst sieht sie die Besuchskarten durch und macht ihre Bemerkungen dabei. Dann wundert sie sich, daß die Palme nicht mehr am Fenster steht, und findet es sonderbar, daß das Plaudersofa ebenfalls einen anderen Platz bekommen hat. Daß an der Tür eine Mandoline hängt, ist ihr etwas Neues, und die Notenhefte dazu hat sie auch noch nicht gesehen, ebensowenig wie die rosaroten Strohblumen in der alten Rubinglasvase. So stöbert sie überall umher, bis sie müde wird, sich eine Ecke sucht und einschläft.

Abgesehen von ihrer Naschhaftigkeit, die aber nicht weiter unangenehm ist, da sie sehr manierlich ist und immer nur ganz wenig nimmt, und außer ihrer Neugierde, die aber auch keinen Schaden bringt, da sie nichts umwirft, benimmt sie sich im allgemeinen trotz ihrer Unrast, die aber auch nicht viel stört, da sie sehr leise ist, recht nett und wird uns so selten lästig. Sie hat allerdings ihre Zeiten, und dann geht es hierhin und dahin, und sie macht mehr Lärm, als sich für einem ungebetenen Gast schickt. Und sie läßt sich auch nichts sagen; sie achtet weder auf Winke noch auf Worte; höchstens macht sie sich über uns lustig, summt ein keckes Liedchen, tanzt uns auf der Nase und reibt sich lachend die Hände.

Neulich waren wir in großer Angst um sie. Sie war unvorsichtig gewesen und wurde halb ertrunken von uns aufgefunden. Wir brachten sie aber schließlich mit Löschpapier und Zigarrenasche doch noch zum Leben, und nach wie vor erfreut uns wieder durch ihr munteres Wesen Amalie, unsere Winterfliege.

Frau Döllmer

(Humoristisch-satirische Plaudereien)

Hannover, am Heutigen dieses Hujus

Lieber Leser, noch viel liebere Leserin,
geboren bin ich als Sohn mäßig begüterter, rechtlicher Eltern. Wann, weiß ich nicht mehr; es ist schon zu lange her.

Schon in aller Morgenfrühe meiner Existenz zeigte ich eine auffallende Begabung für die schriftstellerische Tätigkeit, in dem ich mit fünf Jahren ein volles Tintenfaß mit in mein Bett nahm. Am anderen Morgen kannten mich meine Eltern nicht wieder.

Später schriftstellerte ich vermittelst Kreidefrüchten eifrig an Hauswänden, Bauplanken und Zäunen und lenkte vielfach die Aufmerksamkeit höherer Persönlichkeiten, wie Lehrer, Schutzleute und so weiter, auf mich.

In der Folge erkrankte ich schwer an der Dichteritis, besang erst meine Mitschüler, die mir nicht, und einige junge Damen, die mir um so besser gefielen, aber niemals mehr als sechse auf einmal. Dann gab ich das Dichten auf und trachtete danach, ein geachteter Mitbürger zu werden. Da es mir an den nötigen Konnex- und Protektionen fehlte, kehrte ich reuevoll wieder zu den Sünden der Jugend zurück und besprach jahrelang in Vers und Prosa in ernster und besonnener Weise die Verhältnisse von Hannover-Linden u.U., was mir rosa Briefe, Veilchenbuketts, Nußtorten und einige Preßprozesse einbrachte, was ich aber alles bei guter Gesundheit überstand.

Aus Gesundheitsrücksichten legte ich vor einige Jahren den Namen »Fritz von der Leine« ab und schrieb unter meinem jetzigen Namen in derselben Weise weiter, was ich auch fortzusetzen gedenke. Ich betone das ausdrücklich, weil seit Jahren das Gerücht verbreitet ist, ich sei infolge hochgradigen Ablebens gestorben. Das ist tatsächlich nicht der Fall.

Mit schönen Gruße
Ihr ergebenster
Ulenspiegel
einst: Fritz von der Leine
Nachschrift: Aadje Ziesenis ist ein entfernter Bruder von mir, der bei zunehmender Bejahrtheit meinerseits einst in meine Tintenstapfen treten wird.

>»Säögn Sie mäöl, ist das nicht billig,
Les'n Se mäöl den Preiskurant!«
Sagt die Meyern, und sie gibt ihn
Der Frau Müller in die Hand.
Und die Müllern liest und staunet,
Und sie gibt ihn wieder hin:
»Hier am Platz ist's nicht so billig,
Sowas gibt's nur in Berlin.«
Und die Meyern sagt: »Da späört man
Einem ganzen Haufen Geld,«
Un die Meyern mit der Müllern
Geht zur Post hin und bestellt.
Von Berlin kommt dann die Ware,
Fröhlich wird sie ausgepackt,
Und die Meyern sagt zur Müllern:
»Na, da sind wir schön gelackt!«

Seit vierzehn Tagen geht es mir nicht so ganz extra. Ich kann Unordnung und Bummelei nicht leiden, weil mein zartbesaitetes Gemüt darunter leidet, und seit besagten vierzehn Tage lebe ich in ziemlicher Unordnung.

Die Sache ist nämlich der und der Fall die: was sie ist, die Döllmern, sie streckt bis über die Ohren in der modernsten Berliner, Wiener, Hamburger und Krakauer Literatur und hat deswegen wenig Zeit, sich um mich zu bekümmern. Das geht ihr und infolgedessen und deswegen auch mir jedes Jahr um dieselbe Zeit so, nämlich um diese, wenn die Post unter dem Hochdrucke der Geschäftskataloge seufzt und die Briefkästen nicht wissen, wo sie hin sollen mit dem Segen. Dann fühlt sich die gute Tante verpflichtet, sämtliche Kataloge zu lesen, so ihr an den Hals geschickt werden und auch die, die mir zugehen. Und über jeden hält sie mir Vortrag, als wäre ich ein Minister und sie meine vortragende Rätin.

»Säög'n Se mäöl,« so fängt sie gewöhnlich ihre Rede an, »hier steht was inne von billigen Kakao, achzig Fennje das Pfund. Ob 'ch mir davon wohl kommen lasse?«

Ich habe es seit tausend Jahren aufgegeben, ihr abzuraten, denn dann tut sie es erst recht, und so stoße ich dann nur einen Ton aus, den sie sich nach Belieben als »n' Jäö« oder »Naan« deuten kann. Ich könnte ihr ja klipp und klar beweisen, daß das, mit Respekt zu vermelden, Dreck ist, den sie für achzig Pfennige bekommt, daß guter Kakao zwei Mark sechzig kostet, aber wie gesagt, es hat ja doch keinen Zweck.

Nach einigen Tagen sitze ich am Frühstückstisch, nichts ahnend und mit unbekümmerter Seele. Vor mir steht der Kakao und die diversen Brötchen. Ich schenkte mir in Gedanken eine Tasse ein und füttere meinen Kanarienvogel, frage ihn, wie er geschlafen hat, und kehre dann zu meinem Tisch zurück. Da fällt mir die sonderbare Farbe des Getränkes auf, die mich an die Pumpe von Oelheim, Wietze und Steinförde erinnert und da sehe ich auch, wie Amalie, die treue Winterstubenfliege, die mir meine stillen Abende belebte, sich auf dem Rand der Tasse setzt. Ich jagte sie weg, aber es war zu spät, sie kam bis auf die Butter, dort legte sie sich auf den Rücken, streckte erst den Rüssel von sich, dann das linke Vorderbein, dann das rechte, hierauf das rechte Mittelbein, sodann das linke, dann das linke Hinterbein, schließlich das rechte, verlängerte sodann ihren Hinterleib um ein Beträchtliches, sah mich noch einmal mit ihren herrlich facettierten Augen an, und dann lag sie auf der Butter und war weege.

Ich nahm sie mit der Messerspitze von ihrem fetten Todesbette, scharrte ihr eine Gruft im Schatten meines Gummibaumes, weihete ihr zwei Tränen aus meinen schönen blauen Augen und suchte dann nach Feder und Papier, um dieses Ereignis in Verse zu bringen, nach des haarigen Ferdinands Art. Schon hatte ich den ersten Vers folgendermaßen zusammen: »O du, die du, da du«, da stockte mir die Tinte in der Feder...

Von nebenan erklangen Laute, nicht unähnlich denen, die eine trommelsüchtige Kuh ver-
zapft. Ich stürzte aus dem Zimmer und klopfte bei Frau Döllmer an. Sie antwortete nicht. Da
klinkte ich die Tür auf. Ein schrecklicher Anblick wartete meiner. Die würdige Dame saß in
der Sofaecke, nur in Unterrock und Nachtjacke, und in bezug auf die Haare ungemacht. Sie
hielt sich die Seiten und stöhnte über die Maßen und hatte eine ganz sezessionistische Coleur
im Gesicht.

Ich ging nach dem Schranke, wo in der Ecke die Flasche stand, in der der edle Saft ist, den
jener Zweig der Familie Niemeyer herstellt, der das bekannte Chateau hat, schenkte ein Glas
voll, hielt es ihr unter die Nase und, indem ich ihr dreifaches Kinn herabzog, schüttete es ihr
ein. Dieses wiederholte ich dreimal, worauf sie wieder zu sich kam, sich ihres Aufzuges schämte
und in ihre Kammer ging. Ich aber holte den Dokter.

Der kam auch bald. Er ließ sich von ihr die Zunge zeigen, untersuchte auch ihren Hals und
sagte mir dann, er wisse nicht, was es sei. Ihm scheine es Bräune zu sein, denn ihr Hals sehe
aus wie ein Torfwagen von innen. Ich erzähle ihm die Sache mit der toten Amalie. Da sah er
sich den Kakao an und stellte die Diagnose auf eine totale Verkleisterung und Gerbung aller
Interna von Anastasia Döllmer durch ein Gemisch von Zigarrenholz, gemahlener Birkenrinde
und Stampfasphalt.

Nach acht Tagen war meine Wirtin wieder hoch. Die zehn Pfund Kakao haben wir den Stadt-
bauamt zur Verfügung gestellt zur Asphaltierung des Schiffgrabens. Anastasia aber gelobte mir,
von jetzt ab den Kakao nur noch in Hannover zu kaufen.

Es mochten acht Tage vergangen sein, da kam sie eines Abends auf meine Bude und sprach
folgendermaßen wie folgt: »Säög'n Se mäöl, hier steht 'n Inseräöt im Bläöde, daß man in Kräö-
kau bei Löffler für vier Mark vier Päör Schuhe kriegt. Ob 'ch d'r wohl mäöl hinschraabe?«

Da man Schuhe weder backen noch kochen kann, so war mir die Sache ebenso *tout* wie *même
chose*, und ich sagte ihr, sie sollte es machen wie der Pfarrer Aßmann. Sie aber schickte dem
Manne in Krakau die vier Mark. Wir hatten gerade Regenwetter, als die Schuhe ankamen. Frau
Döllmer zog ein Paar an und schob in der Direktionsrichtung zur Markthalle ab.

Ich kam erst abends heim, da ich einen Heidebummel machte. Schon auf der Treppe hörte
ich ein Geräusch, als wenn eine Schnellzuglokomotive nieste. Ich trat in mein Zimmer, steckte
die Latüchte an und suchte nach meinem Abendbrot. Dasselbe war nicht daselbst. Ich begab
mich in die Küche und suchte Frau Döllmer. Dieselbe war auch nicht dortselbst. Ich trat in das
Wohnzimmer, woselbst ich dieselbe fand. Aber wie? An der Erde lagen sechs Taschentücher,
die Tischdecke, die Kaffeekanne, der Strickstrumpf, die Zeitung, vier Butterbröte, der Teepot
und Aly, ihr Mopsteckelspitz. Dieser aber zitterte und kroch winselnd zu mir heran, als sei der
böse Feind hinter ihm.

In demselben Augenblick erschütterte eine furchtbare Detonation das Zimmer. Der Hund
heulte, als sei ihm kochendes Wasser auf den Steert getropft, die Hängelampe schwankte, als
hätte sie einen ausgedehnten Frühschoppen gemacht, mir flog die Türklinke aus der Hand, und
ich selbst wurde auf den Vorplatz geschleudert. Noch eine Detonation erfolgte, und noch eine,
und abermals eine, daß das Haus in seinen Grundfesten bibberte. Und dann folgte ein Laut,
als gäbe ein Automobilschlauch seinen Geist auf, und diesem Laut ein Wort: »O Gotte!« und
Frau Döllmer erhob sich aus ihrer Ecke.

Sie hatte einen Riesen- oder Abgottschnupfen, die alte Dame, direkt bezogen von Herrn
Löffler aus Krakau für vier M. Stöhnend und nach kaputer Automobilschläuche Art seufzend, er-
zählte sie mir ihr Unglück. Als sie auf der Schillerstraße war, fing es an zu regnen, in demselben
Augenblicke merkte sie, daß ihr einer Fuß naß wurde. Der linke Stiebel hatte einen Notausgang
gekriegt. Das ließ seinem ehrgeizigen Bruder keine Ruhe und er legte sich ebensolchen zu. In
der Markthalle merkte Frau Döllmer, daß sie so 'ne Art von teilweiser Kneippkur durchmachte.
Beide Sohlen waren weege. Auf dem Heimweg verlor sie auch das Oberleder und kam nach
Hause mit einem sogenannten Öl- oder Pappkopp, dem sicheren Verboten einer dauerhaften
Verkühlung.

Ein Glück, daß sie eine gute Natur hat. Ein anderer Mensch hätte sich eine Lungenent-
zündung geholt, einen akuten Gelenkrheumatismus oder eine Influenza mit Eichenlaub und
Schwertlilien davon. Natürlich hat sie ihren Zentnern entsprechend einen Überschnupfen.
Ihr Niesen könnte Veranlassung zu einem Anarchistengesetz geben, denn Throne und Altäre
wackeln, wenn's losgeht, die Fensterscheiben springen, der Stuck fällt von der Decke, die
Türen springen auf und die Stühle fallen um.

Na, nun ist sie wieder oben auf. Ihren Schnupfen ist sie los. Ob sie aber ihre Sucht los ist,
billig zu kaufen und von auswärts, das weiß ich nicht. Sie hat mir schon wieder einen Vortrag
gehalten über einen billigen Wein- Katalog. Ich werde also Sonntag einen Mosel vorgesetzt
bekommen, der Löcher in die Tischdecken frißt; die man aber schnell stopfen kann, wenn
man den von der selbigen Firma bezogenen Rotspohn darauf gießt, denn der zieht sie wieder
zusammen. Ich glaube, ich esse lieber auswärts. Jawohl das werde ich tun, denn mir fällt da eine
ganz geheimnisvolle Geschichte ein, die mir gestern abend passierte. Sitze ich da bei meinen
Abendbrot und nehme von dem Teller ein Paar Würstchen. Was meinen Sie, das, was nun
noch darauf lag, rückt auf den Platz seiner Vorgänger. Ich war hungrig, und so hielt ich das
für Zufall. Aber ich glaube, ich glaube... Entschuldigen Sie mich mal einen Augenblick, ich bin
gleich wieder da.

So - dacht ich mir's doch. Sie hat mit sechs anderen Frauen sich die Würste von auswärts
kommen lassen. Nun ist mir das Nachrücken klar. Hab'n Se nicht - keine Angst, ich singe
das Lied nicht! - ist es Ihnen nicht aufgefallen, daß wenn eine Droschke vom Stand fährt, die
anderen dann nachrücken? Na also! Was das Roß gewohnt ist, kann die Wurst nicht lassen.

Von morgen ab esse ich aus dem Hause. Ich sehe gar nicht ein, warum ich den auswärtigen
Handel unterstützen soll, überhaupt und so...

Der Bürgervorsteher

Es geht ein Mann rum im Distrikte,
Den Hut, den hat er in der Hand,
Er grüßt die Herren sehr verbindlich,
Er grüßt die Damen sehr galant.
Er ist in ewiger Bewegung,
Die halbe Nacht, den ganzen Tag.
Er frequentiert jedwede Penne,
Verzehrt da viel mehr, als er mag.
Er schnackt jedwedem nach dem Munde,
Macht sich nach Möglichkeit gemein,
Der Mann, der möchte nämlich gerne
Vertreter des Distriktes sein.
Denn das gibt Folie, das gibt Stellung,
Das kleidet gut und läßt so schön,
Dafür kann man ja ab und zu auch,
Wenn's grade paßt, zur Sitzung gehn.

Nicht nur die Politik, auch die Kommunalpolitik verdirbt den Charakter, sie ändert ihn wenigstens ganz mächtig. Das sehe ich an Schorse. Dieser Dickkopf ist plötzlich eine anderer geworden. Ich weiß nicht, wer ihm das eingeblasen hat, daß er kommunales Talent und ein städtisches Genie sei, aber ich weiß es bestimmt, daß er sich um eine *sella communalis* bewirbt und infolgedessen seinen Charakter umgekrempelt hat, wie einen ausgezogenen Strumpf.

Schorse war für mich immer das Urbild des konservativen Pfahlbürgers. Steif und stur ging er durch das Leben, sah nicht nach rechts, sah nicht nach links, war den Tag über in seiner bedächtigen Art fleißig im Geschäft und abends in derselben Weise fleißig bei der kleinen Lage, immer in demselben Lokale, wo er auf demselben Fleck saß, der schon sein Vater und sein Großvater glatt und blank gesessen hatten. Er sagte glatt und gerade jedem seine Meinung, grüßte in der gleichmütigen Art des Mannes von guter bürgerlicher Nahrung und bemühte sich um keines Menschen Gunst.

Es ist anders geworden. Ich kenne den Mann nicht mehr wieder. Er vernachlässigt sein Geschäft, frequentiert alle Lokale seines Distrikts, in denen stimmfähige Bürger verkehren, bemüht sich, allen Menschen ein Wohlgefallen zu sein, grüßt jedes Gebein, das Bürger, Bürgersfrau, -Kind, -Tante, -Onkel, -Nichte, -Neffe, -Vetter und -Base ist, in einer Weise, als wäre er des oder der Begrüßten leibeigner Knecht. Ein Chamäleon ist Waisenknabe gegen ihn und ein Laubfrosch ein Stümper in der Fähigkeit, die gewünschte Farbe zu bekennen. Eines Abends sprachen sie da in der kleinen Hinterstube über die Straßenbahn. Sieben mal änderte Schorse seine Meinung, je nachdem, ob einer für oder gegen die Straßenbahn Partei nahm. Ich aber war empört und sagte ihm meine Meinung, er aber feixte wie ein Baumaffe und sagte, er wüßte schon, was er täte.

Ja, wie ist Schorse dazu gekommen, sich zu einer Kandidatur zu versteigen. Der Ascheneimer ist schuld daran. Bisher war er immer ein friedlicher Bürger gewesen, aber als er in Strafe genommen wurde wegen eines in Gedanken stehen gebliebenen Ascheneimers, da riß ihm die Geduld. Seine liebe Dorette hörte entsetzt, daß er im Kontor dröhnschrittig auf und ab ging und mit sich selber sehr laut sprach, und es schien ihr, als ob er eine Rede halte.

Und dem war auch so. Und als der Bürgerverein des Distriktes tagte, da ging Schorse, wie immer, hin. Sonst hatte er immer still an seinem Platz gesessen, langsam geschmökt und langsam getrunken, nie einen Ton gesagt und stets mit der Majorität gestimmt. Aber als diesmal am Schluß der Tagesordnung die Rubrik »Verschiedenes« angesprochen wurde, da tat Schorse zum erstenmal als Redner auf. Seine Stimme war allerdings so belegt, wie ein Schinkenbutterbrot in der guten alten Zeit, sein Gesicht hatte eine apoplektische Farbe, in seinen Händen vibrierte der Tatterich, und was er sagte, klang anfangs etwas schleierhaft und erinnerte an die Orakel zu

Delphi, aber allmählich ging es, und als er sich setzte und mehrere gutmütige Leute »Bravo«
riefen, da wußte er, was er war.

Der kommenden Mann! Das hatte ihm der Wirt gesagt, als Schorse nachher die dritte Runde
bezahlte. Und die, die davon genossen, stimmten bei. Und von dem Tage an war es aus mit
seiner Herzensruhe. Er wollte was anders sein, als eine Null unter Nullen. Eine prominente
Persönlichkeit wollte er werden, Sitz und Stimme haben in Rate der Weisen, und groß wollte
er sein vor allem Volke.

Von da ab ging keine Vereinssitzung hin, ohne daß Schorse nicht das Wort ergriff. Er sprach
zu jedem Punkte der Tagesordnung und war so schlau, nie gegen einen Redner zu sprechen.
So wurde er allmählich bekannt als eifriger Distriktonkel, und bei der Vorstandswahl kam er
auch glücklich hinein.

Es ist erreicht! jubelte er innerlich. Alsbald wurde er als Deputierter zum Magistrat geschickt
und kam geschwollener denn je nach Hause. Er wurde ein überaus fleißiges Kommissionsmit-
glied seines Vereins, und es gab keine kommunale Frage, in der er bald nicht besser Bescheid
wußte, wie der Ressortsenator. Die Wahlen kamen heran. Schorse sah ein, daß er Männer haben müsse, die für ihn Stimmung machen sollten. Er fand sie bald. Da war der Kaufmann,
von dem er nahm, da waren der Schneider und der Schuhmacher, bei denen er arbeiten ließ,
und der Wirt, bei dem er seinen Abendschoppen trank. Diese gründeten ihn. Eine Kanditatur
auf Aktien. Hier und da wurde ein empfehlendes Wort fallen lassen. Dann wurden in einer
Versammlung die Kandidaten genannt. Aber einer verzichtete zugunsten Schorsens. Das war
der Kaufmann. Das imponierte allen Anwesenden mächtig, und die folge war, daß sie dem un-
eigennützigen Mann die Stimme gaben. Und der sagte, er wollte dem Wunsche der Mehrheit
willfahren.

Schorse war falsch. Nun galt es seine Ehre. Was er an engeren Bekannten hatte, wurde bear-
beitet, und der Kampf ging los. Man schnitt sich, man boykottierte sich gefährlich, man griff
sich in den Versammlungen an. Man schickte Artikel in die Zeitungen, man bearbeitete alle
Bürger für und gegen die beiden Kanditaten. Und als die große Distriktversammlung zustande
kam, siehe da, da zeigte es sich, daß die Bürger des Gezankes müde waren, und die Mehrzahl
stellte einen anderen, von dem gar kein Wesens gemacht war, als Kandidaten auf. Wie die Sache
nun weiter wird, weiß ich nicht. Ich weiß nur, daß Schorse zum ersten mal in seinen Leben an
Schlaflosigkeit leidet, daß er Ringe um die Augen hat, wie ein Student nach dem Fackelzug,
und daß ihm seine Weste zu weit geworden ist. Ich habe ihm gesagt, er sollte seine Kandidatur zurückziehen, aber er ist ein Mann von Charakter, er will mit Ehren durchfallen. Ach ja,
Popularität ist ein Ding, das man nicht kaufen kann. Er muß schwer erworben werden. Da hat
sich z.B. in einem Distrikt ein Bürger seit Jahren in der uneigennützigsten Weise der Interes-
sen der Bürger angenommen. Es ist selbstverständlich, das er, nun der alte Vertreter abdankt,
aufgestellt wird. Aber da sind Leute, denen ist er zu einfach, zu bürgerlich. Und sie gehen herum und machen Stimmung für einen anderen, der sich noch nie einen Deut um kommunale
Dinge gekümmert hat. Und sie finden geneigte Ohren und beifällig murmelnde Lippen. Aber
wenn der Tag der Wahl kommt, dann wird der Bürger dem Mann die Stimme geben, der seit
Jahren für die Distriktinteressen gearbeitet hat, und nicht einem Herrn, der ganz urplötzlich
das Bedürfnis fühlt, Bürgervorsteher zu werden, weil ihm sein Beruf Zeit genug dazu läßt und
er einen anderen Sport nicht hat, und der nun auf einmal leutselig wird.

Und da sagen sie: es muß auch ein Arzt ins Kolleg. Blech! Wieso? Wenn einem mal schlecht
wird bei der Sitzung? Schulärzte haben wir schon, sollen wir denn auch noch Kollegienärzte
haben? Wir brauchen in dem Bürgervorsteherkolleg weder Ärzte noch Juristen, weder Handwer-
ker noch Fabrikanten, weder Maurermeister noch Architekten, weder Kaufleute noch Bankiers,
Männer brauchen wir, ganze Kerle. Und ich meine, unter den Kandidaten den richtigen Mann
herauszufinden, dazu braucht man doch nur ein paar gesunde Augen.

Bei den alten Römern gab es berufsmäßige Agitatoren, die aus der Wahl eine Geschäft machten. Sie lieferten den Kandidaten das nötige Stimmvieh. Ganz soweit haben wir es noch nicht
gebracht, aber beinahe. Aber bei uns gibt es Agitatoren, die für allerlei Gefälligkeiten Stimmung

für die Kandidaten machen, für den Kandidaten, der gern dies oder das werden will. Und ist er es geworden und zeigt sich undankbar und gab nicht genug aus, dann agitiert derselbe Mann gegen ihn, will er weiter auf der kommunalen Leiter.

Und das ist recht. Jeder Arbeiter ist seines Lohnes wert. Feste Tarife für Wahlagitation sind not. Ich schlage folgende vor:

1. Privatagitation. Gewinnung von Stimmung, pro Stück 3 Mark und Auslagen.
2. Versammlungsagitation. Pro Rede 50 Mark, bei günstiger Abstimmung 75 Mark.
3. Wahlagitation. Bei Erfolg 300 Mark für die Bearbeitung der Wähler.
4. Unschädlichmachung des Gegners durch Verführung zu Gelagen am Tage der Wahlreden, durch Lächerlichmachung in Versammlungen, pro Stück 50 Mark.

Es muß überall geregelt hergehen, und es ist die höchste Zeit, daß in dieser Sache etwas geschieht.

Es geht wohl noch

Wir saßen in der Elektrischen,
Die Bahn war proppenvoll,
Wir hofften alle, das niemand
Zu uns einsteigen soll.
Bei der nächsten Haltestelle,
Flog auf die Wagentür,
Herein stieg eine Dame,
Die war so dick wie vier.
Mit ihren zwei Zentnern plumpste
Sie mitten auf die Bank,
Daß von den Zusammengequetschten
Gleich einer in Ohnmacht sank.
Und einer Dame riß sie
In die Bluse ein großes Loch
Und sagte dabei verbindlich:
»Ich glaube, es geht wohl noch!«

»Driste mott'n sin,« sagte der Fuchs, da ekelte er den Dachs zum Bau hinaus. So ähnlich lautet ein altes Bauernsprichwort. Ich aber glaube, Reineke hat, als er in das Dachsgebäude einschliefte und es sich da mehr wie bequem machte, zu Grimbart gesagt: »Es geht wohl noch.« Mit dieser schönen Redensart kommt man immer im Leben fort, und mit ihr kann man jede Flegelei, jede Rücksichtslosigkeit, jede Unverschämtheit bemänteln. Es ist genau angegeben, wieviel Sitz- und Stehplätze in den Wagen der Straßenbahn sind, aber wenn schon längst der letzte Platz doppelt besetzt ist, so findet sich noch immer ein Mensch, der mit den Worten: »Es geht wohl noch« auf unsern Krähenaugen Platz nimmt oder sich, vertrauend auf die unumstößlichen physikalischen Lehren von der Schwerkraft und der Wirkung des Keils, zwischen zwei Personen niederläßt, die schon so eng nebeneinandersitzen, wie ein Liebespaar an einem schönen Maiabend auf einer Eilenriedebank, so eng, daß sie, da sie kein Liebespaar sind, absolut keine Seligkeit darüber empfinden.

Machen läßt sich dagegen auf anständigen Wege nichts. Alle Leute, die sich mit »Es geht wohl noch« irgendwo einführen, gehören zu der Sorte, die Quadrahtschnauzen haben und grobe Stimmen, und wenn man sich beim Schaffner beschwert, so gibt es lange, unangenehme Auseinandersetzungen, und hat man sogar das Pech, daß dann eine Person aussteigt, wodurch der Eindringling das Recht behält, sitzen zu bleiben, so hat man den Genuß, Redensarten zu hören, die einem durchaus nicht passen. Aber es gibt doch Mittel, sich zu wehren. Damen, die sich so benehmen, haben meist große Füße und sehr schlecht sitzende Schuhe. Fixiert man nun andauernd ihre Trittlinge, dann kann man sicher sein, daß sie an der nächsten Haltestelle den Wagen verlassen. Bei Herren ist es schwieriger. Aber hat man neben sich einen Bekannten sitzen und erzählt ihm leise etwas, spöttisch lächelnd zur Seite blickend, so kann man sich meist darauf verlassen, daß der Eindringling sich bald höchst ungemütlich fühlt. Einmal habe ich es gesehen, daß ein Gegenübersitzender kaltlächelnd seine Taschenkamera auf das rücksichtslose Gegenüber richtete und es meuchlings photographierte. Das half sehr, aber man kann doch nicht immer die Kamera mit sich herumschleppen. Als mir das Unglück neulich passierte, derartig gegen eine Seitenwand gedrückt zu werden, unter dem Ausruf »Es geht wohl noch«, holte ich mein Notizbuch heraus und schrieb: »Es geht wohl noch. Dicker Herr in der Straßenbahn. Karfunkelnase. Starker Schnupfer. Elbkähne. Ausgefranste Hose. Stoff für Fritz von der Leine.« Und siehe da, es half, denn schon verdünnisierte er sich perronwärts, scheu nach mir zurückblickend. Zwei Mittel gibs's die immer helfen. Ist man stark genug, so streckt man die Knie weit vor, so daß der Ankömmling stolpern muß, dann setzt er sich ganz bestimmt nicht auf die Seite, denn ein Flegel hackt dem anderen die Augen nicht aus, oder man schneidet Fratzen, als wäre man nicht ganz bei sich. Meist hat man dann das Vergnügen, daß alles höflich Platz macht.

»Es geht wohl noch.« Überall kann man es hören, selbst in der Kirche. Sechs Plätze sind in der Bank, fünf sind besetzt, da kommen noch drei Damen und sagen: »Es geht wohl noch.« Gewiß geht es wohl noch, wenn zwei fortgehen, aber da dazu keine Veranlassung ist, so bleibt Frau Döllmer andächtig sitzen und rückt und rührt sich nicht, bis die zwei Überschüssigen mit wutentbrannten Angesichtern abschwimmen,

»Es geht wohl noch.« Gemütlich sitzt man Sonntags in einem überfüllten Restaurant an einem Tisch mit einem guten Freunde. Da kommt in guter Mann, sagt guten Abend und fragt: »Es geht wohl noch?« Na, passen tut das einem nun eigentlich gar nicht, aber was soll man machen? Der Wirt will verdienen, und so nickt man. Mit dem vertraulichen Gespräch ist es aus, denn der Jüngling hört aufmerksam zu. Mit einem Male ruft er, mit seiner Flosse winkend: »He, Schorse, Haanrich, hier ist noch Platz,« und bumms sitzen neben uns noch zwei Jünglinge. Sie rücken mit einem freundlichen »Es geht wohl noch?« ihre Stühle immer weiter, unterhalten sich so laut, daß man keinen Ton mehr sagen kann, schlagen auf dem Tisch, daß sie Gläser hopsen, legen ihre Ellbogen auf dem Tisch, erzählen sich alberne Witze und benehmen sich so, daß der anständige Gast sich schließlich vorkommt, als sei er hier der Eindringling, und sich von dannen begibt.

Daraus folgt, daß man stets nein sagen soll, wenn jemand zu und sagt: »Es geht wohl noch«, denn dann setzt man sich einer augenblicklichen Unannehmlichkeit durch freche Blicke oder unverschämte Redensarten aus, anstatt einer dauernden durch unangenehme Nachbarschaft. Denn nie in meinen Leben ist es mir begegnet, daß ein Mensch, der da sagte: »Es geht wohl noch«, ein netter Mensch war, oder daß er sich für meine Rücksichtnahme gefällig erwies. Denn »Es geht wohl noch«, sagt man nur, wenn es nicht mehr geht, und wer dann noch sagt, »Es geht wohl noch«, der zeigt schon, daß er zu den Leuten gehört, die dem Dichterworte nachleben: »Nur die Lumpe sind bescheiden.« Man sei aber auch nicht höflich und sagte: »Bedaure sehr, aber es geht nicht,« sondern markierte sofort einen Wutausbruch und schrie: »Fällt mir gar nicht ein! Gar keine Möglichkeit! Wäre ja noch schöner! Glauben Sie, daß ich noch für meine zehn Pfennig zu rohem Mett gequetscht werden will!« Und zu seinem Nachbar sagte man. »Was die Leute sich einbilden? Als ob sie keine Augen im Kopf haben! Es ist lächerlich!« Das hilft immer, damit kommt man durch die Welt und bleibt auf seinem Platz.

Früher war es anders und früher war meine Lehre Liebe und Höflichkeit. Aber ich bin damit schlecht gefahren in der Straßenbahn und schlecht abgekommen in Konzert, Restauration und Theater, und habe eingesehen, daß unverschämte Menschen und rücksichtslose Leute stets besser vorwärts kommen, wie höfliche und zuvorkommende. Ich habe es einmal mit angesehen, wie in einem Wartesaal vier angetrunkene Menschen alle Anwesenden terrorisierten, bis ein Reisender kam, sich den Zauber fünf Minuten ansah und dann den Wirt anschrie: »Sagen Sie mal, wo ist hier der Wartesaal für die anständigen Leute?« Das half brillant.

Und noch eine Lehre geht daraus hervor. Niemals soll man, ist man stark genug dazu, Rüpeleien und Unverschämtheiten ungerügt durchgehen lassen. Erstens hat man das wärmende Gefühl der guten Tat und zweitens kommt man immer weiter damit, wie mit Rücksichtnahme. Irgend wer erzählte mir einmal, in irgendeiner Ecke Amerikas, ich glaube in Argentinien, herrschte ein riesig liebenswürdiger Ton im Verkehr, denn jeder wisse, daß der andere auch einen Revolver in der Tasche habe. Nun, das ist hier ja überflüssig und auch nicht wünschenswert, aber wenn jeder unverschämte Mensch weiß, daß kein Mensch gesonnen ist, sich Übergriffe gefallen zu lassen - Sie sollen mal sehen, wie schnell sich die Sitten ändern werden!

Doch besser als lange Reden helfen Beispiele aus dem Leben. Passen Sie auf! Es war einmal ein junger Mann, der berüchtigte Radflegel von Hannover-Linden und Umgebung, die Vororte mitgerechnet. Dieser Mensch amüsierte sich damit, jeden Sonntagnachmittag, an dem es nicht regnete, einige Tausend Menschen in der Stadt und in der Eilenreide auf den Tod zu erschrecken. Er fuhr wie ungesund im Renntempo über die Fußwege, schrammte Passanten mit Pedalen, machte Pferde und Kindermädchen scheu und brachte alte Herren durch sein plötzliches Klingeln mit der Strippenglocke zu Herzaffektionen und alte Damen zu Weinkrämpfen. Und es begab sich, daß man ihm abends auflauerte, ihn so lange haute, bis ihm schlecht wurde, und ihn samt seiner geliebten Karre in den Schiffgraben tat, wo dieser am tiefsten war. Und ohne daß man das Vermögen des Jünglings durch ein Strafmandat beschnitt, ohne daß man die Polizei in Anspruch nahm, nur durch eine kurze, aber eindringliche Belehrung über die Rechte und Pflichten von Radfahrern und Fußgängern gewann man der menschlichen Gesellschaft ein nützliches und angenehmes Mitglied. Wenn es Sonntag nicht regnet, so können Sie ihn in der Eilenriede nett und artig fahren sehen. Nun fassen Sie die Sache aber nicht so auf, als sollten Sie gleich jeden in den Schiffgraben werfen - nein, das will ich damit nicht gesagt haben, und obwohl ich die eben erzählte Handlungsweise auch nicht billige, freuen tut sie mich aber doch, schon im Interesse des bekehrten Jünglings. Ich wollte damit nur gesagt haben: »Was man sich nichts zu gefallen zu gelassen braucht, das braucht man sich nicht zu gefallen zu gelassen!«

Gerichtszeuge

Der Krischan Kötter, der stand vor Gericht,
Als Zeuge wurde er vernommen.
Drei Stunden hat warten müssen er,
Davon wurde ihm ganz beklommen.
»Wer falsch schwört,« sagt der Präsident,
»Wird in Zuchthausstrafe genommen,
Und darf außerdem nicht vor Gericht
Wieder als Zeuge kommen.«
Der Krischan hört ganz andächtig zu,
Ganz benaud ist ihm zu Sinnen,
Von dem Warten auf dem Korridor,
Von dem Knurren im Magen drinnen.
Und als er endlich abtreten kann,
Da meint der Krischan trocken:
»Das man dann nicht Zeuge zu sein braucht,
Das könnte mich beinahe verlocken.«

In Reisebeschreibungen habe ich als kleiner Junge gelesen, daß in China die sonderbare Sitte besteht, daß das Gericht alle an dem Prozeß Beteiligten, also den Angeklagten, den Kläger und auch die Zeugen einsperrt und hundsmiserabel behandelt und beköstigt. Schon damals, wo ich solch Proppen war - nicht höher wie zwei aufeinandergestellte Achtel - fand ich diese Manier höchst dummerhaft und lächerförmig, und ich sprach mir selbst meine herzliche Gratulation zu der erfreulichen Tatsache aus, daß ich nicht als Chinese, sondern als Deutscher auf die Welt gekommen war. Dieser Tage habe ich nun die Erfahrung machen müssen, daß bei uns in Deutschland dieselbe unangenehme Manier in der Rechtspflege besteht, wenn auch in einer unseren patenten Sitten mehr angepaßten, weniger rauhbeinigen Form. Ich mußte nämlich vor Gericht. Da die Sache mir neu war, so freute ich mich sehr darauf, machte mich, wie es sich gehört, sehr sein, und wanderte frohen Mutes zum Justizpalast. Um ja nicht zu spät zu kommen und meinen Wechsel dadurch auf dem Undamm zu bringen, tanzte ich eine Viertelstunde früher an und stand nach einer kurzen, aber lehrreichen Odyssee durch zwanzig Korridore, zehn Treppen und drei Stockwerke vor dem mir angegebenen Zimmer.

Ich hatte noch fünf Minuten Zeit. Es tat mir leid, daß es nicht 15 waren, denn ich sah zu viel Interessantes. Da waren die Gerichtsdiener in ihren vornehmen Uniform. Da waren alte Richter, die still über die Korridore gingen, und junge Rechtsanwälte, die mit gehobener Stimmen laut ihren Klienten mitteilen, daß sie in der zweiten Instanz ganz bestimmt gewinnen würden. Da waren Leute mit ängstlichen Gesichtern, das waren die Kläger; und da waren Leute, die frech um sich guckten, das waren Angeklagten. Da waren Bänke, auf denen viele Leute saßen, alte und junge, und alle sahen aus, als wollten sie jeden Augenblick einschlafen. Einige sahen immerzu nach ihren Uhren und Murmelten geheimnisvolle Sprüche, die ich erst später verstand. Und kleine Jungens mit großen Mappen liefen herum, als hätten sie riesig viel zu sagen; das waren Schreiberlehrlinge. Und große Herren mit kleinen Notizbüchern kamen und gingen; das waren die Zeitungsberichterstatter, schreckliche Menschen, denen es Spaß macht, wenn möglichst viele Leute die gräßlichsten Sachen machen, denn darin liegt ihr Verdienst. Einer von ihnen sagte zu seinem Kollegen: »Sagen Sie bitte auf der Redaktion Bescheid, sie sollten Platz lassen. Ich habe noch einen brillanten Selbstmord und einen ganz famosen Unfall mit tödlichem Erfolg!«

Es war sehr interessant. Da war ein Mann, der schimpfte, weil er keine Zeugengebühren kriegt. Er verlöre den halben Tagesverdienst. Er war nämlich Bettler und Landstreicher. Eins gefiel mir nicht. Das Gericht ist ungalant. Ein hübsches junges Mädchen, das riesig fein angezogen war, wurde von einem Gefängniswärter vorgeführt, als wäre sie ein Kerl. Er konnte ihr doch

den Arm bieten. Schließlich hörte ich, daß ein Herr folgende lakonische Rede hielt: »Himmel-
kreuzbombengewitterdonnerkeil! Jetzt ist es gleich elf und ich bin noch nicht dran. Wieder muß
ich den Frühschoppen verbummeln!« Da fiel mir ein, daß ich auf elf Uhr geladen sei, und ich
wollte gerade in das Zimmer hineingehen. Ein Berichterstatter hielt mich aber zurück und fragte
mich: »Sind Sie schon mal irgendwo rausgeschmissen?« Ich antwortete: »Dieses nicht, sondern
nein,« worauf er sagte: »Na, denn ist Ihnen das was Neues und Interessantes und dann gehen
Sie man zu.« Ich verzichtete, denn es gibt viele Dinge, die ich ebensowenig kenne, als kennen
lernen möchte. »Wann sind Sie vorgeladen?« fragte er dann weiter. »Auf elf,« sagte ich. »Auf elf?
Na, dann kommen Sie mit mir, was wollen Sie sich hier mopsen. Ich will eben nach Hildesheim
fahren, dort mit meiner Vetter einen Frühschoppen machen und wieder zurückfahren. Kommen
Sie mit, Zeit haben Sie die Masse.« Ich lies den Herrn einfach stehen. Ein solche Frivolität war
mir noch nicht vorgekommen. Er fragte nochmal: »Na, woll'n Sie? Vor zwei Uhr kommen Sie
nicht heran!« Ich sagte ihm, er sollte nicht glauben, daß er mich für'n Dummen haben könne; ich bäte mir aus, daß er mir den meiner Stellung zukommenden Respekt entgegenbrächte,
worauf er lachend abschob. Gleich darauf kam ein anderer, erkundigte sich nach dem Zweck
meines Daseins und riet mir dann, ein Brechmittel zu nehmen oder etwas Ähnliches. »Wissen
Sie, wenn Sie elend sind, kommen Sie eher ran. Und elend werden Sie auf jeden Fall. Wovon,
ist ja ganz egal, ob durch Brechmittel oder Warten.« Bald darauf kam ein Dritter. Er was so
freundlich, mir mitzuteilen, daß noch zehn andere Personen in dasselbe Zimmer auf elf Uhr
geladen seien, und entfernte sich, nachdem er mir diese ermutigende Mitteilung gemacht hatte.

Um zwölf Uhr hatte ich das Gefühl, als ob mein innerer Mensch sich nach Tätigkeit sehnte.
Da ich zufällig kein belegtes Butterbrot bei mir hatte, so holte ich einen Nikotinspargel herfür.
Gerade wollte ich ihn mir in der klassischen Physiognomie befestigen, als ein Gerichtsdiener
mir laut und deutlich sagte. »Sie, können Sie nicht lesen?« Ich nickte freundlich, weil das leb-
hafte Interesse, das der Herr an mir nahm, mich freute, und steckte ein Streichholz an. Er aber
wies mir ein Schild, worauf zu lesen, daß der, wer hier rauchte, es sich selbst zuzuschreiben
hat, und ernst sprach er: »Können Sie nicht lesen? Das Rauchen ist verboten!« Ich machte ein
erstauntes Gesicht und meinte: »Soo! Ich dachte, das gälte bloß für die Öfen und die Beamten!
Ich rauche übrigens sehr gute Zigarren!« Da wurde er aber ganz spee und sagte: »Und wenn Sie
meinshalben Sechspfennigs-Zigarren rauchen, hier dürfen Sie se doch nicht rauchen!« Ich sagte:
»Na, denn nicht,« und steckte schnell das brennende Streichholz in die recht Westentasche. Das
sieht riesig ulkig aus, wenn man's kann. Sonst brennt man sich die Finger an und macht sich
lächerhaft. Schnell ging der Herr fort; er hatte Angst vor mir.

Da er ein bißchen barsch zu mir gewesen war, so machte es mir Spaß, ihn zu reizen. Als
er wieder vorbeikam, steckte ich wieder einen Elendsstengel in den Mund und steckte einen
Sticken kunstreich in der rechten Hosentasche an. Sofort war er wieder da und schnob mich
an: »Ich hab' Ihn' doch gesagt, sie soll'n nicht rauchen!« Ich sah ihn kaltlächelnd an und sagte:
»Das will ich ja auch gar nicht:« Fassungslos starrte er mich an und fragte dann bescheiden: »Ja,
zu was stecken Sie denn das Streichhölzchen an und nehmen die Zigarre in den Mund?« Ich
neigte mich zu seinen Ohr und flüsterte »Weil ich vor lauter Warterei schon halb dötseh und
halb blödsinnig bin!« Da nickte er beistimmend und entlief.

Mittlerweile war es halb ein Uhr geworden. Mein Magen machte einen Spektakel, daß ich
mich seines Besitzes schämte, in meinen Knien verspürte ich ein Gefühl, als seien dort die
Kugellager nicht in Ordnung, und im Rücken war mir, als wäre das Rahmenrohr kaput. Und
immer wurde ich noch nicht aufgerufen. Leute gingen rein und kamen raus, bloß ich nicht. Und
dann hatte ich auch kalte Füße, und die habe ich bloß beim Skat gern. Und im linken Backen-
knochen zuckte es eklig. Ich habe da einen Kusen, der entschieden mal wieder neu verlötet
werden muß. Gegen dreiviertel eins dachte ich, mein letztes Stündlein sei gekommen. Hunger;
Kopweh, Zahnpein, Rückenschmerzen, Eisbeine, allgemeine Mattigkeit, Übelkeit, Schwindel,
Atembeklemmungen, präkordiale Angst, Tatterich, Ohrensausen, Funkensehen, Herzklopfen,
kalter Schweiß, alle diese angenehmen Vorboten einer baldigen Agonie traten nach und nach
ein. Ich wollte gerade zu einem Berichterstatter gehen und ihn bitten, wenn mir etwas zustoßen

sollte, es Frau Döllmer zu telefonieren, da rief der Gerichtsdiener meinen Namen. Ein unerwartetes Glück hat schon manchem schwache Menschen den Tod gebracht. Mein Zustand war so erbärmlich, daß ich mich keineswegs gewundert hätte, wenn es mir ebenso gegangen wäre. Aber meine kräftige Konstitution überwand den Nervenschock; Übelkeit, Schwindel, Mattigkeit, alles ging fort und ich fühlte wieder Kraft im mir.«

Was mich aber am meisten ärgerte, war, daß meine Vernehmung gerade vier Minuten achteindrittel Sekunden dauerte. Wenn sie wenigstens eine Stunde gedauert hätte, aber zwei Stunden zu warten, und dann vier Minuten vernommen zu werden, um einer viertelminutigen Vernehmung wegen fast an den Rand des Grabes zu kommen, das paßt mir nicht. Ja, wenn es noch eine Verhandlung gewesen wäre, deren voraussichtliche Dauer niemand, weder der Justizminister noch der klügste juristische Universitätsprofessor voraussehen kann, dann hätte ich noch nichts gesagt. Aber hier, wo es sich bloß um eine Vernehmung handelte, da fand ich es doch etwas quant, so mit dem Menschenleben zu spielen. Mein einziger Trost war nur der, daß drei andere noch länger warten mußten. Der eine ist, wie mir seine Frau erzählte, erst am anderen Morgen nach Haus gekommen.

Ich fluchte also wie ein Türke, als ich überhungert und eisgebeint heimsockte. Ich bin jetzt aber nicht mehr imstande, über die Justiz der Chinesen zu feixen. Auch bei uns werden Angeklagte, Kläger und Zeugen von vornherein als strafbare Subjekte behandelt. Denn als etwas anderes, als eine harte Strafe, kann ich die Warterei nicht auffassen.

Sie hoffentlich auch nicht. Oder sollte jemand von Ihnen anderer Ansicht sein, so bitte ich hiermit um sein Fratzotyp. Ich möcht's gern auf'm Pfeifenkopf haben.

Influenza

Sie ist in alle Häusern gewesen,
Die Influenza, und auch bei mir;
Ich hab' sie mit allen Mitteln behandelt,
Mit Bädern, Pulvern und Salbengeschmier.
Ich folgte dem Rat jedes Freundes
Und aß sechs Apotheker reich.
Ich trank heute Grog, morgen Rotspon
Und Kognak dann, mir war alles gleich.
Ich habe geschwitzt und habe gefroren
Im Dampfbad und Packung, es blieb egal,
Es wurde nicht besser, nicht schlimmer,
Kontraktmäßig blieb ihre Zeit sie einmal.
Ich hab' mich an dem gräßlichsten Teezeug
Und an dem greulichsten Pulver gelabt,
Und hätt' ich mich weiter um sie gekümmert,
Dann hätt' ich sie wohl noch länger gehabt.

Für einen Schriftsteller gibt es kaum etwas Schrecklicheres, als wenn er zu den Bewustsein kommt, daß seine Denkfähigkeit im Nachlassen ist. Manchen Menschen fällt das nicht auf, manchen hindert es auch nicht, ist vielen sogar in der Karriere dienlich. Es gibt eine Menge Berufsarten, bei denen das selbständige Denken sehr hinderlich ist. In solchen Berufen ist es krankhaft, wenn der Betreffende anders denkt als der hochmögende Vorgesetzte und die liebe Behörde, und also auch schädlich; denn denkt er etwas laut oder sogar schriftlich, so verliert er Amt und Brot. Umgekehrt ist es beim Schriftsteller. Ihm kommt zu Nutzen, was vielen braven Leuten schadet, und er macht nicht nur Karriere, wenn seine Denkkraft erlischt, sondern sinkt auch in der Achtung seiner Mitmenschen und in der Wertschätzung seiner Verleger. Und da mir an beiden sehr viel liegt, so machte mich der Fall tieftraurig und ich sann über die Mittel zu ihrer Bekämpfung nach.

Aber schon hierbei zeigten sich die schlimmsten Symptome. Ich fand weder das eine, noch das andere. Es ging mir damit wie früher mit den seltenen Schmetterlingen. War ich so dicht dabei, daß ich glaubte, ich hätte sie unter den Hut, wupps, waren sie weg und tummelten sich mit tausend gemeinen Kohlweißlingen über den Kleeköpfen. Und glaubte ich jetzt, eine glänzende Idee unter dem Hut zu haben, dann flog sie fort und wimmelte zwischen allerlei gewöhnlichen Gedanken herum.

Ich ging also zu einem berühmten Arzt und sagte, was dagegen zu machen sei. Der schlug mir mit einem Hammer auf dem Kopf, lauschte dann, ob nichts darin klapperte, meinte, es wäre alles in Ordnung, und gab mir dann ein Rezept zu meiner Beruhigung. Ich zog einen fachkundigen Mann zu Rate und der sagte mir, es sei Fliedertee. Fliedertee mag ich nicht, und so schädigte ich den Apothekerstand durch Fortwerfen des Manuskriptes.

Da mir nun schon so oft beim weisen Gespräch am Stammtisch manches klar wurde, was sich bis dahin von torfähnlicher Durchsichtigkeit gezeigt hatte, so begab ich mich in ein Haus, in dem allabendlich eine Unzahl hervorragender Kapazitäten zusammenkommen, um die Bürgervorsteherwahlen, die Kaliberfrage der Pischbüchsen, die Bekömmlichkeit der verschiedenen Biere, die beste Fahrradmarke, die einzig wahre Zigarrensorte, die Chancen neuer Reichs- und Landtagskandidaten, Bekömmlichkeit leinener oder wollener Unterkleider und ähnliche Probleme zu besprechen.

Es dauert gar nicht lange, so fragte ein Herr einen anderen so recht liebenswürdig: »Na, was fehlt Ihnen? Sie machen ja ein riesig dämliches Gesicht!« Anstatt, dieser nun erwiderte in seiner herzquickenden Offenherzigkeit, die ihn vor vielen versteckten Seelen auszeichnet: »Lieber Freund, das kann Ihnen ja nur sympatisch sein, denn dann sind Sie nicht immer der einzige von dieser Sorte,« da antwortete er sanft: »Ja, mir ist auch so dösig; mit schmeckt nichts; ich habe Sauerkraut mit Schnäuzken zu Mittag gehabt und kaum anderthalb Pfund gegessen. Das Bier schmeckt mir auch nicht und die Zigarre kneift mir die Kehle zu. Die Hauptsache ist aber, mit fällt das Denken schwer.« Sein Freund meinte zwar: »Das letztere wäre ja nun nichts Auffallendes, aber der Appetitmangel in jeder Form und besonders die Sanftmut wären auffällig; er würde wohl die Influenza haben.

Sind Sie schon in dusterer Nacht mitten in der Heide herumgelaufen, ohne den Weg wieder finden zu können? Sie werden immer müder und hungriger, schließlich fängt es noch an zu regnen, und zu guter Letzt bemerken Sie noch, die Heide verwandelt sich in Moor und die Aussicht auf ein Schlammbad ist in greifbarerer Nähe. Und während Sie nun überlegen, was besser ist, auf einen Stuken sitzen zu bleiben und zu warten, bis es hell ist, oder planlos weiter zu stampfen, da hören Sie mit einen Male einen Wagen knarren.

So ungefähr war mit zumute, als ich das erlösenden Wort hörte: Influenza! Natürlich, das war es. Die soll mit Dösigkeit anfangen. Aufmerksam hörte ich zu, was man dem Patienten dagegen verordnete. Zuerst wurde der Patient befragt, ob er auch andere Anzeichen verspüre, z.B. Kreuzschmerzen oder Schmerzen zwischen den Schulterblättern und in Armen und Beinen. Er sann nach und fand, daß es ihm so vorkomme. Ob er nicht auch so 'nen pappigen Geschmack im Munde habe? Ja, der wäre auch da! Und etwas Kneifen in der Brust? Ja, natürlich! Und ab und zu Herzklopfen? Freilich! Und Ohrensausen ein bißchen? Gewiß! Na, dann sollte er nur ordentlich Kognak trinken.

Als ich das gehört hatte, zahlte ich und verschwand; unterwegs kaufte ich mir eine Literflasche Kognak. Zu Hause fand ich, daß ich außer der Dösigkeit noch Kreuz- und Nackenschmerzen hatte. Ich trank drei Kognaks und hatte die Freude, daß sich nun auch die Gliederschmerzen einstellten. Nach weiteren drei Kognaks hatte ich einen pappigen Geschmack im Munde, und als ich noch drei trank, stellten sich Ohrensausen und Funkensehen ein. Diesen rückte ich mit drei weiteren Kognaks zu Leibe und hatte die Genugtuung, daß sich Herzklopfen einstellte, während die folgenden drei mir zu den noch fehlenden Kongestionen verhalfen.

Bevor ich am anderen Morgen aufwachte, träumte ich, daß es Mode sei, Glatzen zu tragen, und daß mir mein Friseur ein Haar nach dem anderen ausrisse. Das paßte mir nun aber absolut nicht und ich wachte auf. Zu meiner Freude konnte ich feststellen, daß ich nun ein komplettes Exemplar Influenza besaß. Die ganze Stube ging rund mit mir, mein Kopf dröhnte wie ein Akkumulatorwagen, alles Blut schien darin zu sitzen, ich sah Feuerwerk, hörte Regimentsmusik, hatte vergnügte Finger und ein Herz, das viertelstundenlang ein geradezu unheimliches Phlegma und dann fünf Minuten einen höchst cholerischen Charakter aufwies.

Als ich so dalag und darüber nachdachte, ob das nun das ganze Programm sei oder ob noch Zugaben folgten, da hörte ich es klopfen und meine gütige Wirtin ließ einen Bekannten herein, der mich zum Frühschoppen abholen wollte. Er war tödlich erschrocken, als er meinen Zustand sah, und holte schnell aus seinem Portemonnaie eine Sammlung von Pülverchen. Da gab es Phenazetin; Migränin, Chinin, Antipyrin; Antifebrin, Salipyrin, Katerin, Jammerin, Influenzin, und wer weiß was noch. Davon gab er mir eins und hielt mir dabei eine lange Rede über die Schädlichkeit des Alkohols bei der Influenza. Nach fünf Minuten brach mir dir kalte Schweiß aus, ich sah Ratten und Mäuse an den Tapeten und fühlte daß mein Herz streikte.

Da gab mir mein Freund schnell ein zweites Pulver als Gegenmittel. Sofort arbeitete mein Herz los, wie eine Weckeruhr des Morgens und halb sechse, und alles Blut stieg mir zu Kopf, Aber auch dagegen hatte der gute Mann ein Gegenmittel. Als ich das einnahm, bekam ich so eine Art von Veitstanz, der sich aber verlor, als ich ein viertes Mittel nahm. Danach wurde mir so schlecht, daß ich schleunigst ein fünftes nehmen mußte, worauf mir bis auf unerträgliches Leibschneiden besser wurde. Diese Bauchzwicken beseitigte mir die Nr. 6, verschaffte mir dafür aber die Zwangsvorstellung, Stearinlichter kauen zu müssen, und so nahm ich ein siebentes. Nach diesem befand ich mich erst ganz famos, nur bekam ich bald solche Bruststiche, daß ich kaum japsen konnte. Zwar beseitigte Nr. 8 diese Erscheinung, bewirkte aber Sehstörungen, die nach dem Genuß des neunten Mittels vollständig verschwanden, aber einer allgemeiner Körperschwäche Platz machten, die mir als bedenklich letales Zeichen vorkam. Mein Freund wollte, da er keine weiteren Pulver mehr hatte, gerade von vorn anfangen, als meine Wirtin erschien und auf mein flehentliches Winken dem Manne sagte, er solle andere Leute als Versuchskaninchen behandeln als ihren prompt zahlender Mieter.

Darauf flößte sie mir sechs Tassen Brusttee mit Kandis ein, was sie getrost tun konnte, da ich zu schwach war, um dagegen protestieren zu können, und gab mir den Rat, tüchtig zu schwitzen. Aus Wut über diese Vergewaltigung tat ich das nun gerade nicht, sondern lag da und kam mir vor wie eine Flasche voll Brusttee, der nach Heu schmeckt und ekelhaft süß ist. So wie ich eingeschlafen war und drehte mich in meinen schweren Träumen auf die Seite, dann kluckerte es in mir so laut, daß ich aufwachte. Nachmittags kam ich fast um vor Hunger, aber das wäre gerade gut, sagte meine Wirtin und gab mir kein Fitzchen.

Am anderen Tage kam ein anderer Freund und war tödlich erschrocken, als meinen er meinen Zustand sah. »Mensch du verhungerst ja bei lebendigem Leibe,« sagte er und lief weg. Nach einer halben Stunde kam er wieder und brachte Hummer, Lachs und Bärenschinken, alte Mettwurst und frische Wurst mit. Dann gab er mir, und die Magentätigkeit anzuregen, einen Schnitt Salzsäure. Da ich merkte, daß dieses Mittel sich aus Mangel an einer anderen Beschäftigung daran machte, meine Magenwände zu Speisebrei umzuwandeln, so setzte ich es in Nahrung und stopfte hinein, was das Zeug halten wollte. Das hatte insofern sein Gutes, als er mir später die Kraft gab, aus dem Bett zu springen und vor Angst hin und her zu rennen. Aber die nächsten drei Tage wurde mir schlecht, wenn ich nur etwas Eßbares sah, und ich wurde sogar elend, als ich zufällig ein Inserat eines Delikateßhändlers las.

Mein Glück war nun, daß sich ein wohlmeinender Freund fand, der mir riet, ein Dampfbad zu nehmen; die Verschleimung müsse heraus. Gerade war ich auf dem Wege dahin, als mir ein andere Bekannter begegnete und mir sehr abriet. Bei meinem geschwächten Zustand könnte ich durch ein Volldampfbad einen Herzschlag bekommen. Dagegen könne er mir zu einem Kniedampfbad mit Halbbad und Blitzgüssen raten; ihm sei das brilliös bekommen.

Ich nahm also dieses Bad mit den drei Etagen und kann wirklich sagen, es hat mir geholfen, denn so bald nehme ich keins wieder. Die Sache ist nämlich so. Man zieht sich aus, setzt sich in einen Kasten, der unten eine durchlöcherte Platte hat, woraus heiße Dämpfe kommen. Dann kriegt man ein Tuch über die Beine. Nach einer Minute wünscht man, daß man bei Andree wäre, nach fünf Minuten sehnt man sich danach, vollständig nackt am ersten Januar auf dem kältesten Gletscher zu sitzen, nach zehn Minuten sieht man neugierig nach, ob schon alles Fleisch von den Zehen abgekocht ist, denn so scheint es einem, und nach elf Minuten brüllt man wie ein Vieh und springt wie besessen aus dem Folterinstrument heraus.

Auf dieses ihm bekannte Zeichen kommt der Wärter und legt einen in eine Wanne mit warmem Wasser. Erst gießt er einem sechs Eimer Wasser ins Genick, dann sechs in die Front, so daß man ohnmächtig wird, und dann bringt er einen wieder mit einem Gegenstand zum Leben, von dem er behauptet, es wäre ein Frottierhandtuch. Ich aber glaube, es war ein Ding, womit man von toten Schweine die Borsten abmacht. Ich wollte in die Tasche fassen, um mein Messer zu kriegen, aber leider war die Tasche in meiner Hose und die hatte ich nicht an, und so entging der Verruchte dieses Mal noch seinem verdienten Schicksal.

Als ich dann mit dem Bewußtsein mich aus der Wanne kröppelte, daß ich berechtigt wäre, als geschundener Raubritter auf eine Spezialitätenbühne zu gehen, da setzte der rohe Patron seiner Schurkerei die Krone auf. Er versetzte mir aus einem Schlauch auf drei Kilometer Entfernung einen eiskalten Wasserstrahl auf den ahnungslosen Rücken, daß mir die ganze Puste ausging und ich mich wimmernd umdrehte. Das benutzte er zu einem zweiten, Brust und Unterleib treffenden Strahl, der meine Absicht, ihn zu erdrosseln, unmöglich machte, und als ich mit dem Aufwand des letzten Restes meiner Kraft nach meinem Stuhle langte, und ihm den Schädel einzuschlagen, da entfloh er mit jenem geübten Sprunge, den wir bei Tierbändigern bewundern, und ließ mich allein mit zwei Handtüchern, einem Spiegel, einem Kamm und einer Bürste.

Ich sank auf einem Stuhl und dachte an Blut, Blut und dreimal Blut. Ich sah so rot aus wie ein Krebs, und meine Haut war zart und dünn, wie die eines Säuglings. Mit Tränen in meinen schönen blauen Augen trocknete ich mich ab und zog mich an. Ich war geistig und körperlich so schwach, daß ich dem Menschen aus dessen Gußstahlfäusten ich glücklich entkommen war, noch fünfzig Pfennig Trinkgeld gab, in der stillen Hoffnung allerdings, es würde sie in Schnaps anlegen, Krakeel machen und ins Loch kommen.

Sie wissen, wie ich das Spucken gerügt habe. Nun denken Sie sich, nach diesem Bade - Bad kann man es ebenso gut nennen, wie einen Keulenschlag eine schmerzlose Narkose - kriege ich es derartig mit dem Spucken, daß die Sache nicht nur mir, sondern aller Welt unangenehm wurde. An Essen und Trinken war die nächsten drei Tage kaum zu denken, so hatte ich mit der eben beschriebenen Tätigkeit zu tun.

Dann kam ich mir vor wie ein seliger Geist, so leicht war mir. Ich wog mich für zehn Pfennige und fand, daß ich elf Pfund abgenommen hatte. Der Appetit auf feste Speisen wollte nicht wieder kommen, und so sah ich absolut keine Möglichkeit, dieses Defizit zu decken, bis mir eine Tante von Frau Döllmer riet, guten Moselwein trinken, danach bekäme man Appetit. Na, ich trinke also so lange Moselwein, bis ich mir vorkam, wie eine saure Gurke, aber der Appetit kam nicht, »Ja,« sagte ein Herr zu mir, dessen Nase andeutete, daß er sachverständig war in solchen Dingen, »Moselwein, das ist ja Unsinn! Guten Rotspon müssen Sie trinken, Blut in den Knochen kriegen. Dann kommt der Appetit wieder.«

Ich versuchte es nun mit einer schönen Röte, und zwar mit dem Erfolg, daß ich am anderen Morgen nicht genau mehr wußte, ob das Tinte gewesen sei oder fünfprozentige Karbollösung, die ich abends zum mit genommen hatte.

Schließlich wollte ich es mit Hypnose versuchen. Im Sprechzimmer traf ich sieben Leute, die bereit waren, ihren Verstand umdeichseln zu lassen. Der eine wollte sich suggerieren lassen, daß er das Staatsexamen bestände; der zweite wollte sich Mut einsprechen lassen, und die Hand einer reichen Erbin anzuhalten; da war ein Kunsthistoriker, der Kunstverständnis erflehte, eine reich gewordene Althändlerin, die gesellschaftliche Formen haben wollte, ein strebsamer Beamter, der um demütigen Blick ersuchte. Sie alle erzählten mit Wunderdinge von dem Doktor. Der eine hatte eine Tante gehabt, die an Kleptomanie litt; sie stahl überall wertlose Kleinigkeiten. Jetzt sie sie geheilt, das beweise nämlich, daß sie gestern einen Tausendmarkschein gemopst habe. Ein anderer hatte einen Neffen, einen unverbesserlichen Brantweintrinker; heute ist er geheilt und tuts in Sekt. Eine Frau erzählte mir, ihr Mann habe auf der Jagd nie etwas treffen können, aber schon nach der ersten Suggestion habe er drei Treiber und zwei Jäger angebleit, von denen der eine sogar ein Herr aus altem Adel war.

Nein, da bekam ich es doch mit der Angst. Wenn der Herr Doktor, so dacht ich, solche Gewalt über die Herzen und Geister hat, so kann er mit mir machen, was er will. Vielleicht gehört er der Klingerklique an und befielt dir, Klingers Kreuzigung gut zu finden, und das wäre doch noch schlimmer wie die Influenza.

So machte ich mich denn von dannenwärts. Es ging schließlich auch ohne Arzt. Nur noch vierzehn verschiedene Methoden machte ich durch, Dampfpackung und Lichtbad, die Grog- und Zitronenfastkur, die Massage und den Vegetarismus, die Christian Science und die Methode Ast, nach drei Wochen war ich geheilt. Sie sehen also, wenn man die Influenza zu behandeln weiß, dann ist sie gar nicht so schlimm.

> Schon wird es bunt in Wald und Garten,
> Schon wird es grün in Feld und Flur,
> Es schafft jetzt ihre schönsten Werke,
> Mit Künstlerhänden die Natur,
> Da pfeift Nordostwind um die Blüten.
> Da fällt der Schlappschnee in das Grün,
> Es welkt die Saat, es fällt die Knospe,
> Vorüber ist's mit ihrem Blühn.
> »Wir wollen,« rufen Sturm und Schlappschnee,
> »Nur töten Engerling und Maus!«
> So sagen sie und machen dabei
> Den armen Blumen den Garaus.
> Ich habe gepflückt die welken Blumen,
> Die gestern noch so froh gelacht,
> Und hab' dabei an die lex Heinze,
> An Kunst und Polizei gedacht....

Es war am 24. März 2000, als ich nach längeren Reisen im Ausland wieder nach Hannover kam. Ich hatte die Erholung nötig gehabt, den wegen Beleidigungen einen Schwindlers hatte ich eine längere Gefängnisstrafe zu verbüßen gehabt, und das von Rechts wegen. Ich hatte während der langen Reise keine Zeitungen gelesen, um mich einmal gründlich auszuspannen, und wußte wenig von dem, was im lieben deutschen Vaterlande und besonders in Hannover geschehen war.

Daß allerlei Sonderbares geschehen würde, das dachte ich mir schon im Frühjahr 1900. Ein Naturkenner sagte mir damals: »Dieses Jahr wird ein Raupenjahr erster Ordnung,« und er behielt Recht, wie kriegten die lex Heinze. Und da seine Raupe noch kein Raupenjahr macht, so kriegten wir die lex Roeren und die lex Stöcker und die lex Ballestrem und die lex Ahlwardt und die lex Oertel un die lex Groeber und noch viele Gesetzte, welche die Namen von Leuten trugen, die auf andere Weise nicht zur Berühmtheit kommen konnten.

Das alles hatte ich im Kupee und an Bord, an der Hoteltafel und auf den Veranden der Logiervillen gehört, hatte mich aber nicht weiter darum gekümmert, sondern Land und Leute studiert, den Wein und das Bier probiert, mich an Bergen und Gletschern, an Wäldern und Triften gefreut, an Meeresrauschen und Wellengeflute, und kam so ins Vaterland zurück, wie in ein fremdes Land.

Ich war nachts im Schlafwagen von der holländischen Grenze abgefahren und kam gegen Morgen in Hannover an. Als ich aussteigen wollte, trat mir ein Mensch in einem Kostüm entgegen, wie es mir noch nie begegnet war. Es war ein baumlanger Mensch in einen blauen, mit Silberschnüren benähten Gewand, das wie ein Sack die ganzer Figur einhüllte. Auf dem bartlosen Kopfe trug er einen topfähnlicher Hut und um die Hüften ein Schwert. Er winkte zwei gleichgekleideten Männern, und beide drangen zu mir ins Kupee, legten mir Handschellen an, warfen mir einen Kartoffelsack über, in den oben ein Loch für den Kopf geschnitten war, und führten mich dann durch den Ausgang und durch die Perronsperre nach der Bahnhofswache.

Dort waren mehrere ähnlich gekleidete Wesen vorhanden, von denen einer, der mir durch seine silbernen Achselklappen besonders auffiel, mir zurief: »Setzen Sie sich!« Da ich nicht wußte, was man von mir wollte, so sagte ich den Kommissar - denn daß die seltsamen Gestalten Schutzleute waren, hatte ich inzwischen begriffen -: »Sagen Sie mir bloß...« aber wie fuhr ich zurück, als der Gestrenge mich anschnautze: »Ich verbitte mir hier jeden unsittlichen Ausdruck. Sie haben hier von »bloß« gesprochen und ich ersuche sie, sich zusammenzunehmen und ihre Straftat nicht noch zu Erhöhen, sonst bekommen Sie drei Tage Arrest!« »Unter diesen Umständen...« wollte ich fortfahren, wurde aber sofort wieder derartig angeranzt, daß ich mehr aus Angst, wie mit Willen auf die Bank fiel. »Notieren Sie, Suffinski, die beiden unsittlichen Ausdrücke,«

rief der Kommissar dem Schreiber zu, »und bemerken Sie dabei, daß der Inhaftierte wegen Ungebühr in zehn Mark Strafe genommen ist wegen wiederholter Verletzung der guten Sitte!«

Dann wurde ich zu Protokoll genommen: »Sie heißen?« - »Fritz von der Leine!« - »Auf die Welt gekommen?« - »Ich bin geboren....« Weiter kam ich nicht, denn der Kommissar wurde dunkelrot vor Wut und rief: »Mensch, ich lasse Sie sofort einsperren, wenn Sie sich zum dritten Male unanständiger Worte bedienen...«

Ich war ratlos, und wußte nicht genau, ob ich das Opfer eines Studentenulks oder der Spielball eines Klubs von Verrückten geworden war, und sagte: »Das können Sie, aber ich bin mir keiner Schuld bewußt. Wenn ich einen Verstoß begehe, so bitte ich um Belehrung, denn Sie können versichert sein, daß ich nicht solcher Esel bin, mich freiwillig in Ungelegenheit zu bringen. Ich bin längere Zeit im Ausland gewesen und weiß von den hiesigen Verhältnisse nichts, Herr Kommissar, und bitte Sie, mich nicht eher abführen zu lassen, als bis ich Ihnen das auseinandergesetzt habe. Bitte sagen Sie mir zuerst, weshalb ich verhaftet bin!«

Der Kommissar wurde freundlicher. »Ja, sehen Sie, schon in diesen Worten haben Sie dreimal gegen das Gesetz verstoßen, Sie haben schmutzige Ausdrücke, wie »Verhältnisse« und »abführen« gebraucht, ferner das streng verspönte Wort »Herr«, das in unschuldigen Gemütern den Verdacht erregen kann, als wenn es auch »Frauen«, »also,« - hier hob er die Stimme - »Personen anderen Geschlechtes gäbe, eine leider bedauerliche Tatsache, auf die hinzuweisen streng verboten ist; ferner haben Sie laut Protokoll indezente Worte, wie »bloß«, »geboren« und »Umstände« gebraucht. Ihr Hauptvergehen aber ist, daß Sie in unsittlicher Tracht nach Hannover gekommen sind.«

»Aber ich bitte Sie, He .... - Verzeihung, wie darf ich Sie anreden?« »Mensch ist die allgemeine, jede Zweideutigkeit ausschließende Anrede,« erwiderte freundlich der Beamte, der entschieden nun Mitleid mit mir hatte.

»Also, Mensch Kommissar, ich bin doch von oben bis unten bekleidet, habe Jacke, Weste und Hose ....«

»Um Himmelswillen, schweigen Sie! Hose, solche widerlichen Worte darf nur der Richter - und auch der nur bei Ausschluß der Öffentlichkeit gebrauchen. Daß ist ja gerade Ihr Vergehen, daß Sie durch Tragen dieses Kleidungsstückes, das aufs frechste jeder Sittlichkeit Hohn spricht, schwer gegen die lex Roeren verstoßen haben? Sehen Sie denn nicht, wie wir gekleidet sind? Und außerdem tragen Sie einen Schnurrbart! Jedes Kind sieht ja, daß Sie ein Person männlichen Geschlechtes sind ... Haben wir Bärte?« fragte der einstige Krieger von 1870/71 mit melancholischer Stimme und faßte traurig nach seiner Oberlippe, während eine Träne über seine glattrasierten Backen rann.

»Junger Mensch,« sagte er dann, »Sie dauern mich, Sie sind allem Anschein nach gut veranlagt, und ich würde es bedauern, wenn Sie ins Unglück kämen. Ich diktierte Ihnen - billiger kann ich es nicht machen nur zwanzig Mark Strafe zu. Ich mache bei Ihnen eine Ausnahme, weil ich mich früher oft über Ihre Sachen gefreut habe. Nun passen Sie auf! Ich werde nach der Firma Goldschmidt telefonieren, damit Ihnen Maß genommen wird zu einem Anzug und Ihnen dann, wenn Sie anständig gekleidet sind, gegen Entgelt einen Beamten auf mehrere Tage zu Begleitung mitgeben, damit er Sie einigermaßen instruiert, Sie brauchen sich deswegen nicht zu genieren, denn unter Polizeiaufsicht steht heutzutage beinahe jeder anständige ... ach verdammt, ich wollte sagen, jede Person.«

Nach zehn Minuten erschien ein junger Mensch, in einen grauen, bis auf die Füße reichenden Sack gekleidet. Er nahm mir Maß, erklärte, daß Passendes auf Lager sei, und schickte mir bald darauf eine Auswahl von braunen und blauen, grünen und schwarzen Säcken mit passenden Kappen. Ich wählte einen blauen Sack, und dann wurde ein Barbier herbeitelephoniert. Der Mann bekam beinahe eine Dahlschlag, als er meinen Schnurrbart sah, und mit zitternden Fingern knipste er mir die Spitzen ab, seifte mich ein und schabte mich glatt. Die Schnurrbartspitzen aber steckte er verstohlen in die Tasche.

Ich sah in den Spiegel und sagte: »So, Mensch Kommissar, nun geben Sie mir einen Beamten mit. Mit diesem Gesicht, glatt wie ein Ei, werde ich Hannovers Sittlichkeiten wohl nicht zum Wackeln bringen!«

Der Kommissar lächelte trübe. »Junger Mensch,« sagte er dann, »sehen Sie sich doch vor! Sprechen Sie nie laut und fragen Sie immer erst den Beamten, ob in dem, was Sie sagen wollen, keine Unsittlichkeit steckt. Sie gebrauchten eben das Wort ›Ei‹ und wiesen damit auf die natürliche Entstehung der Geschöpfe hin. Drei Wochen Gefängnis wären Ihnen sicher, käme es an die große Glocke. Und nun gehen Sie und seien Sie vorsichtig. Mit dem Beamten können Sie frei reden, er gehört zur Unterweisungsabteilung, und die Anzeige ist nicht sein Beruf!«

So zogen wir denn beide los. Auf dem Ernst-August-Platz blieb ich erstaunt stehen und sah mir das Denkmal an. Ich mußte laut lachen, als ich den guten König sah. Er hatte ein langes Blechhemd an, das bis auf die Stiefelspitzen ging.

Mein Lachen war, wie Sie sich denken können, sehr laut. Und so sehr ich mich über die in lange Säcke gekleideten Menschen wunderte, die über den Platz eilten, noch mehr wunderte ich mich, daß die Leute sich alle neugierig nach mir umdrehten.

»Warum tun sie das?« fragte ich meinen Begleiter.

»Weil Sie lachen. Heute lacht kein Mensch mehr. Lachen ist weltlich, verrät Sinnlichkeit, und worüber sollte man auch froh sein. Sehen Sie, ich bin Beamter und habe mein Auskommen. Aber ich wollte - zu Ihnen kann ich offen reden - es wäre so wie früher. Da hatte er dreihundert Mark weniger, aber ich hatte doch noch mehr vom Leben. Ich hatte solchen schönen Schnurrbart - weg ist er. Alle Mädels« - hier flüsterte er - »freuten sich über mich. Jetzt sieht mich keine an, und wenn auch, was hat man davon. Sehen Sie, das ist eine. Soll man sich über solche Vogelscheuche freuen?«

Ich mußte ihm recht geben. Dieses Wesen mit den schlaffen Zügen, dessen Figur ein Sack umhüllte, dessen goldiges Haar eine unbarmherzige Schere verstümmelt hatte, konnte kein Männerherz schneller schlagen lassen. Gleichgültig wollte ich vorübergehen, als sie die Augen aufschlug. Die kannte ich doch...

»Fräulein...« weiter kam ich nicht, denn der Schutzmann sagte: »Pst.« Ach richtig, ich hatte »Fräulein« gesagt. Aber sie kam schon auf mich zu und ihr Gesicht strahlte: »Endlich sehe ich Sie wieder,« sagte sie.

»Lassen Sie uns in ein Restaurant gehen,« sagte der Schutzmann, »hier erregen wir Aufsehen. In meiner Begleitung können Sie wohl« - hier flüsterte er wieder - »mit einer Dame gehen, aber besser ist besser.«

So gingen wir denn nach Kröpcke. Unterwegs betrachtete ich das junge Mädchen. Ich hatte sie mit ihren Eltern im Berggasthaus Niedersachsen vor zwei Jahren kennen gelernt. Sie war die glücklichste Braut von der Welt. Ihr Bräutigam war ein junger Ingenieur. Und was war sie jetzt? Ein Schatten von früher.

»Mensch,« sagte sie die Kröpcke zu mir, »wir haben gar nichts davon gelesen, daß Sie so lange Zuchthaus gehabt haben.«

»Zuchthaus?« fragte ich erstaunt, »ich habe kein Zuchthaus gehabt, ich war im Ausland. Wie kommen Sie auf solche Frage?«

Sie lächelte und der Schutzmann auch. »Na,« meinte er, »das wissen Sie nun wieder nicht. Zuchthaus, das ist heute nicht so schlimm. Jeder hat beinahe schon Zuchthaus gehabt. Die Polizei führt nur noch über solche Leute Listen, die noch nicht drin waren, die sind verdächtig, die anderen sind ungefährlich. »Weshalb hatten Sie Zuchthaus?« fragte er dann das junge Mädchen. »Weshalb? weshalb haben alle meine Freundinnen Zuchthaus gehabt? Weil sie sich von ihren Verlobten küssen ließen. Ich habe nur ein halbes Jahr bekommen - aber Karl, Sie kennen ihn ja noch, hat vier Jahre bekommen, weil ich noch minderjährig war.«

»Aber was reden Sie da?« fuhr ich erstaunt auf, »Sie sind minderjährig? Sie sind jetzt doch - verzeihen Sie meine ungalante Frage - sicher zwanzig Jahre alt?«

Der Schutzmann lächelte: »Zwanzig? Ja, wissen Sie denn nicht, daß heute bei dreißig Jahren erst der gesetzlicher Schutz aufhört?«

»Hol der Teufel den ganzen Ritt!« schrie ich los, sah aber ängstlich meinen Begleiter an. Der lächelte wieder. »Den Teufel können Sie ruhig anrufen, das wird sogar gern gesehen. Seitdem der junge Doktor Roeren es herausgebracht hat, daß der liebe Gott den Menschen nackt erschaffen hat, sind die wirklich frommen Leute noch im Zweifel, ob wahre Frömmigkeit sich noch mit Gottesverehrung verträgt, während der Teufel dagegen sehr in ihrer Achtung gestiegen ist. Denn dieser hat als Schlange Eva verführt, Adam den Apfel zu geben, und den ersten Menschen dadurch die Augen geöffnet, daß sie sahen, daß sie nackt waren, und sich schämten. Und wegen dieses großen Verdienstes ist jetzt der junge Roehren dabei, die Bibel neu auszulegen und den Teufel als das wahrhaft sittliche Element hinzustellen. Er gibt sich unnütz Mühe, der Teufel regiert jetzt doch schon.«

Nun wollte ich mir die Stadt besehen. Sind die Menschen so verändert, mußte die Stadt auch verändert sein. Lustige Leute traf ich nirgends. Kein Kind lachte, kein Bäckerjunge pfiff, alle, groß und klein, latschten müde und verdrossen in langen Säcken durch die Straßen. Vor dem Hoftheater standen Wachtposten von den Dreiundsiebzigern. Uniform hatten sie an, aber nicht die frühere, sondern lange Säcke.

»Warum stehen die da Wache?« fragte ich, »will man der modernen Kunst den Eintritt verwehren?«

»Kunst gibt's nicht mehr,« versetzte mein Begleiter, »die ist abgestorben. Die alten Theaterstücke sind nicht aufführbar, weil Männer und Weiber darin vorkommen, und neue schreibt keiner mehr. Das Hoftheater ist jetzt Männerzuchthaus Nr. 25.«

Überall, wo wir hinsahen, waren Gefängnisse und Zuchthäuser. Das Kontinentalhotel, das alte und neue Provinzialmuseum, der Zirkus, der Zoologische Garten, die Fabriken, alles waren Strafanstalten. Fast alle Arbeiten wurden in Strafanstalten gemacht von dem einen Teil der Einwohner und der andere Teil bewachte sie dabei. Die Künstler, Schauspieler, Dichter und Buchhändler hatte man auf lebenslänglich verurteilt, weil man Angst hatte, daß sie das Volk aufwiegelten. Schon mehrfach waren Versuche gemacht. Auf dem Klagesmarkt hätte es beinahe Revolution gegeben, als die Polizei dem Gänseliesel lange Röcke machen ließ. Die Polizei hatte Mühe, den Aufstand zu unterdrücken, besonders, da das Militär sich weigerte, ihr zu helfen. Denn der Höchstkommandierende hatte geäußert: »Die Leute haben völlig Recht, Radau zu machen. Seit der lex Ballestrem, die auch beim Militär des Schnurrbarttragen und das Monokel verbot und die Sackuniform befahl, ist aller Schneid weg. Die, die an der Eselei schuld sind, mögen sehen, wie sie damit weiterkommen, ich danke für den Zimt.«

So erzählte mir der Schutzmann und fügte hinzu, daß alle schneidigen Offiziere das Vaterland verlassen hätten, weil ihnen schlecht wurde, wenn sie ihre Soldaten ansahen oder sich selbst im Spiegel beguckten. Gerade, als er mir das erzählte, kamen wir an die Ulanen-Kaserne. Ein langer Kerl in blauer Sackuniform stand dort Posten. Früher standen dort Leute mit blanken Augen und roten Backen, und die Kindermädchen verrenkten sich die Hälse, wenn sie vorbeifuhren mit den Sportwagen. Dieser trübselige Jünglinge, der weder Schnurrbart noch Haltung hatte, hätte aber im Jahre 1900 kein Mädchenherz erschüttert.

»Es ist 'ne Schanden wert,« sagte der Schutzmann »was sie mit den famosen Leuten gemacht haben. Mein früherer Leutnant hat sich totgeschossen. Was zwanzigtausend Mark Schulden nicht fertig kriegten früher, das hat die allgemeine Muckerei fertig gebracht. Er erbte hintereinander drei große Güter und war mit einem Male aus der Klemme - aber was soll der Mensch heute mit Geld.«

Wir fuhren nun zum französischen Garten. »Sie können ja noch lachen,« sagte mein Begleiter, »da werden Sie was zu lachen kriegen.«

Ich dachte mir schon, was da kommen würde. All die alten Figuren hatten Blechhemden an. Na, das war mir nichts Neues. Mit einem Male stand der Schutzmann still. »Pst,« machte er und winkte mir. Und wie ich ihm leise nachging, da sah ich auf einer Bank einen Schutzmann sitzen, der hatte ein Mädel um den Hals gefaßt und küßte es tüchtig. Plötzlich sah er uns und wurde kreideblich. Aber sein Kollege beruhigte ihn und sagte, wir wollten Wache stehen, daß keiner käme.

»Anders geht's heute nicht. Man muß immer einen oder zwei gute Freunde haben, wenn man seine Kleine mal sprechen will, sonst riskiert man Amt und Brot.«

Ich hatte genug in Hannover und sah im Fahrplan nach, wann der nächste Zug nach Südafrika ging. Aber da hörten wir, als wir in der Elektrischen saßen, wüsten Lärm aus der Stadt dringen. Je näher wir kamen, desto toller wurde es, und die Menschen liefen wild nach dem Zentrum. Dort warfen Leute Extrablätter aus den Fenstern und die Leute auf der Straße lachten und sangen und schrien: »Hurra, hurra, Ministersturz in Berlin! Das Ministerium ist zum Teufel gejagt, die Luft wird wieder rein.« Und merkwürdigerweise schrien alle Schutzleute mit und die Soldaten auch und alle zogen vor den Justizpalast, wo die Richter saßen, die alle ins Zuchthaus steckten, die jung und gesund waren, und die Menge nahm Steine und warf sie nach der Fenstern.

Klirr ... ging es, und ich wachte auf und sah mich dumm um. Da lag die Kaffeetasse, die ich von dem Tischen geschlagen hatte, als ich so lebhaft träumte, und erschrocken kam meine Wirtin ins Zimmer.

»Frau Döllmer?« fragte ich sie, »was halten Sie von der lex Heinze. »Was ich d'rvon halte? Viel verstehe ich d'r nicht von, aber was ich d'rvon kapiert habe, is, daß es man gut is, daß alle fünf Jahre Reichtagswäöhl is!" Also sprach Anastasia Döllmer.

Unsere Kindermädchen

Bei schönem Wetter da lockt es uns
Hinaus in die Eilenriede,
Wo uns Frau Nachtigall empfängt
Mit ihren neuesten Liede
Wir freuen uns der grünen Pracht,
Da hören wir etwas quieken,
Mit den Kinderwagen kommen an
Marie und Stiene und Fieken.
In einer Reihe rücken sie an,
Versperrend des Weges Breite,
Sie hören nicht, sie sehen nicht,
Sie kümmern sich nicht um die Leute.
Nun rette sich, wer sich retten kann,
Jetzt fangen sie an zu jagen,
Zu furchtbarem Ernst wird das lustige Wort:
»Kommt nicht untern Kinderwagen!«

Es war ein wunderschöner Maientag, als ich zum Zoologischen wollte. In alle Vorgärten protzen bunte Hyazinthen, überall reckten sich blaue Meerzwiebeln, überall leuchteten aus hellen Grün weiße Blüten. Auf jeder Dachrinne lärmten die Spatzen, in jedem Hofe die Kinder und auf jedem dritten Gartenhaus saß ein dicker Amselhahn und sang nach der Schwierigkeit. Ich war so recht vergnügt. Die Sonne schien so schön warm aus dem blauen Himmel, daß ich den langweiligen Überzieher hätte zu Hause lassen können, und dann habe ich immer so ein sonntägliches Gefühl unter der Weste. Kein bißchen Beobachter war ich, kein bißchen Nörgler, nur fröhlicher, empfänglicher, harmloser Mensch, wie alle die, die den schönen Nachmittag benutzen, um draußen unter grünenden Zweigen sich zu freuen an Mailuft und Vogelsang, an Baumblüte und bunten Blumen. Und wie ich so langsam das Trottoir entlang schlenderte, träumend und vergnügt, da hörte ich hinter mir das Rollen, Knirschen und Quieken von Kinderwagen. Und ehe ich es mich versah, da schob sich ein Wagenvorderteil links an mir vorbei, in dem die schlafende Diminutivform von Homo sapiens lag und schlief. Und wie ich etwas nach rechts ausbog, da ratschte es an meiner hochpatenten Hose und eine hübsche Klinke entdeckten meine betrübten Augen, die die scharfe Achse eines zweiten Kinderwagens dort verursacht hatte.

Ein großes Unglück war das ja nun nicht. Ich ging in den ersten besten Hausflur, pickte mir mit zwei Stecknadeln die zerrissene Stelle wieder zu und schob eiligst nach Hause, um die andere Hose anzuziehen. Ich habe nämlich immer zwei von derselben Sorte, weil ein Rock gewöhnlich doppelt so lange lebt wie eine Hose. Ich mußte eine Viertelstunde bis zu meiner Wohnung gehen. Das war auch kein Unglück. Aber es war doch immerhin ärgerlich. Und als ich wieder auf die Straße kam, da kam mir die Luft lange nicht mehr so warm, die Sonne lange nicht mehr so goldig, der Himmel lange nicht mehr so blau, das Grün viel weniger frisch, die Blumen nicht so herrlich und der Gesang der Amsel nicht mehr so lustig vor. Und ich war nicht mehr der harmlose, unbefangene, vergnügte Maibummler, sondern der kritische, kühle Beobachter. Und da ich soeben hart unter den Kinderwagen gelitten hatte - wenn das Loch auch nicht zu sehen ist, wenn es gestopft ist, da ist es nun doch - so war es sehr natürlich, daß ich neunundneunzig Prozent meiner Aufmerksamkeit den Kindermädchen und ihren Sportwerkzeugen zuwandte.

Sie wissen, daß ich kein Unmensch bin. Sie erinnern sich vielleicht, das ich früher ganz entschieden dafür eingetreten bin, daß dem Kinderwagen das Trottoir freigegeben wird, denn in dem hastigen Verkehr der Großstadt ist auf dem Straßendamm der Kinderwagen zu sehr gefährdet. Nach den Beobachtungen, die ich aber an jenem bösen Tage machte, bin ich zu der Überzeugung gekommen, daß der Kinderwagen ein ebenso gefährliches, unangenehmes Vehikel ist wie das Rad, vorausgesetzt, daß es von gedankenlosen oder rücksichtslosen Personen benutzt wird.

Ich sah nämlich bald, nachdem ich wieder auf die Straße gekommen war, zwei Kindermädchen, die in eifrigen Gespräche ihre Karren schoben. Gerade erzählte die eine: »Jeden geslagenen Abend kümmt hei und fletget ünnern Kökenfenster rümme« - und dabei mußte sie so lachen, daß sie die Welt und die Menschen völlig vergaß und einem würdigen Greis, der sich kopfzitternd mühsam an seinem Stabe fortbewegte, derartig in die Hacken jagte, daß der alte Herr nur durch schnelle Umarmung eines Laternenpfahles vor der Gefahr bewahrt blieb, seine vertikale Stellung mit einer horizontalen zu vertauschen. Die beiden Mädchen wollten sich kaput lachen und drehten sich fortwährend nach dem hilflosen Manne um, der vor Schrecken kreidebleich geworden war.

Da man nun aber beim Umdrehen das nicht sieht, was vor einem ist, so begab es sich, daß die eine einen kleinen Jungen, der auf dem Trottoir seinen Pindopp schlug, derartiger anfuhr, daß er so kurz wie er war hinschlug und so heftig mit dem weichen Näschen auf den bedeutend härteren Kantenstein schlug, daß zwei rote Bächlein über seine untere Gesichtshälfte rieselten. Das veranlaßte ihn, fürchterlich zu schreien, und die beiden Mädchen, wie verrückt von dannen zu jagen.

Gerade, als sie um die Ecke bogen, kam auch eine Familie und die Ecke. Vater und Mutter bekamen je einen Puff vor den Magen. Auch hier versuchten die Mädchen ihr Heil in der Flucht, doch hatten sie sich verrechnet. Der erzürnte Familienvater hielt die eine, sein Ältester die andere fest, und nun gab es ein Hin- und Hergeschimpfe, ein Fragen und Rufen, bis die Nationale der beiden Mädchen endlich festgestellt waren.

Ich freute mich in meiner schwarzen Seele und wanderte mit bedeutend erheitertem Gemüte weiter. Auf der Theaterstraße sah ich wieder so ein Gefährt. Ein spiederiges, mageres Ding schob den Wagen. Sie interessierte sich sehr für alle Läden und fuhr, da sie auf der linken Seite war, falsch. Infolgedessen mußten alle Menschen, die ihr begegneten, ihr ausweichen. In der Königstraße sah ich sieben Ehestandslokomobilen auf einmal. Stellenweise war die Passage auf dem Trottoir völlig gehemmt dadurch. Ausweichen gab es nicht, ganz gleich, wer auch ankam. Alles mußte den Mädchen aus dem Wege gehen, denn sie selber taten es nicht. Viele Leute sah ich, die die Stirn runzelten, wenn sie gezwungen waren, von Trottoir zu gehen, manche knurrten auch etwas von »Frechheit und Unverschämtheit«, aber nur ein einziger Mensch, seines Zeichens ein Hausdiener, hatten den Mut, nicht auszuweichen, sondern blieb stehen und apostrophierte sein vis-a-vis mit den Worten: »Na, du Döllmer, hest'e Sand in Ogen?« worauf die kugelrunde, dickarmige Kleine sich endlich bequemte, ihm Platz zu machen.

Am schönsten war es aber in der Eilenriede. Ich setzte mich ziemlich vorne auf eine Bank, steckte mir eine Zigarre an und nahm ein Notizbuch heraus, in das ich in kurzer Zeit folgende Notizen schrieb:

Nr. 1. Drei auf einmal nebeneinander. Erzählen sich was. »Du Stine geiht nich mehr mit den Swatten, sei hett'n anneren.« Eine Familie, die ihnen begegnete, ist gezwungen, an den Seiten des Weges Front zu machen, bis die Kavelkade vorbei ist.

Nr. 2. Rothaarig, sommersprossig, mehr Knochen wie Fleisch. Abssätze schief, Haar unordentlich. Fährt falsch, an den linken Seite. Zwingt eine junge Dame, die ihren sehr elend aussehenden, anscheinend auf der Genesung befindlichen Vater am Arm führt, zum Ausweichen und veranlaßt zwei ältere Damen, die vor ihr gehen, nach rechts und links auseinander zu prallen. Als die eine sagt: »Das ist doch stark.« lacht sie frech.

Nr. 3. Groß, dick, dumm aber gutherzig. Beugt sich mit ihrem dicken roten Kopf über das Kind und fragt: »Wo hat du denn dein Flaschen?« Schiebt dabei einen Studenten hinten eins vor. Wird blau vor Scham, als der Studio sie dafür mit strenger Miene in den Wurstarm kneift.

Nr. 4. Mimma heißt sie. Schiebt Sportwagen. Schwarzhaarig, temperamentvoll. Fährt wie toll los. Alles rennt, rettet, flüchtet. Schließlich Kontretanz zwischen ihr und zwei Krankenschwestern, die nicht wissen, wo sie hin wollen. Sieht zu blödsinnig aus, dieses Hin- und Herhopfen.

Nr. 5. Zwei nebeneinander. Eine kleine Stupsnase, Plappermaul. Die andere groß und still. »Ne, so dumm bin ich nicht. Die ganze Nacht aufsitzen, wenn der Panzen bölkt! Fällt mich nich ein. Da muß man se in de Augen pusten, dann hört's auf.« Erfahrene junge Dame. Schläfrig sagt die andere: »Doktors Ida gibt se denn immer Schnaps ein.« Aber davon will die andere nichts wissen. »Ne, das mach ich nich. Das riecht man. Und denn könn' se von dot bleiben. In den Augen pusten is's Beste.« Sie schieben vorüber und zwingen einen Offizier und dessen Gattin, ihnen höflich Platz zu machen.

Nr. 6. Dickes Trampel, sogenannter Feger. Gnade dem, der sie als Frau kriegt. Handschuhnummer 8 3/4. Schiebt drauf los, als gelte es, einen Rekord zu brechen. Natürlich immer links. Einer Dame ins Kleid. Es rascht, aber es klatscht auch. An die Unrechte gekommen. Die eine hat einen Riß im Kleid, die andere a tempo eine Backpfeife: »Passen Se auf, daß ich Se verklage. Dazu häöben Se kein Recht. Die Kläötern kann ich nicht bezäöhlen. Ich will Se schon zeigen, was das heißt.«

Nr. 7. Gedankenlos schiebt das Mädchen gegen einen Krankenfahrstuhl, in dem eine kreidebleiche Frau liegt. Der Fahrstuhl muß plötzlich ausweichen. Der Ruck spiegelt sich in dem Gesicht der Kranken als schmerzliches Zucken um dem Mund wider.

Nr. 8. Ein junges Ehepaar. Sie werden gezwungen, sich auf einige Zeit zu trennen, denn ein Mädchen schiebt direkt auf sie los.

Nr. 9. Zwei alte Herren. »Au, Mädchen, hast'e denn keine Augen?« - »Ach entschuldichen Se, ich hab's nich gesehen.« Hat dem alten Herrn, der sich hinten auf den Stock beim Plaudern stützte, den Stock weggefahren. Beinahe wäre er gefallen.

Nr. 10. »Ich laß mich gerade so eins machen. Weißt'e so unten herum mit'n schrägen Besatz, und die Bluse mit großem Kragen.« Dabei fährt sie mir gegen die Knie, während ihre Kollegen eine junge Dame stark schrammt, wobei das Kind mit seinem schmierigen Lutschring an dem hellen Jakett entlang streift.

Nr. 11. Hält sich rechts, paßt auf. Benimmt sich überhaupt gar nicht wie ein Kindermädchen. Wird wohl geisteskrank sein.

Nr. 12. »Laß doch endlich das Blärren sein. Wenns de nich still bist, dann kriegst'e aber eins an'n Kopp.« Merkt in ihrer Wut nicht, daß sie einen ehrbaren Herrn mit dem Schirm, den sie in der Hand hat, so vor den Leib gestoßen hat, daß er alle Würde verliert.

Ich gäbe noch mehr notiert, aber ich glaube, das genügt Ihnen, um einzusehen, daß ich recht habe, wenn ich verlange: nicht nur die Radfahrer, die Droschken, die Reiter und die Lastwagen sind der Fahr- und Reitordnung zu unterstellen, sondern auch die Kinderwagen.

Die aber am meisten.

Und wenn es eine Gerechtigkeit auf der Welt gibt, dann muß sie der Nummerzwang eingeführt werden.

Schützenfest

> Na, Kinder, habt ihr auch Moneten?
> Denn morgen ist ja Schützenfest,
> Manch runder Taler geht dann flöten,
> Manch Zwanzigmarkstück kriegt den Rest.
> Wer brav gespart im Monat Juni,
> Für den jetzt schöne Tage blühn;
> Wer nicht, der muß mit Uhr und Mantel
> Zum städtischen Versatzamt ziehn.
> Denn hingehn tun wir ja doch alle,
> Sagt man vorher auch: »Ich geh nicht hin!«
> Auf einmal ist man auf dem Platze
> Und in dem dicksten Trubel drin.
> Und ist man heute dagewesen,
> Dann ist man morgen wieder da,
> Und übermorgen ist es grad' so,
> Du lieber Gott, das kennt man ja!

Der Weg zum Schützenfest ist mit einer Unmenge guten Vorsätzen gepflastert. Und diese heißen: Erstens gehe ich zu so was überhaupt nicht. Und zweitens nicht zum Freischießen. Und drittens: wenn ich überhaupt hingehe, so bloß der Wissenschaft wegen. Und viertens will ich bloß einmal über den Platz gehen. Und fünftens: wozu soll ich mein Geld verplempern? Und sechstens: eine Schützenbraut lege ich mir nicht zu? Und siebentens: wenn mich meine Bekannten sehen ... usw. uns. uns.

Aber gute Vorsätze sind kein haltbares Pflaster, und die guten Erinnerungen bleiben immer fester in der Seele backen, wie die schlechten. Und man vergißt das enorm negative Finanzresultat des vorigen Jahres, man vergißt die unangenehme Geschichte vom Promenadenkonzert, als man in voller Couleur soeben zwei Damen grüßte, von einer äußerst gesund aussehenden Donna mit strahlenden Augen und einem Klaps auf die Schulter begrüßt wurde unter folgenden Worten: »O Gott Minsche, wo büste denn gewesen? Seit'n groten Scheiten hebb eck deck nich mehr esehn!« Man vergißt die unangenehmen Briefe seines alten Herrn, die er wegen der erbetenen Extraumlage schrieb, man vergißt die durch gewisse Umstände erzwungene vereinfachte Lebensführung und die damit verbundene stramme Haltung und denkt nur: Na, du wirst dieses Mal vorsichtiger sein. Ach ja, so denkt man. Aber, das Leben auf dem großen Schießen ist schön, aber teuer; manchmal ist es auch nicht so teuer, dann ist es aber auch nicht so schön. Wer auf den Schützenhof geht mit dem Vorsatz, solide zu sein, der soll da nur wegbleiben. Er amüsiert sich nicht und ärgert andere bloß durch sein hochwohlweises gesiebt. Ent-oder-weder, ist hier die Losung. Entweder, man macht es mit, oder man macht es nicht mit. Ein Mittelding gibt es nicht. Das hab ich durch langjährige Erfahrung herausbekommen. Und damit junge, unbedarfte Leute, die den Betrieb dort noch nicht genau kennen, wissen, was sie tun müssen, um sich gut zu amüsieren, so will ich ihnen zur Beherzigung empfehlen folgende erprobte

Lebensregeln für das Freischießen
(Ohne Garantie für die Befolger)

§ 1. Tue Geld in deinen Beutel.

§ 2. Und abermals.

§ 3. Und noch einmal.

§ 4. Und so du eine Tante hast oder einen Onkel, die anpumpfähig sind, erschlage sie vor dem Feste, damit sie nicht durch das Fest in Zahlungsschwierigkeiten kommen und dich nicht etwa um deine gerechten Ansprüche betrügen.

§ 5. Versetze deine Uhr, damit sie dir nicht gestohlen wird.

§ 6. Lasse aus demselben Grunde deine Kleinodien im Versatzamte. Die Pfandscheine übergib einer Bank, du könntest sie verlieren.

§ 7. Lasse dir von einem geschickten Schlosser eine trichterähnliche Sache um das Schlüsselloch deiner Haustür machen.

§ 8. Desgleichen um das der Korridortür.

§ 9. Und der Stubentür.

§ 10. Sei vorsichtig in der Wahl deiner Schützenbraut. Laß dir Schillers Glocke in den Ohren klingen: »Drumm prüfe, wer sich usw...« und »Der Wahn ist kurz, das Schießen lang...«

§ 11. Nimmt dir am Morgen nie vor, abends nicht wieder hinzugegen. Zweck hat's doch keinen.

§ 12. Spiele nicht in der Lotterie. Bist du ein Junggeselle, so gewinnst du doch bloß eine Wringmaschine oder einen Kinderwagen, oder eine Lutschpulle.

§ 13. Kannst du nicht reiten, so gehe zu Haberjahn ins Hippodrom; du glaubst gar nicht, wie viel Menschen du eine Freunde damit machst.

§ 14. Wird dir schlecht, so fahre Karussell oder gehe in die russische Schaufel. Dann wird dir noch schlechter.

§ 15. Beklage dich nie, wenn du ein halbvolles Glas Bier kriegst. Es geschieht zu deinem Besten.

§ 16. Hast du ein Glas Bier mir einer Mark bezahlt und kriegst nichts heraus, so sei dem Zufall dankbar, daß es kein Taler war.

§ 17. Trinke schon am ersten Tage Sekt; am zweiten geht es nicht mehr.

§ 18. Kaufe jeden Blödsinn, den die Hausierer dir anbieten. Was Vernünftiges gibt es ja doch nicht.

§ 19. Küsse keine von den bayerischen Biermamsellen; es macht wirklich keinen Spaß.

§ 20. Nenne einer dieser Damen nie deinen Namen: sie haben ein fabelhaftes Gedächtnis und halten sich vielleicht an dich, weil dein Urgroßvater ihnen die Ehe versprochen haben soll.

§ 21. Begegnest du einem Gläubiger, so rücke nicht aus, er hat kein Recht, dich hier zu mahnen.

§ 22. Ziehe kein Lackstiefel an, wenn du im Rundteil tanzen willst.

§ 23. Und keinen Frack.

§ 24. Und den *Clapeau chape* hast du auch nicht nötig.

§ 25. Bestelle dir um zwölf Uhr keine Droschke zur Heimfahrt, denn du bleibst doch länger.

§ 26. Sage zu deiner Schützenbraut, du seist kurzsichtig. Es ist nach dem Fest oft so ganz angenehm.

§ 27. Sieh dir in den Häusern, wo du verkehrst, sehr genau die Gesichter der Stubenmädchen und Köchinnen an und fliehe sie auf dem Fest. Nachher übermannt sie die Erinnerung und sie schüttet dich voll Bratensauce.

§ 28. Schreibe deine Festausgaben nicht an. Wozu willst du dich ärgern!

§ 29. Hast du einen Onkel, so nimmt ihm mit. Hast du eine Tante, so laß sie da.

§ 30. Vermeide es, deinen Vorgesetzen zu begegnen: sie wollen nicht bemerkt werden.

§ 31. Bezahle nie sofort, sonst mußt du beim Fortgehen noch mal bezahlen.

§ 32. Werde nicht rot, wenn dich eine bayerische Kellnerin duzt; die Umsitzenden denken, sie sei deine Großtante.

§ 33. Dein Papiergeld wechsele nicht vorher; es wird schon so klein werden.

§ 34. Trage den Geld lose in der Tasche; das ewige Portemonnaieaufmachen macht müde.

§ 35. Tanze nicht mehr, wie du kannst.

§ 36. Laß dir Straße und Hausnummer in das Jackettenfutter nähen, du könntest beide vergessen. Aber nicht in den Hut.

§ 37. Ziehe Zugstiefel an; Knöpf- und Schnürstiefel sind am anderen Morgen schlecht aufzukriegen.

§ 38. Bezahle deinen Mittagstisch für den Juli im voraus; essen muß der Mensch.

§ 39. Nimm keinen Regenschirm mit; du verhagelst doch.

§ 40. Wundere dich nicht zu sehr, wenn du auf einer Pritsche aufwachst; du bist dann auf dem Brande.

§ 41. Hast du am Morgen nach den Ballsonntag furchtbares Kopfweh, Schwindel, kein Geld, Mattigkeit und Übelkeit, so glaube nicht, daß du die Influenza hast.

§ 42. Vermeide es an diesem Tage, in dein Portemonnaie zu sehen, dir könnte noch schlimmer werden.

§ 43. Lasse dich auch nicht photographieren.

§ 44. Daß du dich nicht mit deiner Schützenbraut photographieren läßt, ist selbstverständlich.

§ 45. Trage die nächsten Tage nicht denselben Anzug, den du auf dem Schützenhof anhattest, dagegen eine blaue Brille.

§ 46. Beherzige meine Worte und schimpfe nicht, wenn es dir infolgedessen schlecht geht.

Der dicke Pilz

Er kam nach Hannover mit großen Rosinen,
Und machte gleich zehn Filialen auf;
Er gab *en detail* alles grade so billig,
Wie andere kaum im *en gros*-Verkauf.
So billig wie er gab niemand die Seife,
Und Käse und Butter und Zucker und Reis,
Drückte zu Boden die Kleinen und Schwachen,
Und brachte um sie gleich massenweis'
Stolz sah er sich um, ein König des Tresens,
Ein Kaiser im Matererialwarenreich,
Sie kamen gelaufen, die alle nicht werden,
Und kauften das schlechte und billige Zeug.
Er träumte von glänzenden Riesengeschäften.
Auf einmal da hat es ganz greulich gekracht:
Es war wirklich glänzend; vor einigen Tagen
Hat er eine glänzende Pleite gemacht.

Da gestern Nachmittag das Wetter so schön war, daß es eine Sünde und Schande gewesen wäre, hätte ich mich im Zimmer verflüchtet, so ließ ich, leichtsinnig, wie ich mich nun einmal habe, Plauderei Plauderei sein und bummelte durch die Eilenriede. Dort habe ich einige Stammplätze, die ich immer wieder aufsuche. Einer davon ist an einem Grabenrande. Ich bin dort ziemlich sicher, keinem Menschen zu begegnen, was ab und zu auch sein Gutes hat, und kann dort den Wasserkäfern zusehen und den Schwebefliegen, und so intensiv an nichts denken, als es mir gerade paßt. Hier am Grabenrande wächst eine junge Eiche. Ich kenne sie ganz genau, da ich sie selbst gepflanzt habe. Ich freue mich über jedes neue, grüne gelappte Blättchen, das sie sich zulegt, über jeden halben Zentimeter, den sie höher wird.

Als ich neulich ihr wieder einen Besuch machte, kam neben ihr etwas Kleines, Weißes aus der Erde. Ich achtete kaum darauf. Nach zwei Tagen war ich wieder da. Das Kleine, Weiße war etwas Großes, Weißes geworden, ein ganzer unverschämter dicker Riesenpilz, der meine lüttje Eiche schon ganz schief gedrückt hatte. Ich schob schon die Stiefelspitze vor, um den schwammigen Protz in den Graben zu befördern, aber ich zog den Fuß zurück. Eiche ist Eiche, dachte ich, und Schwamm ist Schwamm. Als ich nach einigen Tagen wieder hin kam, da war von meiner Eiche kaum noch etwas zu sehen, so viel Filialen hatte den Pilz um sich gegründet. Wieder schob ich den Fuß vor, wieder zog ich ihn zurück. Und als ich gestern hinkam, da sah ich ein, daß ich richtig gehandelt hatte. Meine Eiche stand da noch und um ihre Wurzeln faulte der Pilz mitsamt seinem großen Filialwesen und düngte ihre Wurzeln. Eiche bleibt Eiche, Schwamm wird Dünger.

Als ich dann in den Zoologischen kam, da hörte ich, daß in Hannover ein ähnlicher Fall vorgekommen sei. Auch dort hatte sich ein Pilz breit gemacht, hatte Filiale auf Filiale entwickelt, hatte viele gesunde kleine Eichen zur Seite gedrückt, einige getötet, andere geschwächt, bis ihm sein eigenes Gewicht zu schwer wurde, bis sein schwacher Stiefel den Riesenhut nicht mehr tragen konnte, bis er umsankt und seine Filialen mit sich riß in die Fäulnis, in den Konkurs, und mit seinem zerfließenden Leibe, dem verlorenen Kredit, der jungen, lange von ihm geschädigten Eichen Wurzeln düngte.

Ist das nicht ebenso lächerlich wie abgeschmackt? Da kämpfen hundert kleine Kaufleute in Hannover den bitteren Kampf ums Dasein. Jede hundert Mark Kredit wird ihnen blutsauer, und um jeden Kunden müssen sie buhlen, fleißig den Hut in der Hand haben, und jeder Köchin süße Worte und süße Boltchen verehren. Und da kommt ein Herr Unbekannt aus Dingsda bei Soundsokirchen, macht eins, zwei, drei, eins, zwei, drei, zehn Geschäfte auf, kündigt an, bei ihm bekomme man alles unter Einkaufspreis - und er hat Kredit wie eine alte Firma und Kundschaft wie Heu! »Häöb'n Se schon gehört, Frau Meyer, drei Pfund Soda für zehn Pfennig!

Und vier Harzkäse für zehn Pfennig! Und vierundzwanzig Eier für 'ne Mark und für Butter bloß eine Mark und für Mettwurst bloß achtzig Pfennig!« Und nun geht das Gerenne um den Pfennig los, man vergißt das alte, solide Geschäft in der Straße, in der man wohnt, und rennt nach dem Spektakelladen und kauft alles zum zwei bis zwanzig Pfennige billiger und - schlechter natürlich. Und man ist gar nicht entrüstet, wenn die überlaufenen Ladenmädchen einen schnippisch behandeln, spart man doch drei Pfennige, und schmeckt nachher auch alles nicht, knurrt der Vater auch und ißt dafür im Wirtshaus, schadt't nichts, macht nichts, 's ist alles einerlei - fünf Pfennig sind gespart.

Frau Döllmer, meine liebe, alte, gute Wirtin war natürlich von der neuen Geschichte hin. Sie hatte sich aus- und mir vorgerechnet, daß sie, wenn sie ein Jahr in den neuen billigen Geschäften gekauft hätte, soviel dabei verdient haben müßte, um sich eine ganze neue Pelzgarnitur von den Ersparnissen kaufen zu können. Den Segen des billigen Einkaufes spürte ich zuerst an meiner eigener Haut. Ich kam staubig von der Bahn und begab mich ins Badezimmer. Ich freute mich, daß auf dem Bört große Stücke Seife lagen. Sonst war die alte Dame damit immer mächtig sparsam und legte mir immer so lüttje Seifenprümmel hin, nicht größer wie ein Pfefferminzplättchen, die mir alle naselang wegwitschten. Ich nehme also meine Seife und will sie zum Schäumen veranlassen. Fiel ihr gar nicht ein; sie reagierte einfach sauer und schäumte ebenso wenig wie ein Stück Koks. Ich quälte mich ab mit ihr, bis ich schwitzte, sie nahm überhaupt kein Wasser an und bildetet noch nicht einmal drei Schaumperlen. Ich schlug sie mit großer Mühe und dem eisernen Stiefelknecht klein, hielt sie unter den Warmkran, aber sie schäumte genau so stark wie ein Kieselstein. Ich fing an zu brüllen durch das Schlüsselloch: »Frau Döllmer, was ist denn das für 'ne Weise von 'ner Art von 'ner Sache! Ich rufe nach Seife und Sie geben mir Granit oder Porphyr oder ein anderes vulkanisches Gestein! Bringen Sie die Kieselinge sofort nach dem Provinazialmuseum, solche sind in der mineralogischen Abteilung noch nicht!« Damit machte ich die Türe etwas auf und warf die Bescherung auf den Vorplatz, um mich dann ohne Seife zu baden.

Und mich zu versöhnen, hatte sie mir den Abendtisch ganz besonders lecker hergerichtet. Der Tee dampfte, Mettwurst und Käse schimmerten und eine große Dose Keks setzte dem Ganzen die Krone auf. Ich warf mir Zucker in den Tee, es klang, als wenn man einen Stein hineinwarf. Ich rührte, kein eine Amalgamierung von Tee und Zucker andeutendes Bläschen steig auf. Ich holte den Zucker mit dem Löffel heraus - er war in den kochenden Tee genau so vierkantig und intakt geblieben, wie ein Zwanzigmarkstück in Salzsäure. Ich gab ihn der Katze, aber sie biß nur einmal zu, hielt dann unter kläglichen Miauen den Stert piel in die Höhe und kletterte unter allen Anzeichen von mit größten Antipathie gemischter Todesangst auf meinen Bücherschrank und starrte mit gesträubten Haaren auf den zuckerähnlichen Edelstein.

Ich trank meinen Tee ohne Zucker und schmierte mir eine Butterstulle. Hm, merkwürdig, was ist denn das für Butter? Die hat ja'n Stich. Aber die Mettwurst sieht gut aus. Schade, sie schmeckt etwas nach Seife. Das Fett in ihr ist ranzig geworden. Schade, daß ich das nicht eher gewußt habe, hätte mich fein damit waschen können!

Daß ich nach diesen Erfahrungen mit einer ganz besonderen Vorsicht an den Käse ging, können Sie sich denken. Ich wollte ein Stück abbrechen, vermochte es aber nicht. Ebenso gut kann man ein Stück Leder zerbrechen. Ich wollte ihn schneiden - es ging nicht. Ich klemmte ihn in die Tischschublade und zog auf der anderen Seite: er war nicht kaput zu kriegen. Da wickelte ich ihn ein. Ich nehme ihn morgen nach meinem Schuster mit und lasse mir meine Stiefel damit besohlen.

Na, es sind ja noch Keks da, dachte ich. Mit Keks bin ich verwöhnt. Unsere Hannoverschen Keks können sich sehen und essen lassen. Die, die mir meine sorgliche Wirtin aufgetischt hatte, machten aus Bescheidenheit nur auf erstere Eigenschaft Anspruch. Sie fielen entweder im Munde zu einem trockenen Pulver zusammen, oder waren nicht zu bewegen, sich in ihre Moleküle aufzulösen. Ich werde bei dem großen Ausverkauf alle Keks ankaufen und aus der einen Sorte Streusand, aus der andere Küchenfliesen machen.

Die Seife hatte meine Wut erschöpft. Die Speisen ärgerten mich nicht mehr, sie interessierten mich nur. Ich zog mich an und wollte meiner Wirtin eröffnen, daß ich auf ihre Kosten bei Kasten speisen wolle, doch als ich bei ihr anklopfen wollte, hörte ich ein gottesjammerförmiges Stöhnen. Ich dachte schon, sie hätte aus unglücklicher Liebe an Zyankali geleckt oder an Schwefelhölzern gelutscht, und riß die Tür auf - da saß sie vor dem Lederlehnstuhl, den Kopf hinüber, bleich wie ein Vorhemd und die Stirn voll Angstschweiß. Ich schleppte sie auf das Sofa, benetzte sie mit Eau-demille-dausend-fleurs und fragte sie, was ihr passiert sei. Und da kam es heraus - die Unglückliche hatte von dem Käse, der Wurst und dem Keks gegessen, den sie mir vorgesetzt hatte. Na, drei Chateau Niemeyer brachten sie wieder hoch; heute geht es ihr schon besser, und der Arzt sagt, Lebensgefahr sei jetzt ausgeschlossen. Nun denken Sie mal, was die Frau für 'ne Natur hat.

Man muß das Eisen schmieden, so lange es warm ist. Ich habe ihr eine Standpauke gehalten, die nicht von Papiermachee ist. Frau Döllmer, sprach ich, das haben Sie von Ihrer Sparerei! Das Geld ist fortgeworfen, Sie haben sich den Magen verkorkst, der Doktor ist auch nicht umsonst, die Pelzgarnitur gibts nicht - sehen Sie, verehrteste Donna, das kommt von dem Grundsatze, billig zu kaufen. Und nun sehen Sie bloß zu, daß all das Zeug in das Herdfeuer kommt - passen sie aber auf, ob es wirklich verbrennt, denn das ist auch noch nicht ganz sicher - damit ja die Katze nicht daran kommt und der Mops, denn sonst bekommen Sie es mit dem Tierschutzverein zu tun! Und dann heben Sie die Finger hoch und schwören Sie mir, nie wieder da zu kaufen, wo alles billiger ist als anderswo! Sehen Sie, wenn Sie nicht selbst davon gegessen hätten, so würde ich Sie wegen Mordversuchs anzeigen. Seitdem ich neuerlich einmal die kleine Dorette aus der Paterreetage in das Dickärmchen gekniffen habe, kommen Sie mir überhaupt so sonderbar vor. Aber wer weiß, vielleicht hatten Sie einem Doppelmord vor!

Na, letzteres war nur Ulk, aber Ulk verträgt sie am wenigsten. Aber sie schwor mir, von jetzt ab nur in reellen Geschäften zu kaufen.

Ob sie's halten wird? Jedenfalls so lange, bis sie besser ist.

> Sie saßen beim Kaffee im Listerturm,
> Es ging die Zeitung von Hand zu Hand,
> Es interessierte die hübschen Köpfchen
> Sehr ein Artikel, der darin stand.
> »So hört bloß zu: eine Eheschule
> Errichtet im Neuyork eine Frau;
> Na, Kinder, wie findet ihr den Gedanken?
> Ich finde ihn geradezu brüllend schlau.«
> Das gab ein Gekicher, das gab ein Getuschel,
> Sie redeten alle auf einmal los;
> Nur eine von ihnen sagte erst gar nichts,
> Und die war dick und blond und groß.
> Und als sich die lauten Wogen legten,
> Da sprach sie: »Was viel mehr uns frommt,
> Das ist eine Schule, in der wir lernen,
> Wie man überhaupt einem Mann bekommt.«

Daß es eine Frauenfrage gibt, ist klar, aber noch klarer ist es, daß es schon viel länger eine Männerfrage gegeben hat. Man braucht nur an einem schönen Frühling-, Sommer- oder Herbstnachmittag in den Zoologischen Garten, oder nach Bella-Vista, oder überhaupt irgendwohin zu gehen, wo es Kaffee mit oder ohne Schlagsahne gibt. Da sitzen sie, die Mütter und Tanten, die holdseligen Töchterchen und Nichten neben sich, und warten, ob das Geschick sich nicht erfülle. Und man sucht dem Schicksal behilflich zu sein dadurch, daß man an seinem Tische einen oder zwei Plätze frei läßt. Kommen dann andere Damen und wollen die Plätze einnehmen, oder ältere Herren oder solche mit glatten Ringen an den Fingern, dann sind die Plätze besetzt, und hartherzig läßt man die Wandermüden abziehen. Aber nahen sich junge Leute in dem Alter, daß es sich schon lohnt, und sehen sich verzweifelt in dem Wirrewarr von Blusen und Hüten und Gesichtern und Frisuren und strickenden, nähenden und stichelnden Händen um, dann gleitet wohl ein scheinbar unabsichtlicher Blick einladend aus mütterlichen oder tantlichen Augen nach den Augen der Platzsucher und von da nach den leeren Stühlen, und wenn dann die Jünglinge, die Hüte in der Hand oder die Finger an der Mütze, bescheiden näher treten, dann ruft ihnen kein scharfes Organ entgegen: »Besetzt!« sondern in nachlässig freundlicher Weise heißt es: »Och jäö, wir brauchen die Plätze nicht.«

Die beiden Freunde sitzen nun glücklich. Es ist doch ein bißchen genant, so bei drei wildfremden Damen zu sitzen; etwas eng sitz man auch, und fast bereuten die Herrchen schon, sich zu dem fleißigen Kleeblatt mit den zwei grünen und dem einen welken Blatte gesetzt zu haben. Anderseits, die beide Kleinen sind so niedlich, und durstig ist der Mensch, auch bei der Hitze. Also: »Kellner! Zwei Helle!« Das kommt so belegt heraus, wie immer, wenn der Mensch verlegen ist. Der Kellner enteilt und kommt wieder, die Gläser auf die Tischkante setzend. Aber schon räumt die Tante die Tassen und Teller beiseite, rückt auch mit ihrem Stuhl etwas, und das Eis schmilzt langsam aber sicher. Lindchen läßt ihr Häkelknäul fallen. Vier Hände greifen danach, aber die größeren sind flinker, und ein verschämtes »Danke!« und eine zarte Röte auf dem Wängelein lohnt den Ritter und lieblich lächelt die Tante. Sie stöhnt: »Es ist furchtbar heiß!« und die beiden Fremdlinge sind sofort bereit, ihr zu bestätigen, das »ganz kolossiv heiß« und »wirklich schauderös heiß« sei. »Aber immer noch besser, wie der ewige Regen vor'jte Woche!« Das ist selbstverständlich. Das hätte der eine bei der Felddienstübung auch gesagt. Gegen die Hitze gibt es Mittel, aber durch so hohen Schmutz zu marschieren, da wäre nichts gegen zu machen. Es wäre nur ein Glück, daß die Damen nicht auch dienen müßten. Das wäre doch zu schlimm.

Das Eis ist fort. Alles lacht. Aber die Braune meint: »Gott, das würden wir auch können. Letzten Sommer im Harz sind wir doch den ganzen Tag marschiert, und es regnete in einer

Tour!« Die beiden rauhen Krieger sind ganz erschüttert von solcher Leistung. Das sähe man den Damen nicht an, nein wirklich nicht, daß sie solche Touristinnen seien. Bei schönem Wetter könne ja jeder marschieren, aber bei Regenwetter, alle Achtung. »Darauf gestatte ich mir einen Hochachtungsschluck, gnä'ges Fräulein!« Und dann nach einer Pause: »Mein Name ist übrigens Meyr, Meyr ohne e am Ende.« Und der andere stellt sich auch vor. Er hieße Kind. Die Damen lachen. Kind klingt so ulkig für einen Herrn mit einen solchen langen Schnurrbart. Aber Meyr bemerkt: »In der Kompanie heißt er das Baby!« Na, nun kennt man sich. Es dauert gar nicht lange und man weiß, daß Herr Meyr Beamter ist - sein Vater hat ein Gut bei Dingsda, und Herr Kind ist Kaufmann. Und anderseits weiß man, daß die Damen auf Besuch bei der Tante sind. In dem kleinen Nest sei es ein bißchen sehr langweilig, die Kinder liefen Gefahr, dort zu verbauern. Jedes Jahr kämen sie ein paar Wochen nach Hannover. Die Mutter ließe sie zwar ungern weg, sie könnte sie im Hause schlecht entbehren, aber sie, die Tante, setzte doch immer ihren Willen durch. Junge Leute müßten doch etwas vom Leben haben.

»Na natürlich,« sagte das Baby und bestellt noch ein Glas Bier. Für die Damen wird es aber jetzt Zeit, zu gehen. Sie verabschieden sich hastig, als die Herrn noch halbvolle Gläser haben. Die Tante ist einen kluge Frau. Nicht überstürzen! Sonst werden sie kopfscheu. »Nein, nein,« dankt sie, »wir fahren,« und lehnt die Begleitung ab. »Nette Mädels,« sagt das Baby. »Ja« meinte der andere. »Du,« fährt das Baby sentimental fort »es tut einem doch ordentlich mal gut, wenn man mal den Gebildeten markieren kann. Diese ewige Kommißsimpelei am Stammtisch und das andauernde Kneipen macht einen schließlich zum Kaffern. Man verliert allen Schliff.« Der andere findet das auch und denkt an etwas Unbestimmtes, das aber hübsch sein muß, denn seine runden Augen sehen ordentlich träumerisch aus.

Am anderen Tage sind sie wieder im Zoologischen. Aber die Tante mit ihren Küken ist nicht da. Die beiden sind ganz starr. Sie warten zwei Stunden, aber sie kommen nicht. Sie gehen hin und sehen die Raubtierfütterung an, steigen ins Affenhaus, aber sie mopsen sich überall. Endlich schleichen sie bekümmert zum Stammtisch und zeichnen sich hervorragend durch Stumpfsinn aus.

Am dritten Tage hat nur Herr Kind frei. Meyr hat Dienst. Das Baby fühlt sich zum Zoologischen gezogen. Zwei Kameraden suchen ihn zu einem Dauerskat im Steuerndieb zu erschlagen. Aber er bleibt standhaft und springt beim Neuen Haus in die Elektrische.

Diesmal sind sie da. Er kennt sie erst gar nicht in den frischen weißen Kleidern. Vorgestern hatten sie rosa und hellblau an. Sie sehen entzückend aus. Er schlängelt sich durch die Reihen und steuert gerade auf sie los. Die Tante hatte ihn schon längst gesehen und die Mädchen benachrichtigt, aber keiner von den dreien sieht auf und sie tun alle furchtbar erstaunt, als sein langer Schatten über den Tisch fällt und er, die Hand an der Mütze, »guten Tag« wünscht und fragt, ob er Platz nehmen dürfte. Er sollte auch von seinem Freunde grüßen, der leider dienstlich verhindert sei.

Am Nebentische sitzt wieder die Familie, die neulich auch in der Nähe saß. Neidisch sieht die Mutter herüber. »Sieh', Guste, der Einjährige ist doch wiedergekommen. Mich soll nur wundern, ob daraus was wird. Vier Wochen hat die Alte mit den beiden Mädchen dagesessen und gelauert, und nun häöb'n se endlich einen. Er ist gestern wie verrückt hier rumgelaufen und hat sie gesucht. Aber gestern waren die nicht da. Sie hatten wohl noch nicht ihre Klatern gebügelt. Möchte bloß wissen, was das für Mädchen sind! Aus Hannover sind se doch nicht.«

»Nein,« erwiderte die Tochter, »und was Feines ist das auch nicht. Vorgestern häöb'n se sich kenne gelernt und heute strahlen se'n an, als ob se'n aufessen wollten. Und dabei hat er das ganze Gesicht voll Pickel. Ich glaube, es ist derselbe Einjährige, der immer im Rheinischen Hof Ganze trinkt. Weißt du, der damals zu dem Kellner sagte: »Häöben Se kein größeres Gemäß als diese Vogelnäpfe?«

»Tjäö,« meint die Mama, »das wird wohl so 'ne Sommerliebschaft werden. Er wird jeden Tag bei ihnen für'ne Mark fünfzig Aufläöge essen und für'ne Mark Flaschenbier trinken, und wenn er sein Jahr hinter sich hat, dann is'r wege.«

»Na,« meint das Töchterchen, »danach sieht die Alte nicht aus. Das ist auch bloß Trick gewesen, daß sie gestern nicht da war. Sie mal still. Hörste's was sie sagt?« Aufmerksam spitzen sie, auf die Handarbeit gebückt, die Ohren. »Nein, Herr Kind, morgen, das geht nicht. Jeden Tag können wir nicht hierher. Morgen haben wir Plättetag. Ich meine, junge Mädchen müssen alles können. Man kann nie wissen, wozu sie es nötig haben. Meine Tochter hat alles gelernt, von Kartoffelschälen und grobe Wäsche waschen bis zur Buchführung und Sprachen. Mein seliger Mann wollte es so. Na, und sie hat es gebrauchen müssen anfangs. Die ersten Jahre hat sie arbeiten müssen, daß sie nicht zur Besinnung kam, im Hause und im Geschäft. Das Geschäft ging schlecht, und ihr Mann konnte sie als gute Korrespondentin und Buchhalterin gebrauchen. Bis es dann auf einmal besser ging. Jetzt hat sie 3 Mädchen und braucht sich um nichts zu kümmern. Aber geschad't hat's nichts.«

Herr Kind ist ganz erschüttert. Donnerja! Wenn er fertig ist mit seinen Jahr, will er sich selbständig machen. Das wäre ja famos, solche Perle als Frau. Aber am Nebentisch sehen sich Mutter und Tochter an, und die Tochter flüstert: »Ach, jetzt weiß ich auch, wer das ist. Das ist ja die Meckler, die immer in Bellavista saß. Vier Bräutigams hat die Tochter gehabt. Erst'n Studenten, dann'n Kaufmann, dann'n Ingenieur, und zuletzt wieder'n Kaufmann. Den behielt se glücklich. Die und Buchführung! Über ihre Liebhaber hat sie wohl doppelt Buch geführt! Und Sprachen! Die Augensprache, die konnte sie aus dem ff! So wie ein junger Mann sich seh'n ließ, klapperte sie gefährlich mit den Augen.«

»Änne, du wolltest doch deinen Hermann besuchen,« meint drüben die Tante. Herr Kind erblaßt und seine Bickbeerenaugen gehen ängstlich von einem Gesicht zum anderen. »Woll'n Sie mit?« fragt Änne. Er weiß eigentlich nicht, was kommen soll, aber er will auch nicht fragen, wer Hermann ist. So zottelte er mit. Linchen und die Tante sehen sich mit verständnisvollen Blicken an.

Ännchen steuert auf den Bärenkäfig zu. »Hermann, Hermann,« ruft sie mit ihrer hellen Stimmen. Ein dicker, langhaariger Kopf taucht auf und eine lange Schnauze schiebt die Unterlippe löffelförmig durch das Gitter. Es ist Hermann, der Lippenbär. Das Baby seufzt erleichtert. »Also das ist Ihr Hermann?« Die Kleine lacht: »Ja, was dachten Sie denn?« Der große Mensch wird rot. »Ich dachte schon, es sei jemand, der Ihrem Herzen teuer wäre!« Die Kleine wird rot. »Das ist er auch; er ist so drollig, der Dickkopf,« und damit wirft sie, sich vorbeugend, daß unter dem weißen Kleidchen eine zierliche Wade sichtbar wird, dem Bären ein Stück Zucker zu. Und dann, über die Schulter sehend, meint sie: »Oder glaubten Sie, daß ich sonst wen suchte?« Der arme Kerl ist völlig fertig. Wie sie da über der Balustrade liegt und ihn über die Schulter ansieht, das hält sein Kriegerherz nicht aus. Seine Stimme wird etwas heiser, als er flüstert: »Ja, ich fürchtete es beinahe!« Da lachte sie und wird dann ganz rot, sagt aber nichts, als seine Hand fest die ihre umspannt, wie er ihr behilflich sein will, mit dem Sonnenschirm das hineingefallene Stück Kuchen aufzuspießen.

Als sie wieder am Tisch angekommen, ist Meyr auch da, und zwar mit zwei dicken Veilchensträußen. Er neckt das Baby, weil dieses daran nicht gedacht hätte. Sie müßten den Damen doch danken dafür, daß sie ihnen Unterkunft gewährt hätten. Eigentlich müßte er ja etwas verlangen, daß er gestern vergeblich mit dem Baby hier heraus gefahren sei. Das Baby hätte geweint, als die Damen nicht dagewesen wären.

Heute geht man schon gemeinsam heim.

Am nächsten Sonntag schmeißen sich die beiden Krieger in Wichs und steigen nach der Hildesheimer Straße. Auf ihr Klingeln öffnet ihnen Ännchen. Sie hat ein blaues billiges Waschkleid an und eine weiße Küchenschürze um. Um den Krauskopf hat sie ein Küchenhäubchen, die Arme sind bloß. »Acherje!« ruft sie, als sie aufmacht, »ich dachte, es wäre der Milchmann!« Dann ruft sie die Tante. Zehn Minuten führt die die Unterhaltung, dann ruft sie den Mädchen rein. Linchen hat ein graues Waschkleid an. An einem ihrer runden Ellenbogen sitzt ein bißchen Mehl. Herr Meyr ist ganz alle. Er vergißt ganz den Reserveleutnantston beizubehalten. Er ist gar kein Grüner, aber es ist die alte Gesichte: ein Häubchen und ein Küchenkleid und ein weißes Schürzchen, das ist doch die gefährlichste Tracht. Na, und das Baby, das macht ein

Gesicht, als hätte es eben sein Leibgericht gegessen. Er läßt kein Auge von Änne und gibt ihr beim Abschied so zärtlich die Hand, daß er selbst darüber erschrickt. Beim Mittagstisch, uzen sie sich gegenseitig mit ihrer Verliebtheit.

Abends essen sie aber bei der Tante. Das Baby schwärmt beim Heimwege von dem Segen der Häuslichkeit, und als er in der Kulmbacher das zehnte Glas binnen hat, kriegt er das heulende Elend und will durchaus nicht in seine ungemütliche Bude, wo, wie er sagt, der Geist der Verlassenheit auf allen Stühlen sitzt.

Das übrige tut ein Ausflug nach Niedersachsen. Man regnet im Walde ein. Das Baby bringt wirklich die verheißungsvolle Frage heraus. Nicht lange darauf geht auch Meyr mit Line Arm über die Schorsestraße.

Im Zoologischen sieht man die Tante nicht mehr.

»Sie haöb'ns jetzt nicht mehr nötig,« seufzt die Tochter vom Nebentisch.

»Ich wollte, ich könnte das auch erst säög'n,« meint die Mama.

Und knurrig ruft sie einem alten, pustenden Herrn, der nach dem freien Stuhl fragt, ihr »Bisetzt« zu.

Die Gesundbeterin

Mit Gebet und Handauflegen
Heilten die Apostel schon,
Sie auch könnt' das, sagte immer
Die Frau Günther-Peterson.
Und man kam in hellen Haufen,
Arm und reich und groß und klein,
Jeder wollte für drei Meter,
Gern gesund gebetet sein.
Das Geschäft ist gut gegangen,
Bald konnt' sie's nicht mehr allein,
Und sie stellte als Gehilfin
Noch ein junges Mädchen ein.
Denn sie mußte zuviel beten,
Und es sucht im Blatte schon
Einige stramme Dauerbeter
Die Frau Günther-Peterson.

Wahrhaftig, es ist anstrengend, von Morgens bis in der Nacht zu beten, sagte mir die Dame, als ich sie besuchte. Es strengt wirklich zu sehr an. Früher, als das Geschäft noch nicht so gut ging, kam ich mit zwanzig bis dreißig Vaterunsern nach der Angabe von Mrs. Eddy bequem aus. Wenn sich die Rationen etwas verteilt, zehn zwischen dem ersten und zweiten Frühstück, fünf vor und fünf nach dem Mittagessen und zehn vor dem Abendbrot, dann geht das. Aber was drüber ist, das ist vom Übel. Besonders nach dem Mittagessen bekommt es gar nicht. Man schläft dann erstens leicht und vergißt, wieviel man erledigt hat, und kann wieder von vorn anfangen, denn Reellität ist die Grundlage eines jeden Geschäftes, zweitens aber führt es zu Verdauungshemmungen, wie jede Anstrengung gleich nach der Mahlzeit, zu Gärungserscheinungen und schließlich zu Magenausbuchtungen.

Deswegen habe ich mir später, als das Geschäft einen zu großen Umfang annahm, ein junges kräftiges Mädchen vom Lande engagiert, das neben der Hausarbeit in ihren freien Stunden die übrigen Heilgebete verrichtet. Damit das liebe Kind ein Interesse daran hat, habe ich die Arbeit in Akkord gegeben. Sie erhält pro Stück des abgelieferten Gebetes zehn Pfennige. Bei ihrem Fleiß und guten Willen hat sie es schon auf einen Nebeneinnahme von fünf bis sechs Mark den Tag gebracht. Die Kontrolle ist sehr einfach, sie geschieht durch einen von einem bedeutenden Elektrotechniker eigens für mich angefertigten Zählphonograph, der selbständig die Anzahl und Art der Gebete registriert. Herunterrabbeln gilt nicht, solche Gebete haben keine Wirkung.

Aber das junge Ding, obgleich sehr kräftig gebaut und mit einer guter Lunge ausgerüstet, und dem nötigen Stumpfsinn, wie er die Massenherstellung einen solcher Artikels erforderlich ist, fängt mir an, bleichsüchtig und hysterisch zu werden, und ich muß mich nach weiterer Hilfe umsehen. Wie ich das mache, weiß ich noch nicht. Vier bis sieben Dauerbeter kann ich noch bequem beschäftigen, aber habe keine Lust, das im Hause tun zu lassen. Ich denke, ich lasse mir noch einige Zählphonographen bauen und lasse dann die Arbeit außer dem Hause machen. Dabei spare ich Licht und Feuerung. Auch denke ich, dem schönen Beispiel der Behörde folgend, die Arbeit auf dem Wege der Submission an die Mindestfordernden zu geben. Bei der jetztigen Arbeitslosigkeit wird es mir am billigen Arbeitskräften nicht fehlen.

Ich frage die Dame, welche Stände und Klassen ihr chrirugisch-antiseptisches Gebetsverfahren in Anspruch nähmen. Alle, sagte sie, mit Ausnahme der Mediziner. Das sind die einzigen, die aus leicht begreiflichen Gründen meiner Sprechstunde und meinen Vorträgen fernbleiben. Aber ich werde sie schon kriegen. Ich werde nächstens einen Vortrag über die Wertlosigkeit der homöopatischen Fieberbehandlung durch Gebete und über den Nutzen der aseptischen Wundbehandlung durch Vaterunser halten. Damit schmeichle ich den Allopathen, und da das die meisten Ärzte sind, so werden sie für mich sein. Denn es ist doch klar, daß homöopatische

Gebetsdosen nichts helfen können, bei akuten Erkrankungen ebensowenig wie bei chronischen Leiden. Ein bestimmtes größeres Quantum ist absolut notwendig.

Ferner werde ich nächstens in meinem Institut noch wichtige Verbesserungen treffen. So werde ich eine eigene Abteilung für Gebetsmassage errichten, ich werde auf dem Wege des Gebetes Sonnen-, Licht-, Luft-, Schwefel-, Moor-, römische, irische, Dampf-, Ganz- und Halbbäder anwenden, ich werde eine Gebeträntgenstube einrichten und mich auf das Studium der Bandwurmabtreibung und Hühneraugenoperation auf dem Wege des Gebetes legen, auch mich mehr wie bisher mit Schönheitspflege beschäftigen. Haarausfall, mangelnde Zähne und verschwundene schöne Formen werde ich herbei-, Runzeln und Falten wegbeten. Ob ich das alles aber mit Menschenkräften tun kann, ist noch fraglich. Die Kontrolle wird zu umständlich. Vielleicht geht es mit arabischen Gebetsmühlen, ich muß es mal versuchen. Aber auf jeden Fall muß ich einzelne Spezialitäten mehr pflegen. Das ist zeitgemäß.

Ich erlaubte mir zu fragen, ob es wahr wäre, daß sie auch per Distanz heilen könne. Natürlich, sagte sie, die Sache ist ganz einfach. Ungefähr wie Marconis drahtlose Telegraphie. Mit schelmischem Lächeln setzt sie hinzu: So ganz ohne Draht geht es natürlich nicht. Zeigt mir ein ferner Patient durch Honorarübersendung an, daß er den ernsten Willen hat, geheilt zu werden, so richte ich mein Gebet in die Ferne und es hilft immer. Etwas heikel ist die Sache aber immer, denn man weiß nie so ganz bestimmt, welchen Fortgang der Heilungsprozeß nimmt und wann man aufhören muß mit Beten. Sie haben ja vor Jahresfrist schon über den traurigen Fall mit den alten Major berichtet, dem ich sein kurzes Bein länger betete. Er verreiste und gab mir keine Nachricht. War es da ein Wunder, daß das Bein schließlich so lang wurde, daß er nun zur Abwechslung auf der anderen Seite hinkte?

Ich verneinte galant und fragte, wie ihre Stellung zu den Apothekern sei. Schlecht, sagt sie, vorläufig wenigstens. Aber in unserem technisch so weit vorgeschrittenen Zeitalter, in dem die dünnsten Stoffe, wie Kohlensäure, Wasserstoff und Luft flüssig und die dicksten Bankiers und Aufsichtsräte flüchtig gemacht werden können, wird es auch dem Physiochemiker gelingen, das Gebet in tropfbar-flüssigen, wenn nicht gar festen Zustand zu überführen. Ist erst das gelungen, dann lasse ich Pulver und Pillen aus Gebeten fabrizieren, ebenso Salben und Pflaster, und dann wird die Antipathie der Pharmazeuten gegen meine Lehre schon abnehmen. Ich denke mir, daß Gebets-Schweizerpillen, Günther-Petersonsche Somatose, Eddysche Nervose, scientistische Wurmelilexiere und christlichwissenschaftliches Pepton rasenden Erfolg haben werden.

Ob sie auch psychopatische Kuren mache, fragte ich. Selbstverständlich. Sie heile Leib und Seele, sagte sie. Suggestion sei schließlich alles. Jede Krankheit müsse ihre Heilung vom Geiste aus nehmen. Daher rührten ihre Erfolge. Im Grunde sei alles Einbildung. Und je eingebildeter eine Krankheit sei, um so leichter sei die Heilung. Da wäre ein Fall, der sehr interessant sei. Ein junges Mädchen sei herrenscheu gewesen, weil sie sich einbildete, häßlich zu sein. Sie sei es auch gewesen, aber mit drei Gramm Gebet à drei Mark habe sie ihr das Bewußtsein davon so genommen, daß sie jetzt eine geradezu unangenehme Kokette geworden sei.

Ich bat sie, mir noch einige besonders interessante Kuren mitzuteilen. Das tat sie gern. Da wäre eine alte Frau gewesen, die hätte immer an Eisbeinen gelitten. Nach vierzehntätiger energischer Behandlung hätte die den Greisenbrand in beiden Beinen gehabt. Ein alter Mann habe furchtbar an Marasmus senilis gelitten. In ihrer Behandlung sei er so jung geworden, daß er jetzt gepäppelt werden müsse, wie ein Säugling. Ein junger Maler habe an steifem Rücken gelitten. Jetzt sei er bald soweit, daß er kgl. preußischer Akademieporfessor und Hofmaler werden könne. Ein idiotischer junger Herr sei geistig durch ihre Behandlung so gehoben, daß er schon imstande wäre, »Die Woche« vollständig zu verstehen. Ein zurückgebliebenes vierjähriges Mädchen habe nach wenigen Heilversuchen in acht Tagen Nietzsche als passé bezeichnet. Einen Trinker habe sie so gründlich geheilt, daß er in Ohmacht falle, wenn er eine leere Flasche sähe oder ein leeres Bierglas vor sich stehen habe, und ein Herr, der an Stuhlzwang gelitten habe, in fünf Minuten so geheilt, daß er wie rasend davongestürzt sei. Weit könne er aber nicht gekommen sein. Ein Arbeiter, der an Auszehrung litt, wäre zu ihr gekommen; nach acht Tagen habe er zweieinhalb Zentner gewogen und ein Fettherz gehabt, wie ein Rentier.

Auch schwere Verletzungen könne sie heilen. Man habe ihr einen alten Mann gebracht, dem von einem Wagenrad das rechte Bein zermalmt war. Sie habe ihn so gut geheilt, daß das rechte Bein viel schneller wurde als das linke. Um auch dem linken Bein zu mehr Leben zu verhelfen, habe sich der schlaue Greis auch dieses überfahren und von ihr wieder zurechtbeten lassen und er sei mit seinen jungen Beinen so sehr zufrieden, daß er dasselbe Experiment noch mit Becken, Rückenstrang, den Armen, den Hals und dem Schädel machen wollte, ohne Schmerzen zu scheuen.

Als ich mich verabschiedete, fragte ich die Dame, ob sie ihre Kunst nicht auch auf das Veterinärgebiet ausdehnen wollte. Sie lächelte und sagte; Das tue ich ja, denn was zu mir kommt, sind ja alles Esel, Ochsen, Gänse und Puten.

Sieben Schulaufsätze von Aadje Ziesenis

Die Aalenriede

(22. März 1907)

Die Aalenriede ist ein Wald, weswegen darin auch Bäume sind. Das mehrste sind Buchen, wenn nicht, dann Fuhren, wenn nicht, dann Eichen, wenn nicht, was anders, z.B. Birken.

Im Wald ist der Förster. Der ist grün. Deswegen ist es verboten, von den Wegen zu gehen, weil Vater sonst Strafe bezahlen muß.

In der Aalenriede war früher Hahnebut. Das war ein Räuber. Er saß auf der Steinbank vor dem Zologen und wartete auf die Leute, die daraus kamen und schoß sie, bis sie tot waren. Das Geld aber behielt er selbst, bis er geköpft wurde. Seitdem gibt es keine Räuber in der Aalenriede mehr. Weil Hahnebut keine Frau hatte. Auch Automobile gibt es in der Aalenriede nicht.

Einmal haben wir in der Aalenriede ein Reh gesehen. Das lief wege. Und eine Hasen. Der lief auch wege. Und ein Karnickel. Das lief auch wege. Und einen Maulwurf. Der lief nicht wege. Weil er tot war. Aber er stank schon.

Die Aalenriede ist sehr groß. Deswegen sind viele Wirtschaften drin. Damit man da was kriegen kann, Bier oder Milch oder Kaffee und was dazu. Je feiner die Wirtschaft ist, je kleiner sind die Portionen, und je teurer.

Am schönsten ist es Pfingsten in der Aalenriede. Wir gehen dann nüchtern los und nehmen uns was mit. Vorgten Pfingsten haben wir einen betrunkenen Radfahrer gesehen. Der konnte nicht 'rauf. Dabei schlug er sich die Nase blutig. Das war fein.

In der Aalenriede sind viele Nistekästen. Da hecken die Spatzen in. Einmal haben wir einen gefangen und mitgenommen. Der war noch nackigt. Den haben wir immer gefüttert, bis er tot war.

In der Aalenriede ist der Schiffgraben. Da sind Kuhlpietschen inne und Stecherlinge. Manchmal auch nicht. Mein großer Bruder holt immer welche und verkauft sie an anderen Jungens. Für das Geld holt er sich Zigaretten. Er hat mir eine gegeben. Da mußte ich ins Bett.

In der Aalenriede wachsen Bickbeeren. Die werden nicht reif. Weil man sie nicht reif werden läßt. Sonst wächst da nicht Vernünftiges. Aber abreißen darf man es doch nicht.

In der Aalenriede ist ein Haus, da gibt es Milch. Wenn man Geld hat. Gegenüber ist noch ein Haus. Da gibt es keine Milch. Weil es eine Retirade ist.

Weiter weiß ich nichts.

Das Osterfest

(31. März 1907)

Das Osterfest fällt immer unegal aus. Nicht wie Silvester oder Neujahr oder Kaisersgeburtstag. Die fallen immer egal.

Aber immer sechs Wochen vor Pfingsten. Je nachdem das ausfällt, so Ostern. Ist es früh, so ist es auch früh, wenn nicht, erst später.

Es gibt weiße und grüne Ostern. Weiße, wenn es noch schneet. Grüne, wenn die Blätter raus sind. Graue auch; dann regnet's.

Ostern zerfällt im zwei Teile. Vor Ostern und nach Ostern. Vor Ostern gibt es Schulferien. Wer so weit ist, muß sich konfirmieren lassen und wird was. Nämlich auf der Bürgerschule. Auf den höheren Schulen werden sie dann noch lange nichts.

Das mit der Konfirmation ist so. Die Mädchen kriegen dann lange Röcke und ein reines Taschentuch. Die Jungens lange Hosen. Alles schwarz.

Zuerst ist es in der Kirche. Nachher auf der Pferdeturm. Da ist denn alles voll. Die großen Jungens trinken Bier und tun sich dicke. Rauchen Zigaretten. Die großen Mädchen gehen untergehakt. Holen sich Hammel an die Kleider.

Vor Ostern ist noch Gründonnerstag. Da arbeitet man bloß zur Hälfte. Manche gar nicht. Wer ganz fromm ist. Oder es nicht nötig hat. Oder streikt. Oder keine Arbeit hat. Je weniger einer da was tut, je frömmer ist er.

Onkel Schorse sagt, das ist Quatsch. Maifeier ist das einzige Richtige, sagt er. Und Silvester. Und Schützenfest. Weiter nichts. Aber Vater will es so haben. Wie früher. In die Aalenriede gehen und Ostereier verstecken.

Das tut Onkel Schorse. Vater sagt, der Osterhase. Aber das ist man Spaß. Wir wissen es. Weil sie einmal weich waren und Onkel Schorse hinfiel und den ganzen Rock voll hatte. Die Hosen auch. Seitdem sind sie immer hart.

Nächstes Ostern werde ich konfirmiert und muß was werden. Ich will auf Maurer lernen, wie Onkel Schorse. Und Dezimalsokrat werden, wie Onkel Schorse. Und vor nichts keine Bange haben, wie Onkel Schorse. Auch nicht vor dem Schutzmann.

Vater sagt, Maurer ist nichts. Ich soll auf Ratswachtmeister lernen. Erst Schreiber, dann Soldat, dann Unteroffizier, und dann Ratswachtmeister. Mit Uniforn. Blau und grün.

Onkel Schorse sagt, das ist Quatsch. Weil ich dann immer tun muß, was der Stadtdirektor sagt. Wie ein Bürgervorsteher. Maurer ist besser. Weiter weiß ich nichts.

Der Zologen

(7. April 1907)

Die Stadt Hannover hat zwei Veranstaltungen für wilde Tiere, den Zologen und den Tiergarten. Im Zologen sind die Tiere abgesperrt und die Menschen gehen frei herum. Im Tiergarten laufen die Tiere frei herum die Menschen sind abgesperrt.

Im Tiergarten ist bloß eine Sorte Tiere. Im Zologen viel mehr, nämlich Affen, Elefanten, Pagelunen, Papageien, Wölfe, Bären, andere Affen, Füchse, Hirsche, Pferde, Ochsen, andere Hirsche, Schweine, Enten, Gänse, Kamele, noch andere Hirsche, Kaninchen auch. Und Esel. Und andere Ochsen.

Das größte Tier ist der Elefant. Der ist noch einmal so groß. Das heißt, der totgestorbene. Dieser nicht. Der wird's erst. Der Elefant ist vorne rüsselig. Hinten nicht. Der Elefant ist grau. Der Elefant ist wild. Der Elefant ist indisch. Der Elefant ist klug. Der Elefant ist gemein. Meinem Bruder Schorse hat er seinen Hut gefressen.

Im Affenhaus sind die Affen. Die Affen sind sehr klug. Sie flöhen sich als wie ein Mensch. Oder lausen sich. Wer ihnen was gibt, das fressen sie. Wer nicht, werden sie böse. Es gibt große Affen, mittelgroße und solche, die sind gar nicht groß. Das sind die Jungen. Die hängen ihnen am Bauch. Die Affen sind auch indisch.

Im Bärenhaus sind die Bären. Der weiße das ist der Eisbär. Eigentlich ist er gelb. Der lebt da, wo es immer friert. Auch Sommertags. Der braune nicht. Der ist aus Rußland. Darum ist er auch nicht so weiß.

Im Raubtierhaus sind die Raubtiere. Erstens Löwen, dann Tiger, dann kleine. Die Tiger haben gejungt. Man sieht da bloß nichts von. Der Löwe wird um sechs Uhr gefüttert, bis er brüllt. Dann wackelt alles. Im Raubtierhaus muß man niesen. Da riecht es nach Stinke.

Im Schlangenhaus sind die Schlangen. Die sind indisch. Sie fressen die lebendigen Kaninchen roh. Alle acht Tage eins. Und die Krokodile. Die sind auch indisch. Die rühren sich nicht. Und die Känguruhs. Die haben bloß zwei Hinterbeine. Die andern sind zu kurz. Darum das Hüppen. Die sind auch indisch.

Im Vogelhaus ist der Flötenvogel. Der pfeift immer Lott ist tot. Früher bloß halb. Jetzt ganz. Und Papageien auch. Blaue, rote und weiße. Das sind aber keine, das sind Kakaduen. Die machen eine furchtbare Schande. Die sind alle auch indisch.

Im Zologen sind auch Wasserteiche. Mit Schwänen. Davon sind welche schwarz. Die sind indisch. Und allerlei Enten. Bloß keine richtigen. Und Störche auch. Weiße und schwarze. Die sind für die Negers.

Im Hundehaus sind die Hunde. Wer einen wiederholen will, muß Strafe bezahlen, weil er kein Halsband hat. Und kriegt Flöhe.

Weiter weiß ich nichts.

Der Frühling

(28. April 1907)

Der Frühling ist eine Jahreszeit. Wenn der Winter anfängt aufzuhören. Bis zum Sommer. Dann geht es los damit.

Den Frühling erkennt man am Pinndopp. Und Kresse wächst dann auch draußen, nicht bloß auf alten Strümpfen mit Wasser auf einem Teller am Ofen.

Im Frühling singen alle Vögel. Manche nicht, denn sind es Spatzen. Die Vögel, die im Winter wo anderswo sind, das sind Zugvögel. Die sind dann in Afrika, bis sie wieder hier sind. Z.B. der Star, die Schwalbe, der Storch auch.

Der Star brütet überall, wo man ihm was dazu hinhängt. Der Storch nicht; bloß in Misburg und Bothfeld. Denn klappert er. Das mit den Kindern ist eine Erfindung, weil er im Winter nicht hier ist und doch welche bringt. Bei uns immer wintertags. Meist Dezember.

Im Frühling wird das Land umgegraben. Und gejauchzt. Gärten auch. Aber nicht gejauchzt, höchstens Gemüßegärten. Aber das sind keine. Schon mehr Felder. Wie unsers im Haspelfelde. Weswegen mich die anderen Jungens Kosacken nennen. Was mir puttegal ist. Denn es werden teure Bauplätze, und das ist die Hauptsache.

Zu Anfang des Frühligs ist Ostern und hinterher Pfingsten. In der Zwischenzeit ist Schule. Im Frühling gibt es zuerst Blumen, z.B. Krokus. Aber erst Schneeglöckchen. Manchmal ist es dann noch Winter. Wenn es schneet. Aber nicht von Dauer. Dann ist wieder Frühling. Bis es wieder schneet.

Der Frühling ist mehr für Blumen. Essen kann man da nicht viel von außer Eier, Schnittlauch und nachher Spargel, Rhabarber. Der Sommer ist nahrhafter. Bringt mehr ein.

Nicht gerade viel, aber zum Leben. Und wenn erst die neue Rennbahn wo anders muß, sagt Vater, und die Aalenriede zwischen Döhrener Turm und Bischofhol Bausplätze wird, dann werden wir Rentjes. Weil dann unser Land teurer verkauft ist und wir von den Zinsen leben, wie jetzt von Zwiebeln und Kartoffeln und Kohl. Und Wurzeln. Porro auch.

Onkel Schorse sagt, das ist Bodenwucher und eine Gemeinerei. Er ist falsch, weil er Laubenkoloniker ist. In den Kämpen. Und vom Magistrat gesteigert ist, daß es sich nicht mehr lohnt. Das Jauchzen.

Weiter weiß ich nichts.

Beschreibung der Stadt Hannover

(14. Mai 1907)

Die Stadt Hannover ist zweihunderfünfzigtausend Einwohner groß und liegt in Preußen an der Leine. Früher lag sie im Königreich Hannover. Bis Bismarck kam.

Die Stadt Hannover ist sehr alt, aber nicht ganz und gar, sondern nur die Altstadt, wo die unmodischen Häuser sind, z.B. Leibnizhaus, Garnisonkirche usw.

Die Stadt Hannover wird einseitig von einem Wald umgeben, der die Aalenriede heißt. Andrerseits wird sie von anderen Gegenden umgeben, z.B. Masch, Ohe, schneller Graben, Linden usw., Limmer auch.

Die Stadt Hannover wird immer größer. Deswegen werden es auch immer mehr Menschen. Darunter sind allerlei, auch Soldaten. Die feinsten Soldaten sind die Königsulanen. Die kommen jetzt auf die Bult. Deswegen es da auch verboten.

Die Stadt Hannover hat viele Umgebungen. Eine davon ist die Masch. Das ist die größte Wiese auf der Welt. Im Winter nicht, da ist sie übergelassen und friert zu. Dann ist sie verboten. Wenn es taut, darf man auf ihr Schlittschuh laufen. Im Sommer nicht; da ist sie verboten. Wenn sie voll Wasser ist oder wie jetzt dreckig, ist sie nicht verboten. Wenn sie trocken ist, ist sie verboten. Von wegen weil sie dann da die Stadthammel fett machen.

Die Stadt Hannover hat viele Straßen. Das Feinste ist die Georgstraße. Die ist man halb, denn auf der anderen Seite sind Anlagen, z.B. Kaffee Kröpke und Hoftheater. Da wird mittags umsonst Musik gemacht für arme Leute.

Die Straßen der Stadt Hannover bestehen aus Verschiedenerlei. Wo die reichen Leute wohnen, aus Asphalt. Das ist das Beste, was man hat, bloß daß er im Sommer stinkt und bei Regen glitchig ist. Und lebensgefährlich. Darum das Sandstreuen.

Die Stadt Hannover sorgt sehr für ihre Reinigung. Vor welche Hause Schnee fällt, das kostet Strafe, wenn er nicht gleich weggemacht wird. Oder Asche gestreut. Nur die Häuser vom Magistrat, die brauchen das nicht.

Die Stadt Hannover hatte früher eine Pferdebahn. Bis das zu teuer wurde mit dem Futter. Da wurde sie elektrisiert. Die Wagen fahren nun von nichts. Das ist billiger.

Die Stadt Hannover hat folgende wichtige Gebäude: erstens die Markthalle, zweitens das Rathaus, drittens die Polizei. Die liegen alle im Zentrum. Das Zentrum liegt am Maschpark, wo die Stadt Hannover aufhört. Die Stadt Hannover feiert mehrere Feste, z.B. Großes Schießen, Schulfest, Maifeier.

Die Stadt Hannover hat keinen Kaiser, wie Berlin, sondern einen Stadtdirektor, das ist der oberste, seit das mit dem Marktturmwächter aufgehört hat. Bis da war es. Deshalb mußte er auch da wege.

Weiter weiß ich nichts.

Der schnelle Graben

(9. Juni 1907)

Der schnelle Graben besteht aus lauter Wasser. Der schnelle Graben liegt zwischen der Masch und der Ohe. Der schnelle Graben ist dazu da, daß die Leine nicht zu voll wird.

Am schnellen Graben ist es sehr schön. Man kann da auf die Bank sitzen gehen oder sich an das Geländer stellen und so lange hinsehen, bis daß man ganz dösig ist.

Am schnellen Graben war früher nichts verboten. Jetzt alles. Oder mit Draht und Stankett zugemacht. Aber bloß für die Kinder. Die ausgewachsenen Menschen dürfen da Volks- und Jugendspiele abhalten, soviel sie lustig sind.

Das Selbstmördern ist da jetzt auch verboten. Mit einem Geländer. Früher gingen da manche Leute sehr oft hin und verkluckten sich. Jetzt müssen sie erst über das Stankett klettern. So verbleibt es mehrstens.

Das Selbstmördern ist eine tödliche Sünde. Bei Brinkmanns holte sich früher immer ein Mann Schnaps, bis er duhne war. Und dann hatte er kein Geld und da verkluckte er sich und da erbte er tausend Mark. Das war die Strafe.

Das Wasser im schnellen Graben kann wintertags gar nicht ordentlich zufrieren. Von wegen der Schnelligkeit. Deswegen ist es da sehr gefährlich. Einmal waren wir da und haben gesehen, wie feine Leute mit einem Kahne zu dicht ranfuhren und sich immer um und um drehten und schrieen und hineinfielen und herausgeholt wurden und ganz plitschenaß wurden. Zwei Herren und zwei Mädchens. Das war fein.

Vor den schnellen Graben ist die Seufzerallee. Weswegen die Weiden alle so abgeköpft sind, daß sie ganz dummerhaftig aussehen. Und hohl. Aber daß muß so, weil der Stadt da viel Geld rauszieht. Von den Zweigen. Zu Körbemachen. Und dafür baut sie dann Rathäuser.

Der schnelle Graben ist von Bürgermeister Duve gegründet. Als er noch lebte. Das ist schon lange her. Seitdem ist er tot.

Das war ein sehr edler Mann. Der steckte sein ganzes Geld in die Stadt, bis er in das Armenhaus kam und kein Denkmal kriegte. Heute ist das anders.

Weiter weiß ich nichts.

Der Tiergarten

(16. Juni 1907)

Der Tiergarten gehört zu den besseren Gegenden bei der Stadt Hannover. Der Tiergarten liegt bei Kirchrode.

Der Tiergarten ist ein Wirtshaus mit einem Wald darum und Zaun. Von wegen der Rehe; damit keins herausläuft.

Die Rehe im Tiergarten sind keine Rehe, sondern Hirsche. Das heißt, keine richtigen, sondern Damhirsche, weil sie so damlich sind und anderer Hörner haben. Nicht immer. Dann haben sie sie abgeschmissen.

Einmal war auch ein richtiges Reh da. Ein wildes. Ein Bock. Der hatte Hörner. Aber nicht so lange. Aber meiner Schwester hat er doch den Rock zerrissen damit. Die Hose auch. Und im Beine gestochen. Bis sie schrie. Dafür wurde er totgeschossen.

Die Rehe sind ganz zahm und fressen aus der Hand. Brot. Zucker auch. Deswegen werden sie immer totgeschossen. Bloß daß keiner weiß, wer. Nachts, oder wenn keiner da ist. Von Wilddieben.

Wilddieben das ist eine Sünde und außerdem Diebstahl. Wer es tut, muß es absitzen. Wenn er gefaßt wird. Sonst nicht. Aber dafür kommt er in die Hölle. Das hat er davon.

Der Tiergarten gehört der Stadt Hannover. Deswegen ist da alles verboten. Früher gehörte er dem Kaiser. Der ließ einen überall herumgehen und sagte nichts, wenn man was abpflückte. Oder Eicheln sammelte. Oder Kastanien. Was man jetzt alles nicht mehr darf. Und von den Wegen gegen, weil sonst die Rehe wild werden. Früher wurden sie das nicht.

Bloß im Herbst. Da brüllten sie und kämpften sich. Die Böcke. Bis einer tot war oder beide. Oder keiner. Dann liefen sie wege. Im Frühling sind alle bloß Zibben. Weil dann die Hörner davon ab sind und sie nicht mehr wild sind. Nachher, wenn die Hörner wieder wachsen, werden sie wieder Böcke und wild.

Wer so ein Hörn findet, darf es behalten, wenn es keiner sieht. Sonst nicht. Weil die Stadt da viel Geld draus macht, sagt Vater. Von dem Rehfleisch auch. Und wer eins schießen will, der muß viel dafür bezahlen.

Onkel Schorse sagt, das ist Quatsch. Die Stadt kriegte davon nichts zu sehen. Weil es Geheimnis bleiben soll, wer es tut, und es keiner weiß. Der Förster auch nicht.

Weiter weiß ich nichts.

www.ingramcontent.com/pod-product-compliance
Lightning Source LLC
LaVergne TN
LVHW051303200726
843510LV00010B/1267